Nadine Buranaseda

Seelengrab

Kriminalhauptkommissar Lutz Hirschfeld ist mäßig begeistert: Sein Vater wurde in die Psychiatrie eingewiesen. Und der störrische alte Herr denkt gar nicht daran, es seinem Sohn zu danken, dass er sich für ihn von Berlin nach Bonn versetzen ließ. Noch bevor der junge KHK seine Koffer ausgepackt hat, wird in der Nacht zu Aschermittwoch am Rheinufer die unbekleidete Leiche einer jungen Frau entdeckt. Die erste äußere Inspektion der Toten ergibt keinerlei Hinweis auf die Todesursache. Zusammen mit seinem neuen, wenig gesprächigen Partner Peter Kirchhoff nimmt Hirschfeld die Ermittlungen auf. Ein Knochenfund bringt die Mordkommission schließlich auf die Spur eines Serientäters, der seine Opfer nach ganz bestimmten Kriterien auszuwählen scheint. Als eine weitere junge Frau verschwindet, beginnt ein Wettlauf gegen die Zeit.

Nadine Buranaseda, 1976 in Köln geboren, entschied sich nach dem Studium der Fächer Deutsch und Philosophie an der Friedrich-Wilhelms-Universität in Bonn für die Schriftstellerei und veröffentlichte seit 2005 mehr als ein Dutzend Heftromane, die bisher in zwei Sprachen übersetzt wurden. Mit ihrer Kurzgeschichte *Und tot bist du* gehörte sie zu den Gewinnern des *Agatha-Christie-Krimipreises* 2007.
Mehr zur Autorin unter: *www.nadineburanaseda.de*

Nadine Buranaseda

Seelengrab

Kriminalroman

Droste Verlag

Die Autorin versichert, dass die dargestellte Geschichte und die handelnden Figuren frei erfunden sind. Eventuelle Ähnlichkeiten mit real existierenden Personen sind zufällig und nicht beabsichtigt.

Bibliografische Informationen der Deutschen Nationalbibliothek
Die Deutsche Nationalbibliothek verzeichnet diese Publikation in der Deutschen Nationalbibliografie; detaillierte bibliografische Daten sind im Internet über http://dnb.d-nb.de abrufbar.

2. Auflage 2012
Umschlaggestaltung: Guido Klütsch, Köln, unter Verwendung eines Fotos von Camabs #4828820 © Fotolia.com
Zitat S. 7: Benn an Gertrud Hindemith (Berlin) 6 VI 30. Gottfried Benn: Briefe. Band III: Briefwechsel mit Paul Hindemith. Hrsg. v. Ann C. Fehn. Klett-Cotta, Stuttgart 1978
Druck und Bindung: CPI – Clausen & Bosse, Leck
ISBN 978-3-7700-1374-6

www.drosteverlag.de

Diesen Roman widme ich drei Menschen,
ohne die er nicht geschrieben worden wäre:

Klaus G., Peter Th. und nicht zuletzt
meinem Mann Ingo
in tiefer Liebe und Dankbarkeit.

Vergessen Sie nie, der menschliche Geist ist als Totschläger entstanden u[nd] als ein ungeheures Instrument der Rache […].

Gottfried Benn

Prolog

Kann nicht atmen … atmen … atmen! Gleich bin ich weg. EINS. ZWEI. DREI. Nicht mehr da. Dann ist es vorbei. VIER. FÜNF. SECHS. NICHTS. Mein Herz schlägt nicht mehr. Jetzt, jetzt ist es so weit!

Wo bin ich? Ist da draußen jemand? Hilfe! Hilfe! Ich bin hier! Warum hört mich niemand? Ganz allein hier unten. Es ist so dunkel. Bin nicht sicher, ob meine Augen auf sind oder zu. Kneife sie so fest zusammen, dass mein Gesicht sich zusammenzieht. Jetzt ist es einfacher. Oder denk ich das nur?

Mein Hals kratzt und Rotz läuft mir aus der Nase. Wie lang weine ich schon? Eine Stunde? Einen Tag? Ich will raus hier!

Kann mein linkes Bein nicht mehr bewegen. Den Arm darunter auch nicht. Eben hat es noch wehgetan. Jetzt spüre ich nichts mehr. Nur meine angewinkelten Knie. Drehe den Kopf und stoße wieder an die Innenwand. Versuche, einen Buckel zu machen. Jetzt ist es noch schlimmer. Als würde ich zerquetscht. Drücke stattdessen mit der anderen Hand gegen den Deckel. Oder ist das unten? Versuche es immer wieder, aber es hilft nichts.

Meine Fingernägel sind eingerissen vom Kratzen. Das Leder stinkt. Mir wird schlecht davon. Darf mich nicht übergeben. Sonst …

Was war das für ein Geräusch? Wenn die Ratten kommen, sterbe ich vor Angst. Sie haben rote Augen und lange, spitze Zähne. Damit nagen sie mir das Fleisch von den Knochen, bis nichts mehr davon übrig ist. Das ist auch den anderen passiert.

Da! Ein Scharren. Viele Pfoten und nackte Rattenschwänze, die auf den Boden schlagen. Sie kommen immer näher und näher. Ich will schreien, doch meine Stimme ist weg.

Vielleicht bin ich schon tot. Ist das die Hölle?

01

Der Schnee schien immer dichter zu fallen, als Lutz Hirschfeld auf der anderen Straßenseite gegenüber der Rheinischen Landesklinik wartete und seine zweite Zigarette rauchte. Der Kriminalhauptkommissar hatte den Kragen seines schwarzen Ulster-Mantels hochgeschlagen und beobachtete den Eingang zur Bonner Psychiatrie. Der schwere, innen mit Baumwollflanell gefütterte Tweedstoff schützte ihn vor dem eisigen Wind, der über den Kaiser-Karl-Ring pfiff. Seine schwarzen *Chucks*-Stoffturnschuhe, die durch den Schneematsch bereits nach wenigen Schritten klamm gewesen waren, untergruben allerdings Hirschfelds Plan, den Besuch bei seinem Vater durch eine weitere Zigarette hinauszuzögern. Er nahm einen letzten Zug, schnippte die Kippe weg, die leise zischend in einer Schneewehe versank, und setzte sich in Bewegung.

Als Hirschfeld den Ring überquerte, hielt in einiger Entfernung eine Straßenbahn und entließ eine Gruppe Frauen mittleren Alters in schwarz-gelb geringelten Bienenkostümen, unter denen sich ihre dicken Winterjacken deutlich abzeichneten. Sie hakten sich fröhlich unter und liefen schwankend auf den Kriminalhauptkommissar zu. Aus ihren gelben Lockenperücken ragten Fühler, die bei jeder Bewegung hin und her tanzten. Ihrem Gang und den rot glühenden Wangen nach zu urteilen, hatten die Damen an diesem Morgen bereits ein paar Schnäpse intus. Als die Bienen ein Lied anstimmten und ihm zuwinkten, beschleunigte Lutz Hirschfeld seinen Schritt. Textfetzen, etwas über kölsche Mädchen und etwas Unaussprechliches, das wie „Spetzebötzjer" klang, wehten zu ihm herüber, als er das Gelände der Rheinischen Landesklinik betrat.

Der Kriminalhauptkommissar widerstand dem Impuls, sich noch einmal umzusehen, und folgte dem gepflasterten breiten Einfahrtsweg, den mehrere Gebäude säumten. Zu seiner Linken führte ein spiralförmiger Anbau aus Beton zu einem Parkdeck. Rechter Hand erstreckte sich nach wenigen Metern ein lang gezogenes rotes Backsteinhaus älteren Baujahrs. Aus der schneebedeckten Grünfläche davor ragte ein Dutzend hochgewachsener Bäume, deren kahle Äste sich im Wind wiegten.

Plötzlich flatterte irgendwo ein Vogel auf. Reflexartig wandte Lutz Hirschfeld den Kopf und entdeckte zu seiner Überraschung einen grünen Papagei, der sich gerade wieder auf einem anderen Zweig niederließ. Hirschfeld ließ seinen Blick schweifen und bemerkte weitere grüne Tupfer in den Ästen.

Noch mehr Tiere, dachte er und musste unweigerlich lächeln. Wie viele Patienten oder Besucher hatten sich auf dem Weg in die Klinik schon gefragt, ob die Papageien nicht ihrer Fantasie entsprangen? Zugegeben, der Anblick irritierte ihn. Aber Hirschfeld vertraute seinen Sinnen und zweifelte keine Sekunde daran, dass die Vögel real waren. Mit diesem Gedanken steuerte er auf den Haupteingang der Klinik zu, der von mehreren verwaisten Blumenkübeln flankiert war. Die automatischen Glastüren glitten zur Seite und gaben den Weg ins Foyer frei.

„Kann ich Ihnen helfen?", empfing ihn eine rundliche blonde Frau im Glaskasten gegenüber dem Eingang.

Sie saß vor einem Computer mit einem Flachbildschirm. Daneben stand ein Kofferradio, aus dem ein Karnevalsschlager plärrte.

„Ja, ich möchte meinen Vater, Heinrich Hirschfeld, besuchen“, entgegnete der Kriminalhauptkommissar.

„Einen Augenblick“, erwiderte die Frau und ließ ihre grün lackierten Fingernägel über die Tastatur gleiten. „Sie müssen zur Station Süd 1A, Zimmer 5. Gehen Sie einfach geradeaus. Dann nehmen Sie das Treppenhaus in den ersten Stock. Dort halten Sie sich links und folgen der Beschilderung. Wenn Sie den Verbindungsgang zum Südflügel passiert haben, können Sie die Station nicht mehr verfehlen.“

„Danke“, erwiderte Hirschfeld und verabschiedete sich.

Auf dem Weg in die Geschlossene versuchte er nicht darüber nachzudenken, welcher Umstand ihn hergeführt hatte. Er war hier, und das musste fürs Erste genügen, bevor er es sich anders überlegte.

Wenig später stand er vor der Akutstation. Hirschfeld drückte auf die Klingel und wartete. Er war gerade im Begriff, erneut zu klingeln, als er hörte, wie jemand von der anderen Seite einen Schlüssel ins Schloss steckte. Im Rahmen der schweren Holztür tauchte Sekunden später ein blasses Gesicht auf, das einem schmalen jungen Mann gehörte. Er trug keinen Kasack, nur der Schlüsselbund in seiner Hand identifizierte ihn als Pfleger.

„Guten Morgen“, sagte er in einem Tonfall, der weder gelangweilt klang noch von großem Interesse zeugte, „zu wem möchten Sie bitte?“

Hirschfeld wiederholte sein Anliegen. Der Pfleger nickte und deutete den Gang entlang:

„Die letzte Tür auf der rechten Seite.“

Damit verschwand der Pfleger wieder im Personalraum. Als Hirschfeld das Zimmer fast erreicht hatte, bog ein älterer Herr in weißem Kittel um die Ecke. Sein graues Haar stand leicht zerzaust von seinem runden Schädel ab. Er trug eine Brille mit

Goldrand, die nicht die richtige Stärke zu haben schien, denn er kniff unentwegt die Augen zusammen.

„Professor Konrad?", vermutete der Kriminalhauptkommissar, dankbar für den Aufschub, den eine kurze Unterredung mit dem behandelnden Arzt bedeuten würde. „Mein Name ist Hirschfeld. Hatten wir wegen meines Vaters miteinander telefoniert?"

Der Mann runzelte für einen Augenblick die Stirn, dann hellte sich sein Gesicht auf.

„Ja, natürlich", antwortete der Professor und lächelte ihn freundlich über den Brillenrand hinweg an.

„Meine Wohnungsauflösung in Berlin hat leider länger gedauert als ursprünglich geplant. Ich bin daher erst gestern Abend in Bonn angekommen."

„Schön, dass Sie bereits heute Morgen den Weg zu uns gefunden haben. Ich kann mir vorstellen, dass Ihnen die Entscheidung nicht leicht gefallen ist. Umso mehr freue ich mich, Sie zu sehen."

„Danke", entgegnete Hirschfeld knapp und löste sich aus dem langen Händedruck, den der Professor ihm aufgenötigt hatte.

„Darf ich Ihnen vielleicht unsere Station zeigen, bevor Sie zu Ihrem Vater gehen? Während des Rundgangs hätten wir Gelegenheit, noch ein wenig über ihn zu sprechen."

„Geht es ihm besser?", erkundigte sich Hirschfeld und folgte Professor Konrad weiter in das Innere der Station.

Die meisten Türen, die sie passierten, waren geschlossen.

„Lassen Sie mich eines vorweg sagen: Ihr Vater ist bei uns in den besten Händen. Fortschritte zeichnen sich jedoch in den meisten Fällen erst nach geraumer Zeit ab. Nach einer Woche Klinikaufenthalt dürfen Sie nicht allzu viel erwarten, Herr Hirschfeld."

„Verstehe."

„Seien Sie ein wenig nachsichtiger mit Ihrem Vater und sich selbst. Für die meisten Angehörigen ist es ein Schock, wenn sie erfahren, dass mit ihnen nahestehenden Personen etwas passiert ist, das nicht in die eigene Erfahrungswelt passt."

Das war milde ausgedrückt, dachte Hirschfeld und blickte sich um. Sie hatten das Ende des Gangs erreicht, der in einer Art Tagesraum mit mehreren Tischen mündete. Von dort gingen drei weitere Flure ab. Als sie weitergingen, registrierte Hirschfeld, dass der rheinische Karneval auch nicht vor der Geschlossenen haltgemacht hatte: Von den Neonlampen unter der Decke hingen bunte Luftschlangen. Auf Luftballons hatte man dagegen verzichtet.

„Das ist unser Stützpunkt, das Herzstück unserer Station", unterbrach der Professor seinen Vortrag und deutete auf einen großen Glaskasten zu ihrer Linken.

„In diesem Büro laufen im Prinzip alle Fäden zusammen: Hier findet die Medikamentenausgabe statt, werden der Therapiekalender geführt und die Dienstpläne gemacht."

„Wie viele Patienten versorgen Sie zurzeit auf Ihrer Station?"

„Alle Zimmer sind belegt, das heißt, wir haben momentan 20 Patienten."

Irgendwo schlug eine Tür. Dann hörten sie eine Frauenstimme, die aus einem der Patientenzimmer drang:

„121, 122, 123, 124 ..."

„Daran dürfen Sie keinen Anstoß nehmen", sagte der Professor achselzuckend und nickte in die Richtung, aus der die Stimme kam. „Kommen Sie, ich zeige Ihnen noch den Fernsehraum, der sich, wie Sie sich vielleicht denken können, bei allen Patienten größter Beliebtheit erfreut. Und sollten Sie das Bedürfnis nach einer Zigarette haben, tun Sie sich keinen Zwang an. Dort drüben haben wir unsere Raucherecke."

„... 156, 157, 158. Hilfe!"

„Danke, vielleicht komme ich nachher darauf zurück", winkte Hirschfeld ab.

Er hatte fürs Erste genug gehört und gesehen und folgte dem Professor nur aus reiner Höflichkeit in den angrenzenden Fernsehraum. Als sie das Zimmer betraten, hoben mehrere Patienten die Köpfe und blickten in ihre Richtung, um sich sofort wieder auf den Röhrenfernseher zu konzentrieren. Die meisten trugen

Trainingsanzüge oder einen Morgenmantel über ihrem Schlafanzug. Nur zwei von ihnen hatten an diesem Tag den Freizeitlook gegen normale Alltagskleidung getauscht. Über den Bildschirm an der Kopfseite des Raums flimmerte die Liveübertragung einer Karnevalsveranstaltung.

„In Berlin kennen Sie so etwas sicher nicht", sagte der Professor nachsichtig. „Die Erstürmung des Beueler Rathauses ist jedes Jahr an Weiberfastnacht der Auftakt zu den jecken Tagen, wie man hier im Rheinland sagt. Nach Ihrem Besuch sollten Sie sich auch ins Getümmel stürzen, Herr Hirschfeld. Karneval ist in unserer Region wirklich ein einmaliges Erlebnis."

„Das glaube ich Ihnen gern", entgegnete Hirschfeld und beschloss in diesem Augenblick, sich nachher ein Taxi zu nehmen, um von weiteren Zeugnissen rheinischen Frohsinns verschont zu bleiben.

„Na, Helmuth, mal wieder eine Besucherführung gemacht?", tauchte der Pfleger von vorhin unvermittelt hinter ihnen auf und klopfte Hirschfelds Begleiter auf die Schulter.

„Wie hast du es diesmal geschafft, an den Kittel heranzukommen? Bei deiner letzten Therapiesitzung?"

Helmuth nickte schelmisch und fuhr sich durch die abstehenden Haare.

„War ein Kinderspiel."

„Gut, du hattest deinen Spaß, mein Lieber. Nun zieh den Kittel wieder aus und gesell dich zu den anderen! Wir sprechen später noch einmal darüber."

„Zu Befehl", kicherte der falsche Professor, tippte sich mit Zeige- und Mittelfinger an die Stirn und entledigte sich des Kittels. „Aber die Lesebrille darf ich behalten? Damit klappt es noch besser, habe ich festgestellt."

„Treib es nicht zu bunt, mein Freund", erwiderte der Pfleger und nahm dem Alten die Brille ab.

„War mir ein Vergnügen, Sie kennenzulernen", verabschiedete sich Helmuth.

„Die Freude lag ganz auf meiner Seite“, gab Hirschfeld zurück, der es plötzlich nicht mehr eilig hatte, der Psychiatrie den Rücken zu kehren. Der Gedanke, dass sein Vater sich in Gesellschaft solcher Mitpatienten befand, beruhigte ihn irgendwie.

„Nehmen Sie ihm den Scherz nicht übel“, wandte der blasse Pfleger sich an Hirschfeld, nachdem sie Helmuth im Fernsehraum zurückgelassen hatten.

„Dazu besteht keine Veranlassung.“

„Schön, dass Sie das sagen. Wir hatten auch schon andere Reaktionen.“

„Das kann ich mir vorstellen.“

„Aber ich sage immer: Helmuth ist der lebende Beweis dafür, dass der Grad zwischen Normalität und Wahnsinn ein schmaler ist. Und ich kann Sie beruhigen: Sie sind nicht der erste und werden nicht der letzte Besucher sein, der auf seine kleine Einlage hereinfällt.“

„Ein gewisses schauspielerisches Talent kann man ihm in der Tat nicht absprechen.“

Sie waren inzwischen wieder an Zimmer 5 angelangt.

„Ich weiß nicht, was Helmuth Ihnen über Ihren Vater erzählt hat, falls Sie über ihn gesprochen haben. Vielleicht so viel: Er ist vor drei Tagen von der Nacht und Not auf unsere Station verlegt worden und hat sein Zimmer bisher noch nicht verlassen. Auf der Notstation mussten die Kollegen ihn nach dem Vorfall erst einmal ruhigstellen und fixieren. Wenn er wieder einen Schub bekommt, wird das sicherlich erneut erforderlich sein. Momentan ist das aber zum Glück nicht notwendig. Vielleicht können Sie Ihren Vater dazu bewegen, mit Ihnen eine Runde durch die Station zu gehen. Ich denke, das würde ihm ganz guttun.“

„In Ordnung, ich werde mein Bestes geben“, antwortete Hirschfeld und drückte die Türklinke hinunter.

02

Fahle Sonnenstrahlen sickerten durch einen Spalt zwischen den Holzbrettern. Mühsam öffnete sie die Augen und nahm undeutlich den Wechsel von Licht und Schatten wahr. Irgendwo in der Nähe musste sich ein Fenster befinden. Sie konzentrierte sich auf die Schemen, die wie lange knorrige Finger nach ihr zu greifen schienen. Nach einer Weile erkannte sie, dass sich ein blattloser Ast draußen im Wind wiegte und das Schattenspiel verursachte.

An die vergangenen Stunden konnte sie sich nur vage erinnern. Das letzte Mal, als sie bei Bewusstsein gewesen war, hatte sie undurchdringliche Finsternis umgeben. Wieder fragte sie sich, wie lange sie schon hier war. Ein paar Stunden? Einen Tag? Oder länger? Ihrer trockenen Kehle nach zu urteilen war mindestens eine Nacht vergangen.

Sie schloss die Augen und horchte in sich hinein. Unter ihrer Schädeldecke pochte ein brennender Schmerz. Als sie versuchte, sich zu bewegen, rollte er wie eine Welle durch ihren gekrümmten Körper. Sie stöhnte auf und biss auf den Knebel, während ihre Hand- und Fußfesseln tiefer in ihre Gelenke schnitten. Tränen der Wut, in die sich kalte Panik mischte, schossen ihr in die Augen und perlten ihre Wangen hinab.

Verzweifelt sehnte sie sich in die Bewusstlosigkeit zurück. Nichts mehr hören. Nichts mehr sehen. Nichts mehr spüren. Sie war mutterseelenallein und niemand würde ihr helfen. Wahrscheinlich vermisste sie nicht einmal jemand.

Nach einer Weile verebbte ihr Weinen in ein erschöpftes Schluchzen. Die Zweige vor dem Fenster bewegten sich jetzt ganz sachte. Noch lebte sie, auch wenn sie nicht wusste, was gerade mit ihr geschah. Während sich ihr Blick weiter an die tanzenden Schatten heftete, nahm ein Gedanke immer deutlichere Konturen an: Sie würde sich nicht ohne Gegenwehr in ihr Schicksal ergeben. Ihr Leben, so war es ihr noch vor Kurzem erschienen, hatte gerade erst begonnen. Wenn sie überleben wollte, musste sie sich so schnell wie möglich aus diesem Gefängnis befreien.

Obwohl ihre linke Körperhälfte taub war, versuchte sie, sich auf den Rücken zu drehen. Bereits nach wenigen Zentimetern stieß sie auf Widerstand. Die Kiste, in der sie gefangen war, konnte kaum größer sein als ein Schrankkoffer. Sie hielt inne, um noch einmal Atem zu holen. Dann spannte sie ihre Muskeln erneut an und drückte mit Knien und Fußsohlen gegen die massiven Seitenwände. Sofort begannen ihre Fingerknöchel zu schmerzen, da sie mit dem vollen Gewicht ihres Rumpfes rücklings auf ihren Händen lag. Als sich nichts tat, nahm sie die Schultern dazu. Keuchend bäumte sie sich auf, bis sie die Kräfte verließen. Schwer fiel sie auf den Holzboden zurück und spürte deutlich, wie das Blut in ihren Ohren rauschte. Nur noch wenige Augenblicke und sie würde ohnmächtig werden. Bevor die Schwärze über ihr zusammenschlug, vernahm sie entfernt ein Geräusch. Verzweifelt kämpfte sie gegen die Bewusstlosigkeit an, doch es war bereits zu spät.

Das unbewegte Gesicht, das sie kurz darauf anstarrte, konnte sie schon nicht mehr sehen.

03

Lutz Hirschfeld konnte sich seit seiner Kindheit nicht entscheiden, ob er seinen Vater liebte oder hasste. Wahrscheinlich war es eine Kombination aus beidem. Mit den Jahren überwog die Abneigung, die bis zum plötzlichen Tod seiner Mutter in Gleichgültigkeit umgeschlagen war. Seitdem hatte Heinrich Hirschfeld seinem Sohn allerdings keine Gelegenheit mehr gegeben, ihn zu ignorieren.

Seit Lutz denken konnte, hatte er seinen Vater als einen cholerischen, rechthaberischen Mann erlebt, der seinen Gefühlen freien Lauf ließ und sich nur wenig für die Belange anderer interessierte. An erster Stelle stand für Heinrich Hirschfeld stets die Arbeit, nicht die Familie. Als er vor 13 Jahren der Versetzung des Statistischen Bundesamtes folgte, das ihn als angesehenen Mathematiker in die Bonner Dependance berufen hatte, weigerte sich Lutz, damals noch Kriminalkommissaranwärter, sein Studium zum Diplom-Verwaltungswirt an der Berliner Fachhochschule für Verwaltung und Rechtspflege abzubrechen. Seine zehneinhalb Jahre jüngere Schwester Johanna hatte zu diesem Zeitpunkt dagegen keinerlei Mitspracherecht und fügte sich der Entscheidung ihres Vaters.

Am stärksten litt seine Mutter unter dem Umzug. Sie sehnte sich bis zuletzt in die alte Heimat zurück. Als Klavierlehrerin fiel es Luise Hirschfeld zwar nicht schwer, neue Schüler zu finden. Neben einer Halbtagsstelle in einer Musikschule konnte sie schnell ein paar Privatschüler dazugewinnen. Aber der große Familien- und Freundeskreis, den sie in Berlin zurücklassen musste, war durch nichts zu ersetzen. Daran änderte auch das große Haus nichts, das sie gegen die Altbauwohnung in Charlottenburg eingetauscht hatten.

Hin und wieder fragte sich Lutz Hirschfeld, wie die Dinge sich entwickelt hätten, wäre nicht seine Mutter, sondern sein Vater einem Herzinfarkt erlegen. Es war müßig, sich darüber den Kopf zu zerbrechen. Allerdings ertappte sich Hirschfeld hin und wieder bei diesem Gedanken und musste sich eingestehen, dass vieles anders verlaufen wäre, wenn es seinen Vater getroffen hätte.

Nach dem Tod seiner Mutter ließ sein Vater sich immer mehr gehen. Er fing an zu trinken, woraus er mit der Zeit keinen Hehl mehr machte. Ein knappes Jahr nach der Beerdigung seiner Frau brach er das erste Mal zusammen und wurde danach für mehrere Monate krankgeschrieben. Seitdem wechselten sich Wochen, in denen er sich wieder gefangen zu haben schien, mit Phasen der absoluten Selbstaufgabe ab. Es konnten Tage vergehen, bis Heinrich Hirschfeld es von der Couch schaffte. Nur der Gang zur Toilette und zum Kühlschrank, um sich wieder mit neuem Alkohol einzudecken, bot eine klägliche Abwechslung von der Besinnungslosigkeit, die dazwischenlag.

Trotz der räumlichen und emotionalen Entfernung, die zwischen ihnen bestand, war Lutz der Verfall seines Vaters nicht entgangen. Bei seinen Besuchen, zu denen er sich regelmäßig zwang, musste er mit ansehen, wie die Fassade eines Mannes zerbröckelte, der es zeit seines Lebens gewohnt war, den Ton anzugeben. Dahinter kam ein Mensch zum Vorschein, der seit einem halben Jahr nicht einmal mehr in der Lage war, sich regelmäßig zu waschen.

An ihre letzte Begegnung konnte Hirschfeld sich nur allzu gut erinnern. Der Anlass ihres Streites war vergleichsweise nichtig gewesen, aber die Ohrfeige, zu der sein Vater sich hinreißen ließ, hatte er noch tagelang gespürt. Nach diesem Vorfall hatte Hirschfeld sich eine Weile zurückgezogen. Erst Johannas Anruf an Heiligabend veranlasste ihn dazu, seine Gefühle zurückzustellen und um die Beschleunigung seiner Versetzung zu bitten, die er bereits vor zwei Jahren beantragt hatte.

Da konnte er allerdings noch nicht ahnen, dass die Exzesse seines Vaters steigerungsfähig waren. Die Kopie des Polizeiberichts, der den bisherigen Tiefpunkt seines Vaters dokumentierte, lag noch immer ungelesen zwischen Wäschestapeln in Hirschfelds Koffer.

Als Hirschfeld das Krankenzimmer betrat, schoss ihm durch den Kopf, dass sein Vater, nüchtern betrachtet, letztlich seinen Willen bekommen hatte: Lutz war ihm nach Bonn gefolgt. Wenn auch nicht ganz freiwillig.

„Vater?“

Hirschfeld schloss die Tür hinter sich.

„Ich bin’s, Lutz“, fügte er hinzu, als die Antwort ausblieb.

Rechts vom Eingang führte eine Tür in ein abgetrenntes Badezimmer, an der Wand daneben war ein kleines Waschbecken angebracht. Dahinter stand ein ausladender Wandschrank, der als Raumteiler fungierte und über die Hälfte der Zimmerbreite einnahm. Vor dem Fenster geradeaus stand ein schlichter Schreibtisch mit einem Holzstuhl davor. Auf der Rückseite des Schrankes schließlich befand sich das Bett, das dem Patienten durch seine Position eine gewisse Intimsphäre gewährte.

Heinrich Hirschfeld saß auf der Bettkante und starrte mit unbeweglicher Miene in das Schneegestöber, das die Welt draußen schemenhaft verzerrte. Er trug einen beige-braun karierten Schlafanzug. Seine nackten Füße steckten in grauen Filzpantoffeln.

„Vater?“, wiederholte Hirschfeld und zog sich den Schreibtischstuhl heran.

Er warf seinen Mantel über die Lehne und setzte sich.

„Wie geht es dir?“

Während Hirschfeld auf eine Reaktion wartete, studierte er das Profil seines Vaters, der ihn immer noch keines Blickes würdigte. Er entdeckte Ähnlichkeiten, die ihm bisher nie ins Auge gefallen waren: die gleiche kantige Stirn, die gleiche längliche Nase. Die hohen Wangenknochen und das spitze Kinn hatte er dagegen von seiner Mutter geerbt.

„Gut, wenn du nicht reden willst, dann schweigen wir eben. Hab nichts dagegen, Vater“, sagte Hirschfeld, lehnte sich zurück, schlug die Beine übereinander und verschränkte die Hände vor dem Bauch.

Wenn er eines von seinem alten Herrn mit auf den Weg bekommen hatte, dann war es Dickköpfigkeit.

„Was willst du hier? Ich habe nicht darum gebeten, dass du herkommst“, erwiderte Heinrich Hirschfeld tonlos und wich nach wie vor seinem Blick aus.

„Ich freu mich auch, dich zu sehen“, versetzte Hirschfeld und schluckte den zweiten Teil des Satzes herunter.

Es hatte keinen Sinn, sich mit seinem Vater zu streiten. Nach dem Telefonat mit Professor Konrad war Lutz Hirschfeld darüber im Bilde, dass sein Vater einen schweren Schub hinter sich hatte, auf den eine Depression gefolgt war. Offensichtlich hatte ihn diese immer noch fest im Griff. Und dagegen kam Lutz Hirschfeld nicht an.

„Ich soll dich von Jo grüßen", wechselte er daher das Thema.

„Wo steckt deine Schwester diesmal?"

„In New York, das weißt du doch. Sie besucht einen Schauspiel-Workshop. Das nächste Semester fängt erst wieder im April an."

„Ja, ja. Ist mir ganz recht, dass sie mich so nicht sieht."

„Das kann ich nachvollziehen."

Jo war mit ihren 24 Jahren im Augenblick noch viel zu sehr mit sich selbst beschäftigt, als dass sie sich um ihren Vater kümmern konnte. Hirschfeld nahm ihr das nicht übel, denn an ihrer Stelle wäre es ihm wahrscheinlich nicht anders ergangen.

„Deine Mutter könnte sich hier allerdings mal blicken lassen."

Lutz Hirschfeld schwieg betroffen. Er war nicht darauf vorbereitet gewesen, dass die Psychose seines Vaters derartige Gedächtnislücken einschloss. Bevor er darüber nicht mit Professor Konrad gesprochen hatte, würde er auf diesen Punkt nicht näher eingehen. Denn er wollte sich lieber nicht ausmalen, wie sein Vater reagierte, wenn er ihn erneut mit dem Tod seiner Frau konfrontierte.

„Aber wahrscheinlich ist sie mal wieder zu sehr mit ihren lieben kleinen Schülern beschäftigt. Das wäre ja nichts Neues."

Obwohl seine Mutter tot war, traf ihn der Seitenhieb seines Vaters. Sie hatte sich nie beklagt, selbst dann nicht, als sie ihr altes Leben in Berlin aufgeben musste. Ihr Egoismus vorzuwerfen glich einem Meineid.

„Mach dir keine Gedanken: Ich werde mich die nächste Zeit um dich kümmern, Vater."

„So?"

Heinrich Hirschfeld drehte zum ersten Mal den Kopf und schaute seinen Sohn direkt an. Lutz bemerkte erst jetzt, dass die Augen seines Vaters tief in ihre Höhlen zurückgetreten waren. Sein Blick wanderte unstetig hin und her, bevor er sich abwandte und wieder aus dem Fenster sah.

Draußen hatte es aufgehört zu schneien. Hirschfeld fragte sich, wie lange der Schnee wohl liegen bleiben würde.

„Brauchst du irgendetwas?"

„Mhm."

„Du kannst es mir ruhig sagen."

„Das Essen schmeckt abscheulich", antwortete sein Vater missmutig. „Außerdem gibt es hier natürlich nichts Ordentliches zu trinken. Ich bekomme den ganzen Tag nur Tee, Tee und nochmals Tee. Bei dem Geld, das ich der Krankenkasse jeden Monat in den Rachen werfe, könnte ich wohl etwas Besseres erwarten, oder?"

Ganz der Alte, dachte Hirschfeld, und war sich gleichzeitig bewusst, dass dieser Eindruck täuschte.

„Ich werde sehen, was ich in dieser Hinsicht für dich tun kann."

„Gut, aber lass dir nicht allzu viel Zeit damit."

Hirschfeld nickte knapp.

„Was macht die Arbeit?"

„Ich habe gerade Urlaub", antwortete er und verschwieg, dass er seinen ersten Dienst in Bonn bereits am Montag antrat.

Hirschfeld wollte sich noch ein wenig Zeit lassen, bevor er seinem Vater von seinem Umzug in die ehemalige Bundeshauptstadt erzählte. In den letzten Tagen war er nicht dazu gekommen, sich darüber Gedanken zu machen, auf welche Art und Weise er es ihm mitteilen würde.

„Wie? Nicht auf Verbrecherjagd? So einen Luxus möchte ich auch mal haben."

Die letzten Jahre straften die Worte seines Vaters Lügen. Doch Lutz Hirschfeld ersparte sich den Kommentar, denn der alte Herr würde in den nächsten Monaten noch genügend Gelegenheit haben, sich mit dieser Thematik eingehender zu beschäftigen.

„Wie ist es dir hier ergangen?“, erkundigte sich Hirschfeld daher.

„Worauf willst du hinaus, Junge?“

„Ich will auf gar nichts Bestimmtes hinaus“, erwiderte Hirschfeld geduldig. „Mich interessiert nur, wie du hier behandelt wirst.“

„Meinst du die Therapie, die man mir hier verordnet hat?“, entgegnete Heinrich Hirschfeld und deutete bei dem Wort ‚Therapie‘ mit den Fingern Anführungszeichen an.

„Zum Beispiel.“

„Dieser ganze Vergangenheitsbewältigungsmist ist schlicht und ergreifend Humbug, wenn du mich fragst. Ich hatte einen schlechten Tag. Das war alles. Wenn ich ehrlich bin, weiß ich überhaupt nicht, was ich hier unter all den Verrückten zu suchen habe! Hast du vorhin zum Beispiel die Alte gehört, die den ganzen Tag irgendwelche schwachsinnigen Dinge zählt? Wenn du nicht verrückt bist, wirst du es spätestens nach drei Tagen in dieser Irrenanstalt sein. Darauf kannst du Gift nehmen!“

Lutz Hirschfeld erwiderte nichts und wartete darauf, dass sein Vater mit seiner Ansprache fortfuhr.

„Hast du gar nichts dazu zu sagen?“

„Ich höre dir einfach zu, das ist alles“, erwiderte Lutz und fuhr sich mit der Hand über den Dreitagebart.

„Natürlich, mein Sohn ist mal wieder nicht um eine Ausrede verlegen.“

„Das ist deine Sicht der Dinge.“

„Ja, allerdings!“

Heinrich Hirschfeld wurde lauter und griff wütend nach seiner Brille, die er auf dem Nachttisch neben dem Bett abgelegt hatte.

„Wahrscheinlich steckst du noch mit den Weißkitteln unter einer Decke! Würde ich dir ohne weiteres zutrauen!“

Lutz kannte das Spiel, das jetzt folgen würde: Regte sich sein

Vater über irgendetwas auf, hatte er die Angewohnheit, seine Brille unentwegt auf- und abzusetzen.

„Beruhig dich bitte wieder! Wir wollen uns doch nicht streiten."

„Was *wir* wollen, weiß ich nicht. Ich dagegen verlange ein wenig Respekt von meinem Sohn. Das ist wohl das Mindeste!"

„Natürlich."

„Hör auf, mich so herablassend zu behandeln. Bild dir bloß nicht ein, ich hätte deine Masche nicht durchschaut."

„Bitte, das bringt uns doch nicht weiter, Vater."

„Papperlapapp! Du hast doch keine Ahnung, wie es hier drinnen zugeht. Alle drei Sekunden kommt jemand vorbei und glotzt dir auf die Finger. Ich kann noch nicht einmal in der Nase bohren, ohne dass es die da draußen mitbekommen."

„Jetzt übertreibst du aber. Ich bin sicher, dass hier jeder nur dein Bestes will."

„Mein Bestes", äffte Heinrich Hirschfeld seinen Sohn nach. „Du bist ja lustig!"

„Du machst gerade eine schwere Zeit durch", versuchte Hirschfeld seinen Vater zu besänftigen. „Und du hast Recht: Ich kann mir nicht vorstellen, wie es dir geht. Aber ich bin hier, um dir da durchzuhelfen."

„Wie gütig von dir, aber deine Almosen kannst du für dich behalten."

„Ich glaube, wir sollten unsere Unterhaltung ein anderes Mal fortsetzen", entgegnete Hirschfeld und stand auf.

Obwohl ihm klar war, dass sein Vater die Hälfte der Zeit nicht wusste, was er da von sich gab, brauchte er frische Luft, um wieder einen klaren Kopf zu bekommen.

„Ja, ja, geh nur! Das kannst du ja am besten", rief sein Vater, nachdem Lutz den Stuhl zurück an seinen Platz gestellt und seinen Mantel angezogen hatte. „Ich komme auch ohne dich zurecht! Von mir aus brauchst du gar nicht mehr wiederzukommen. Ist wahrscheinlich besser für uns beide."

„Ich besuche dich morgen wieder", überging Lutz seine Worte.

„Ach, mach doch, was du willst!“, brüllte Heinrich Hirschfeld ihm hinterher.

Worauf du dich verlassen kannst, alter Mann, antwortete Hirschfeld in Gedanken und trat aus dem Krankenzimmer. Auch wenn er nicht wusste, was ihn in Bonn erwarten würde, stand nach seinem Besuch zumindest eines fest: Die nächste Zeit verhieß alles andere, als langweilig zu werden.

04

Eiskaltes Wasser riss sie aus der Bewusstlosigkeit. Für den Bruchteil einer Sekunde wusste sie nicht, wo sie sich befand. Ihre Fesseln erinnerten sie jedoch augenblicklich daran, dass sie nicht aus einem Albtraum aufgewacht war, sondern sich mitten darin befand.

Sie schnappte heftig nach Luft. Als sie versuchte, den Kopf zu drehen, registrierte sie, dass sich die Lichtverhältnisse radikal verändert hatten: Das Zwielicht war flackernder Neonbeleuchtung gewichen. Erst jetzt bemerkte sie, dass der Deckel von der Holzkiste entfernt worden war. Gerade als die Hoffnung in ihr aufstieg, befreit zu werden, entdeckte sie eine Gestalt, die regungslos über ihr stand und auf sie herabstarrte. Das Gesicht war schneeweiß. Anstelle des Mundes befand sich eine schmale Öffnung. Die tief liegenden Augen, die sich hinter den Sehschlitzen der Maske verbargen, konnte sie nur erahnen.

Als sich eine behandschuhte Hand über den Rand der Kiste schob und nach ihrem nassen Haar griff, setzte ihr Herzschlag für einen Augenblick aus. Sie fühlte sich wie ein Stück Vieh, das zur Schlachtbank geführt wurde.

Und in diesem Moment wünschte sie sich, sie wäre bereits tot.

05

Der Reisewecker, den Lutz Hirschfeld am Köln Bonner Flughafen gekauft hatte, gab einen kläglichen Ton von sich. Im Halbschlaf tastete der Kriminalhauptkommissar in Richtung Nachttisch und schlug auf das Plastikgehäuse. Schließlich gelang es ihm, den Wecker auszuschalten. In diesem Moment sprangen die Ziffern der Digitalanzeige auf 7 Uhr. Hirschfeld langte nach der Packung Zigaretten, die er vom Nachttisch hinuntergeworfen hatte. Mit der Zigarette im Mundwinkel suchte er nach seinem *Zippo,* das er auf dem hochflorigen Teppichboden neben seinen *Chucks* fand. Er ließ das Feuerzeug aufschnappen und fuhr mit dem Daumen über das Zündrad.

„War klar", murmelte er. Kein Benzin mehr.

Hirschfeld warf das *Zippo* auf die Bettdecke und riss die Nachttischschublade auf. Wenigstens hatte dieses Hotel für Streichhölzer gesorgt. Immerhin verfügte es überhaupt über ein Raucherzimmer, dachte er, als er das Zündholz aufflammen ließ und die Zigarette in die Flamme hielt. Dann blies er es aus und platzierte das abgebrannte Stück Holz auf dem Nachttisch, da er keine Lust hatte, aufzustehen und den Aschenbecher zu suchen. Hirschfeld drehte sich wieder auf den Rücken, legte den linken Arm unter seinen Kopf und nahm ein paar Züge. Mit den Augen folgte er den dünnen Rauchsäulen, die zur Decke aufstiegen. Als die Glut abzufallen drohte, setzte er sich langsam auf. Er hielt die Linke schützend unter die Zigarette, verließ das Bett und schnippte die Asche in das schmale Waschbecken im angrenzenden Bad. Während der kleine, weiß gekachelte Raum sich mit Rauch füllte, betrachtete Hirschfeld sich im Spiegel. Er sah blass und müde aus, ein Anblick, der ihm in den letzten Monaten vertraut geworden war.

Diesen Umstand schrieb er weniger seinem beruflichen Neuanfang in Bonn zu als vielmehr der Tatsache, dass die Vergangenheit ihn Schritt für Schritt einzuholen drohte. Der Besuch bei seinem Vater hatte alte Wunden aufgerissen, musste Hirschfeld sich widerwillig eingestehen. Im Grunde war er es müde, sich in seiner Gegenwart wie ein ungezogener Schuljunge zu fühlen. Er war 34 Jahre alt und hatte das Gefühl, dass sie beide im Begriff waren, die Rollen zu tauschen. Doch das machte die Sache nicht einfacher.

Hirschfeld fuhr sich durch das ungekämmte Haar und fragte sich, warum er nicht länger geschlafen hatte. Andererseits wollte er seinen ersten Arbeitstag in Bonn ohne Hektik beginnen. Sein Dienst fing erst um 11 Uhr an. Zeit genug also, noch eine Zigarette zu rauchen und danach eine heiße Dusche zu nehmen.

Eine Dreiviertelstunde später stand Hirschfeld vor seinem geöffneten Koffer, den er bei seiner Ankunft vor dem Wandschrank auf dem Boden abgestellt und noch nicht ausgepackt hatte. Wasser tropfte von seinen Haaren auf die Kleidungsstücke, als er sich daranmachte, seine Garderobe für den heutigen Tag auszuwählen. Er entschied sich für Bluejeans, weißes Hemd, grauen Pullunder und ein bügelfreies dunkelblaues Jackett.

Um halb zehn kehrte er auf sein Zimmer zurück. Er hatte im Bistro drei Tassen Kaffee getrunken und Zeitung gelesen. Bei jedem Nachschenken hatte die Bedienung ihm das Frühstücksbuffet ans Herz gelegt, doch Hirschfeld hatte wie an den Tagen zuvor keinen Appetit verspürt.

Er trat ans Fenster und schaute hinunter in den Hof. Eine flache Treppe führte zu einer verwaisten Sonnenterrasse, die von kahlen Bäumen bewachsen war. Es hatte angefangen zu regnen. Der Schnee war bereits am Vortag geschmolzen. Innerhalb weniger Augenblicke verwandelte sich der Nieselregen in einen heftigen Schauer, der einen Wasserfilm über die Scheibe zog und die Welt dahinter zerfließen ließ.

Als Hirschfeld sich umwandte, fiel sein Blick auf den Beistelltisch neben dem moosgrünen Polstersessel. Darauf lag der Polizeibericht über seinen Vater. Immer noch ungelesen.

06

Da machst du Augen! Hab dich gefunden. Gefunden, gefunden, gefunden ... Konntest dich nicht länger vor mir verstecken. Nach all den Jahren. Hab immer an dich gedacht. Jeden Tag. Und nichts vergessen. Erinnerst du dich?

Jetzt liegst du da und kannst dich nicht mehr rühren. Und wenn du schreist, wird dich niemand hören. Dafür habe ich gesorgt.

Deine Zeit ist gekommen. Es gibt kein Zurück. Hab lange auf diesen Moment gewartet. Mir jede Sekunde unseres Wiedersehens ausgemalt. Bis ins kleinste Detail. Aber erwarte kein Mitleid. Keine Gnade. Kein Zögern. Weiß genau, was ich tue.

Du zitterst ja. Und deine Augen sind weit aufgerissen. Warte nur, bis du deine Strafe bekommst. Dann wirst du dir wünschen, nie geboren zu sein.

Fürchtest du dich? Bereust du? Das wird dir nicht mehr helfen. Jetzt bin ich dran, jetzt wirst du büßen für das, was du mir angetan hast!

07

„Guten Morgen", begrüßte einer der beiden Uniformierten hinter der Rezeption des Bonner Polizeipräsidiums Hirschfeld. Das blaue Hemd spannte über dem Bauch des Beamten. Er hatte ein joviales Lächeln aufgelegt und setzte gerade zu einer Frage an.

„Kriminalhauptkommissar Hirschfeld", kam Hirschfeld ihm zuvor, „ich werde erwartet."

Der Beamte klappte den Mund wieder zu. Dann nickte er und griff zum Telefon. Als er wieder auflegte, sagte er:

„Einen Augenblick, Sie werden abgeholt."

Der Uniformierte deutete auf ein paar Sitzgelegenheiten. Hirschfeld bedankte sich, stellte sich neben einen der mit blauem Stoff bezogenen Hocker und wartete.

„Lutz Hirschfeld?", fragte eine raue Bassstimme hinter ihm.

Zweifellos war er nicht der einzige Raucher im Kommissariat, schoss es Hirschfeld durch den Kopf, als er sich umwandte. Vor ihm stand ein weißhaariger Mann in den Fünfzigern. Er hatte ungewöhnlich blaue Augen, die ihn hinter einer randlosen Brille aufmerksam musterten, und trug einen dunkelgrauen Anzug mit einem hellgrauen Hemd. Auf eine Krawatte hatte er verzichtet. In der rechten Hand hielt er einen Becher mit dampfendem schwarzem Kaffee.

„Achim Noack", stellte er sich vor und streckte Hirschfeld umständlich seine Linke entgegen. „Willkommen in Bonn, Lutz."

Der Hauptkommissar drückte die dargebotene Hand zögerlich, um sich schnell wieder aus dem ungewohnten Griff zu lösen. Das erste Zusammentreffen mit seinem direkten Vorgesetzten hatte er sich anders vorgestellt. Der Leiter des Kriminalkommissariats 11 lächelte entschuldigend und bedeutete Hirschfeld, ihm zu folgen. Als sie eine große Glastür erreicht hatten, fingerte Noack ein ausgebeultes Lederportemonnaie aus seiner Jacketttasche und hielt es mit dem transparenten Außenfach auf der Rückseite, in der eine weiße Zugangskarte steckte, vor ein Lesegerät. Als die LED-Lampe grün aufleuchtete, öffnete sich die Tür lautlos. Der Leiter des KK 11 führte Hirschfeld durch einen breiten Flur, der mit Stäbchenparkett ausgelegt war. Sie passierten einen Durchgang und ließen drei nebeneinanderliegende Personenaufzüge zu ihrer Rechten hinter sich.

„Wir müssen nur ein Stockwerk höher", erklärte Noack und steuerte auf eine frei stehende Treppe zu. „Genieß die Aussicht."

Sie befanden sich in einem gläsernen Flur des fünfgeschossigen Gebäudes aus Stahl und Beton. Als sie die Treppe hinaufstiegen, konnte Hirschfeld einen Blick in das Atrium werfen. Zu dieser Jahreszeit war der Innenhof nur spärlich bewachsen. Auf der ersten Ebene angekommen erreichten sie nach ein paar Schritten einen lang gestreckten, weiß gestrichenen Flur, der den gläsernen Hauptgang kreuzte.

„Ich bitte um Nachsicht, dass ich mich nicht mit Förmlichkeiten aufhalte, aber die Zeit drängt ein wenig", fuhr Noack im Gehen fort. Bei jedem Wort tanzte sein grauer Schnauzbart auf und ab. „Die Kriminaldirektorin hat in 20 Minuten kurzfristig eine Unterredung mit dem Polizeipräsidenten und ist danach bei einem Auswärtstermin. Aber sie hat darauf bestanden, dich vorher noch persönlich zu begrüßen."

Hirschfeld versuchte, das Tempo zu halten, und wunderte sich, dass der Kaffee in Noacks Becher noch nicht übergeschwappt war.

Der Leiter des KK 11 öffnete eine der Verbindungstüren erneut mit seiner Chipkarte. Vom Flur gingen mehrere Räume ab. Ein beigefarbener, gemusterter Teppichboden schluckte ihre Schritte. Irgendwo in der Nähe waren gedämpfte Stimmen zu hören.

„Ich bin nicht beleidigt, wenn Frau Richter heute keine Zeit für mich hat", erwiderte Hirschfeld.

„Keine falsche Bescheidenheit, die Zeit muss sein. Die Kriminaldirektorin hat sich im Vorfeld sehr intensiv mit deinem Werdegang in Berlin beschäftigt. Deine Karriere ist beispiellos. Wir setzen große Erwartungen in dich und deine Arbeit."

„Danke, jetzt fühle ich mich schon viel wohler in meiner Haut."

„Sicher", entgegnete Noack abwesend, öffnete mit der Schulter eine Zwischentür, die ohne elektronisches Zugangssystem auskam, und ließ ihm den Vortritt.

Hirschfeld war nicht sicher, ob der Erste Kriminalhauptkommissar die Ironie verstanden hatte.

Nach ein paar Metern blieb Noack vor einer Tür stehen und klopfte an.

„Treten Sie ein!“, drang es aus dem Inneren des Büros.

Noack kam der Aufforderung nach, Hirschfeld folgte ihm und schloss die Tür hinter sich.

„Die Kriminaldirektorin erwartet Sie bereits“, nahm Richters Sekretärin sie in Empfang und wies mit der Hand auf eine weitere Tür. „Sie können gleich durchgehen.“

„Ich freue mich, dass Sie zu uns nach Bonn gefunden haben, Herr Hirschfeld.“

Die Kriminaldirektorin kam ihnen mit ausgestreckter Hand entgegen.

Sie war hinter ihrem ausladenden Schreibtisch aufgestanden und gab erst Hirschfeld und dann Noack die Hand, der sich immer noch an seinem Kaffeebecher festhielt.

Die Leiterin der Direktion Kriminalität war zierlich und reichte Hirschfeld gerade einmal bis zur Brust. Trotzdem strahlte sie eine natürliche Autorität aus. Sie hatte dunkelbraunes, kinnlanges Haar, das von feinen grauen Strähnen durchzogen war. An diesem Tag hatte sie sich für ein schlichtes graues Kostüm mit schwarzen Pumps entschieden und war dezent geschminkt. Bis auf einen Ehering trug sie keinen Schmuck. Hirschfeld schätzte Edith Richter auf Mitte 50, auch wenn sie deutlich jünger aussah.

„Vielen Dank“, entgegnete Hirschfeld schlicht und erwiderte das warme Lächeln, das die Kriminaldirektorin ihm geschenkt hatte.

„Darf ich vorstellen? Das ist Kriminaldirektor Ernst Friedrich Schumacher, Leiter der Kriminalinspektion 1.“

Hirschfeld hatte den schlanken Mann Ende 50 im dunkelblauen Maßanzug bereits beim Eintreten bemerkt. Er saß mit übergeschlagenen Beinen auf der Kante von Richters Schreibtisch und hatte die Arme vor der Brust verschränkt. Er trug sein grau meliertes Haar kurz und mit einem strengen Seitenscheitel. Schumachers Gesicht hatte eine unnatürliche Bräune. Sein Rasierwasser war aufdringlich und hing wie eine schwere Wolke über dem Büro der Kriminaldirektorin.

„Grüß dich, Ernst Friedrich", sagte Achim Noack.

Schumacher nickte dem Leiter des KK 11 zu. Es war nicht zu übersehen, dass es ihm missfiel, von einem Untergebenen geduzt zu werden. Hirschfeld vermutete, dass die beiden sich von der Ausbildung her kannten. Denn auf Sympathie beruhte diese vertraute Anrede sicher nicht.

„Sehr erfreut", log Hirschfeld, trat zum Leiter der Kriminalinspektion 1 und schüttelte ihm die Hand. Von der ersten Sekunde an wusste er, dass er mit Schumacher nicht warm werden würde.

Wie Hirschfeld erwartet hatte, hielt der Kriminaldirektor es nicht für notwendig, sich von seinem Platz zu erheben. Stattdessen taxierte er den neuen Kollegen ungeniert. Als Schumacher die Hand wieder sinken ließ, kreuzte er wieder die Arme vor der Brust. Dabei entblößte sein Jackettärmel eine teure Golduhr.

„Eine *Rolex Daytona.* Gelbgold. 18 Karat", kommentierte er, als er Hirschfelds Blick bemerkte. „Da müssen Sie sich noch ein paar Jahre anstrengen, bis Sie sich auch so ein Prachtstück leisten können."

„Ich will Ihre Unterhaltung nur ungern unterbrechen, meine Herren", schaltete sich Edith Richter ein. „Aber ich möchte mich gerne noch kurz unter vier Augen mit Herrn Hirschfeld unterhalten."

Noack und Schumacher folgten der Aufforderung der Kriminaldirektorin und verließen das Büro, während Edith Richter wieder zu ihrem Stuhl zurückkehrte.

„Bitte, nehmen Sie für einen Moment Platz. Wollen Sie nicht Ihren Mantel ablegen?"

„Danke", erwiderte Hirschfeld und setzte sich auf einen der Besucherstühle vor Richters Schreibtisch, nachdem er sich seines Ulsters entledigt hatte.

„Ich würde Ihnen gerne einen Kaffee anbieten, aber ich fürchte, dazu bleibt uns leider keine Zeit mehr."

„Kein Problem."

„Wie geht es Ihrem Vater?“, kam Edith Richter direkt zum Punkt.

Hirschfeld hätte mit jeder Frage gerechnet, mit Ausnahme dieser. Er musste sich für einen Augenblick sammeln, dann antwortete er vage:

„Den Umständen entsprechend.“

„Verstehe“, gab die Kriminaldirektorin zurück, stützte die Ellenbogen auf den Tisch und legte die Fingerspitzen aneinander. „Ich möchte Ihnen nicht zu nahe treten, Herr Hirschfeld, aber ich bin über die Gründe Ihres Wechsels nach Bonn informiert. Ich kann mir vorstellen, dass dies alles nicht einfach ist. Immerhin haben Sie in Berlin hervorragende Arbeit geleistet und sich den Respekt Ihrer Vorgesetzten und Kollegen erarbeitet. Bei uns werden Sie wieder bei null anfangen. Das ist Ihnen sicher bewusst.“

„Natürlich, ich habe nichts anderes erwartet.“

„Trotzdem möchte ich Ihnen sagen, dass ich für Sie immer ein offenes Ohr haben werde.“

„Das ist sehr freundlich von Ihnen.“

„Ich sage das nicht nur, ich meine es auch so. Wenn Sie also Schwierigkeiten haben sollten, sich hier einzugewöhnen …“, entgegnete die Kriminaldirektorin und legte eine Pause ein.

Lutz Hirschfeld wusste, auf wen Richter anspielte.

„… dann behalten Sie es bitte nicht für sich“, vollendete sie ihren Satz.

08

Weiß nicht, was ich falsch gemacht hab. Warum werd ich wieder bestraft? War doch ganz brav. Hab's zumindest versucht. Keine Ahnung, wie das passiert ist. Nichts gemerkt. Vielleicht bin ich noch zu klein. Die anderen nennen mich immer ‚Baby'. Oder ‚Heulsuse'. Dabei bin ich schon groß. Als ich aufgewacht bin, wusste ich's dann sofort. Musste gar kein Licht anmachen. Alles war nass. Erst war es warm, dann wurde es kalt unter mir. Bin still liegen geblieben. Ganz lang, bis es nicht mehr ging. Und jetzt weiß es der ganze Schlafsaal. Kriege Angst von dem Geschrei und halte mir die Ohren zu. So fest ich kann. Duck mich und mach mich ganz klein. Aber es hilft nichts. Meine Wangen brennen. Die paar Backpfeifen schaden nicht, sagen sie. Das kann schon sein. Was weiß ich schon? Ich darf nichts sagen. Hab Glück, dass ich überhaupt hier sein darf.

Mein Laken muss ich auswaschen, die halbe Nacht. Meine Finger werden schon ganz runzlig vom kalten Wasser. Wär möglich, dass ich Schwimmhäute bekomme. Wie ein Frosch. So grün und glitschig. Dann hüpf ich einfach weg. Hüpf, hüpf, hüpf. Weit fort. Wo mich niemand findet.

09

„Du musst der Neue sein", steckte ein blondhaariger Typ mit Brille den Kopf zu Hirschfelds Büro hinein.

Der Kriminalhauptkommissar hatte nach dem Gespräch mit Edith Richter einige Formalitäten erledigt. Er hatte bei den Kollegen des KK 15 vorbeigeschaut und in der Lichtbildstelle Aufnahmen für seinen neuen Dienstausweis machen lassen. Mittags hatte er der Cafeteria im Erdgeschoss, die an den Wänden mit bunten Clownsgesichtern aus Plastik geschmückt war, einen Besuch abgestattet und einen Salat gegessen. Danach hatte er sein Büro ausfindig gemacht, das er sich mit einem anderen Hauptkommissar teilte.

„Ich bin Kriminalkommissar Christian Hellmann", fuhr der Blonde fort.

Er hatte eine hohe Stirn, blaue Augen und auffällig schmale Lippen. Seine Brille hatte eine dezente Silberfassung am oberen Rand. Er trug einen schwarzen Anzug mit weißem Hemd und einer rot-weiß-blau gestreiften Krawatte. Trotz seines jungen Alters hatte Hellmann sich ein reichlich konservatives Äußeres zugelegt. In der Schule, war Hirschfeld sich sicher, hatte der kleine Christian es schwer gehabt.

„Kriminalhauptkommissar Lutz Hirschfeld."

„Ich weiß, ich habe schon viel von dir gehört."

Warum musste das jeder, der ihm heute begegnete, erwähnen?, dachte Hirschfeld und bat Hellmann einzutreten:

„Bitte."

„Um es gleich vorwegzunehmen, Lutz."

Hellmann senkte die Stimme im Näherkommen: „Ich beneide dich wirklich nicht, dass du Kirchhoff als Partner abbekommen hast."

Was für ein netter Empfang.

„Ich hatte noch nicht das Vergnügen", entgegnete Hirschfeld und lehnte sich auf seinem Stuhl zurück. Hellmann ging ihm bereits jetzt auf die Nerven.

„Ja, richtig. Unser Umstandskommissar hat heute Urlaub."

„Karnevalist?", mutmaßte Hirschfeld aus reiner Höflichkeit und hoffte inständig, dass Hellmann ihn nicht in ein längeres Gespräch verwickelte.

„Du meinst, weil heute Rosenmontag ist?"

Als der Wechsel nach Bonn feststand, hatte Hirschfeld es für einen Wink des Schicksals gehalten, dass der 15. des Monats ausgerechnet auf diesen Tag fiel.

„Wenn ich ehrlich bin", fuhr Hellmann fort, „weiß ich nicht, was Peter in seiner Freizeit treibt."

„Ach so", sagte Hirschfeld und schaute beiläufig auf seine Uhr.

„Seinem Gemütszustand nach zu urteilen gehört er nicht zu der ausgelassenen Sorte Mensch. Er redet nicht viel, aber das wirst du noch schnell genug herausfinden."

Weniger Gerede würde dir auch ganz guttun, entschied Hirschfeld. Er hatte etwas gegen Verbrüderungen und gab nichts auf die Meinung anderer, bevor er sich nicht selbst ein Bild gemacht hatte.

„Und? Bist du heute schon dem General begegnet?", lächelte Hellmann und entblößte dabei eine Reihe makelloser Zähne. „Ich nehme an, dass du die Führungsebene bereits kennengelernt hast."

„Welchem General?"

„Na, Schumacher."

„Du meinst den Leiter der Kriminalinspektion?"

„Ja, genau."

„Ihr nennt ihn ‚General'?"

„Ja, irgendwie hat er einen militärischen Habitus, findest du nicht?", erwiderte Hellmann in fast schwärmerischem Ton und stützte sich mit beiden Händen auf Hirschfelds Schreibtisch ab.

Wenn du Schumacher etwas abgewinnen kannst, haben wir schon mal nicht dieselbe Wellenlänge, dachte Hirschfeld und blickte jetzt demonstrativ auf seine Uhr. Seine Zeit war zu kostbar, um sie mit dem Austausch von Belanglosigkeiten zu vergeuden.

„Aber er ist die Karriereleiter ziemlich schnell hinaufgeklettert", fuhr Hellmann unbeirrt fort und richtete sich wieder auf. „Das muss man ihm lassen."

„Ich möchte nicht unhöflich sein", unterbrach er Hellmann und deutete auf mehrere Akten, die vor ihm auf dem Schreibtisch lagen, „aber ich muss mich noch in ein paar Fälle einlesen."

„Natürlich, kein Problem. Wir haben ab jetzt ja öfters Gelegenheit für ein Gespräch unter vier Augen", erwiderte Hellmann und wandte sich zum Gehen.

Lutz Hirschfeld nickte dem Kriminalkommissar zu und tat so, als vertiefte er sich wieder in eine der Akten. Als die Tür zufiel, schloss Hirschfeld die Augen und hoffte, dass Hellmann seine Drohung nicht so schnell in die Tat umsetzen würde.

10

Wach auf! Du bist ein ungezogenes Mädchen. Ich bin noch nicht fertig mit dir, so einfach kommst du mir nicht davon. Ich habe dir noch nicht erlaubt, zu gehen. Mach die Augen auf!

So schnell stirbt kein Mensch. Aber du bewegst dich nicht mehr. Auch nicht, wenn ich dich anstoße. Dein Körper ist ganz verdreht. Das kann ja nicht gut gehen. Außerdem bist du kalt wie Eis. Und deine Haut ist wie aus Wachs.

Jetzt suche ich nach deinem Puls. Nichts. Ich schlage dir ins Gesicht. Doch du rührst dich immer noch nicht. Wenn ich deine Lider hebe, starren mich glasige Augen an. Wie konnte das passieren? Armes kleines Mädchen, armes kleines Mädchen. Was mach ich jetzt mit dir?

11

Greller Feuerschein erhellte den nachtschwarzen Himmel. Aufkommender Nordwind nährte die Flammen, die mehrere Meter hoch schlugen und ein Meer an Funken rheinaufwärts schickten. Die glühenden Punkte wirbelten im Luftstrom umher, um nach wenigen Augenblicken zu verglimmen. Der Bug eines schwach beleuchteten Lastkahns tauchte zwischen den Pfeilern der Friedrich-Ebert-Brücke auf und glitt mit leisem Motorengeräusch durch das dunkle Wasser. Etwa 30 Personen umringten den Scheiterhaufen und starrten mit glasigen Augen in das Zentrum des Feuers. Ihre Gesichter leuchteten rot-orange und glühten vor Hitze. Die Flammen leckten über die knorrigen Äste und ließen das Holz knacken. Hier und da hatte sich das Feuer bereits in eine schwelende Glut verwandelt, die nach neuer Nahrung verlangte.

Ein Mann löste sich aus der Gruppe und trat näher an den Scheiterhaufen. Er trug einen schwarzen Talar. Auf seinem Kopf saß eine übergroße Priestermütze, unter der eine wilde Lockenmähne hervorquoll. Das bleich geschminkte Gesicht wurde von einem Vollbart eingerahmt. Seine Augen waren mit schwarzem Kajal umrandet und blickten finster in die Runde. Sofort verstummte die Menge. Während er die Feuerstelle umkreiste, tauchte er eine Klobürste in einen Eimer Wasser und segnete die Umstehenden. Dabei murmelte er ein paar Gebetsformeln vor sich hin. Als er wieder am Ausgangspunkt angelangt war, steckte er die Bürste zurück in den Eimer und hielt ihn mit ausgestrecktem Arm von sich. Eine Hand griff danach und nahm die liturgischen Utensilien entgegen. Dann holte der Priester mit großer Geste eine rote Bibel unter seinem wehenden Talar hervor und erhob seine Stimme:

„Liebe Trauergemeinde, wie sagten schon die Alten? Nix is ömesöns. Kein Bier, kein Flöns."

„Nix is ömesöns. Kein Bier, kein Flöns", echote es mehrstimmig aus dem Kreis, in den jetzt Bewegung kam.

Die meisten Gemeindemitglieder hatten eine Fackel in der Hand und schüttelten diese, um ihren Worten mehr Gewicht zu verleihen.

Der Priester hob beschwichtigend seine Linke und fuhr fort:

„Wir haben uns heute hier versammelt, um Abschied von unserem Nubbel zu nehmen. Er wird büßen für seine Sünden."

Damit reckte er die Bibel mahnend in die Höhe. Mit dem ausgestreckten Zeigefinger der anderen Hand deutete er auf den leblosen Körper, der etwas abseits auf dem Kies lag. Er war auf eine Holzleiter gebettet und nur mit einer zerschlissenen Jeans und einem rot-schwarz karierten Holzfällerhemd bekleidet.

„Hört, was der Nubbel sich hat zu Schulden kommen lassen! Was hat der Nubbel verbrochen?"

„Un da singt der janze Knubbel: Dat wor der Nubbel!“ , meldete sich der Mann zu Wort, der gerade das Weihwassergefäß und das borstige Aspergill an sich genommen hatte, und blickte auffordernd umher.

„So ist es, mein Sohn.“

Gejohle erklang und wehte über den Rhein bis an das gegenüberliegende Ufer. Die Gemeinde war jetzt in der richtigen Stimmung, um mit der feierlichen Zeremonie zu beginnen.

„Wer hat Schuld, dass wir unser ganzes Geld versoffen haben?“, fragte der Pfarrer die Menge.

„Dat wor der Nubbel!“, kam es wie aus einem Mund zur Antwort.

„Wer hat Schuld, dass wir fremdgegangen sind?“, fragte der Geistliche weiter, mit jeder Silbe lauter.

„Dat wor der Nubbel!“

„Wer hat Schuld, dass die Session bald ein Ende hat?“

„Dat wor der Nubbel!“

„Nun gut, liebe Trauergemeinde“, gab der Geistliche zurück und machte eine bedeutungsvolle Pause. „Dann soll er brennen!“

„Ja, er soll brennen!“, schrie die Menge.

In diesem Moment ertönte aus der Ferne ein Schiffssignal und feuerte die Gemeinde zu noch lautstärkeren Rufen an.

Schließlich gab der Priester ein Zeichen und befahl:

„Bringt ihn zum Schafott!“

Trommelwirbel setzte ein. Zwei Messdiener eilten herbei und nahmen die Bahre hoch. Dabei rutschte ein Arm über den Rand und hing schlaff herab.

„Ahl Säu“, rief eine Frau aus der vorderen Reihe und spuckte auf den Boden.

Sie trug ein wallendes schwarzes Kleid. Ein neonpinker Trauerschleier verhüllte ihr Gesicht.

„Feichling“, wetterte eine andere in einem Herrensmoking, der ihr drei Nummern zu groß war.

„Schande, Schande", ließen sich die hinteren Reihen vernehmen.

Die Trommelschläge schwollen zu einem treibenden Rhythmus an.

„Werft ihn ins Feuer!", donnerte der Priester und bekreuzigte sich.

Die beiden Messdiener hatten den Scheiterhaufen inzwischen fast erreicht. Sie setzten die Bahre ab, fassten den Körper an Schultern und Fußgelenken und schleuderten ihn ins Feuer. Eine gelbe Stichflamme schoss in die Höhe, als der Nubbel auf dem Scheiterhaufen landete. Die Umstehenden wichen zurück. Als die Flammen den Körper verzehrten, stimmte die Trauergemeinde ein Lied an. Die meisten hakten sich bei ihrem Nebenmann unter und wiegten sich schwankend im Takt. Der Kies knirschte unter ihren Füßen. Jemand köpfte eine Flasche Sekt und ließ ein paar Plastikbecher kreisen. Nach einer Weile löste sich die Gesellschaft langsam auf. Während der Priester und die beiden Messdiener beim Feuer stehen blieben, machten sich die Ersten auf den Heimweg.

„Warum hast du es plötzlich so eilig?", hielt ein schlaksiger Mann mit zerbeultem Zylinder die Frau im schwarzen Kleid zurück.

Sie hatten den Fuß der schmalen Steintreppe erreicht, die vom Flussbett hoch zur Promenade führte.

„Ich weiß nicht", lächelte sie, raffte ihr Kleid und stieg unsicheren Schrittes die Stufen hoch.

„Die Nacht ist noch jung", war seine Stimme dicht hinter ihr.

„Hast du etwa noch nicht genug vom Karneval?", fragte sie und drehte sich halb zu ihm um.

Auf der nächsten Stufe verfing sich ihr linker Schuh zwischen den Lagen ihres Tüllunterrocks. Sie stolperte und drohte nach hinten zu fallen. Sofort war er bei ihr und fing sie auf.

„Vom Karneval ja, aber nicht von dir", flüsterte er ihr ins Ohr und stellte sie wieder auf die Füße.

Sie errötete unter ihrem Schleier und lachte leise. Als sie die Treppe erklommen hatten, griff sie wortlos nach seiner Hand. Sie gingen ein paar Schritte, dann drehten sie sich noch einmal um und schauten zurück auf den Scheiterhaufen, der nach wie vor lichterloh brannte. Die Personen, die am Ufer zurückgeblieben waren, warfen lange Schatten auf den Kiesboden.

„Ich hätte nicht gedacht, dass eine Beerdigung so schön sein kann“, meinte er und drückte ihre Hand.

Ihre Blicke suchten sich in der Dunkelheit. Dann näherten sich ihre Gesichter langsam.

„Ihr habt kein bisschen Anstand im Leib“, erklang eine belegte Stimme neben ihnen, als ihre Lippen sich trafen. „Die Leichenfeier ist noch nicht beendet und ihr liegt euch schon in den Armen.“

„Alex, lass die Späße und zieh Leine!“, beschwerte sich der Zylinder.

„Ja, ja, schon gut, dann will ich euch Turteltäubchen nicht länger stören“, gab Alex schulterzuckend zurück und trottete los.

„Komm mit!“, kicherte die schwarze Braut, als Alex außer Hörweite war, und lief los.

„Warte! Was hast du vor?“, versuchte er sie zurückzuhalten.

„Wird nicht verraten“, kam es zur Antwort.

Damit verließ sie den asphaltierten Fußgängerweg und verschwand zwischen zwei ausladenden Sträuchern, die ihr bis zur Schulter gingen und eine Art Dach aus Zweigen bildeten.

„Du bist total verrückt“, scherzte er und schlug sich ebenfalls in die Büsche.

Die nächste Laterne war ein paar Meter entfernt und warf nur spärliches Licht in ihre Richtung. Er versuchte daher, sich an den Bewegungen der Zweige zu orientieren, um mit ihr Schritt zu halten.

„Ich weiß. Deswegen magst du mich ja auch“, hörte er sie ein Stück vor sich.

„Wo steckst du?“, wollte er wissen, als sie offenbar stehen geblieben war.

„Folge einfach meiner Stimme."

„Was machst du da?", fragte er, als er ihr Gesicht zwischen ein paar Ästen hervorblitzen sah.

Sie hockte auf dem Boden und schien etwas zu suchen.

„Als Kinder haben wir hier immer gespielt", erklärte sie. „Irgendwo muss ein Loch im Zaun sein."

„Jetzt sag nicht, dass du ins Römerbad einsteigen willst!"

„Das klingt so melodramatisch. Wir machen nur einen kleinen Ausflug und sind weg, bevor uns jemand entdeckt."

Während sie redete, hatte er zu ihr aufgeschlossen und ging neben ihr auf dem gefrorenen Boden in die Hocke.

„Bist du sicher, dass das hier die richtige Stelle ist? Ist ja schon ein paar Jahre her, oder?"

„Haha, sehr witzig."

Er zog sie an sich und küsste sie ein zweites Mal. Sie verlor das Gleichgewicht und landete unsanft auf dem Po.

„Autsch!"

Als sie sich wieder aufrappelte, berührte ihre Hand etwas Weiches, das unter ihrem Gewicht nachgab.

„Warte mal."

Sie löste sich von ihm.

„Da ist irgendetwas."

„Wo?"

„Hier", antwortete sie und tastete mit den Fingern den Boden ab.

„Du siehst ja schon Gespenster", entgegnete er.

„Nein, ganz sicher nicht. Da! Hier liegt etwas!"

„Gut, wenn es dich beruhigt, sehe ich für dich nach."

Er griff in die Innentasche seines Jacketts und zog eine Taschenlampe hervor.

„Ich wusste gar nicht, dass du so gut ausgerüstet bist", meinte sie, als er den Schalter betätigte.

„Ich habe viele Qualitäten, von denen du noch nichts weißt", erwiderte er.

In diesem Moment begann der dünne Lichtstrahl zu flackern.
„Okay, ich nehme alles zurück und behaupte das Gegenteil. Die Batterien sind alle."

„Mist", antwortete er und schüttelte die Taschenlampe. „Hier ist aber nichts. Lass uns lieber weiter nach dem Loch im Zaun suchen, bevor das Ding vollends seinen Geist aufgibt."

Als der schwache Lichtkegel auf den Maschendraht traf, stockte ihnen plötzlich der Atem. Keine zwei Armlängen entfernt ragte ein bleicher Fuß aus dem Laub. Dann fing sie an zu schreien.

12

Hab keinen Mucks gemacht. Hab mich nicht bewegt. Sieh doch: Das Mehl auf dem Boden ist ganz weiß. Bin nicht hineingetreten. Aber meine Knie schlottern. Sind wie aus Gummi. Weiß nicht, wie lange ich noch so hier stehen kann. Es ist so kalt auf dem Flur. Will zurück ins Warme. Zurück zu den anderen. Werde bestimmt keine Äpfel mehr aus dem Garten stehlen. Hatte doch nur Hunger. Wie jetzt. Nichts mehr gegessen seit Stunden. Mein Magen fühlt sich an wie ein Stein. Ganz hart. Und leer. Bin dazu noch müde. So müde. Wenn sie mich nicht zurückholen, schlaf ich noch im Stehen ein. Dann fall ich einfach um und das Mehl fliegt in alle Richtungen. Verteilt sich auf den Dielen und fällt in jede Ritze. Oder ich lauf einfach weg. Aber sie würden mich finden. Meine Fußabdrücke würden mich verraten. Wie jedes Mal. Kann nirgendwohin. Wenn ich die Augen zumache, verschwinde ich vielleicht.

13

Lutz Hirschfeld schlug die Augen auf. Irgendetwas hatte ihn geweckt. Er drehte sich zur Seite und nahm verschwommen die grünen Leuchtziffern seines Reiseweckers wahr. Es war bereits weit nach Mitternacht.

„Ja?", meldete sich Hirschfeld matt nach dem letzten Telefonklingeln.

Es war Mittwoch. Sein zweiter Arbeitstag in Bonn war ruhig verlaufen. Am Morgen hatte Hirschfeld seine mit einer Registriernummer versehene Kriminalmarke und seinen Dienstausweis entgegengenommen. Die PolizeiCard mit dem Wappen von Nordrhein-Westfalen und dem Polizeistern war scheckkartengroß. Beamte in Zivil mussten die Karte mit sich führen, um sich zusätzlich ausweisen zu können. Tagsüber hatte das KK 11 nur zwei Leichensachen reinbekommen: den Suizid eines alleinstehenden 67-Jährigen, der sich in seinem Schlafzimmer erhängt hatte und von einer Nachbarin, die sich Sorgen gemacht und nach dem Rechten gesehen hatte, gefunden worden war, und den Tod einer 84-jährigen Bewohnerin eines Altenheims. Die Angehörigen hatten Zweifel geäußert, ob die Frau tatsächlich eines natürlichen Todes gestorben war. Hirschfeld hatte die Beschlagnahmung des Leichnams vom Kommissariat aus veranlasst. Im Gegensatz zu dieser Büroleiche, wie solche Fälle im KK 11 gerne genannt wurden, schien die Sachlage jetzt eine andere zu sein.

„Peter Kirchhoff am Apparat. Wir haben eine Leiche am Rheinufer. Ich hole dich in einer Viertelstunde ab."

Dann klickte es in der Leitung, das Gespräch war beendet.

Hirschfeld quälte sich aus dem warmen Bett. Während er sich anzog, suchte er nach seinen Zigaretten. Kurz darauf verließ er sein Zimmer. Auf dem Weg nach unten schob er sich eine Zigarette zwischen die Lippen. Als er die Doppeltür des Hotels öffnete, schlug ihm ein schneidender Wind entgegen. Kaum hatte er sich die Zigarette angezündet, hielt ein schwarzer Audi A4 Quattro auf der gegenüberliegenden Straßenseite. Das Seitenfenster glitt hinunter und ein breites, kantiges Gesicht, dem die Müdigkeit anzusehen war, erschien in der Öffnung.

„Lutz Hirschfeld?"

„Yepp."

„Steig ein, wir sind spät dran", meinte Kirchhoff zur Begrüßung.

Hirschfeld nahm einen letzten Zug, überquerte die Straße und schnippte die glühende Zigarette gegen den Bordstein. Dann umrundete er den Wagen, öffnete die Tür und ließ sich auf den Beifahrersitz fallen.

„Netter Dienstwagen", meinte er und schnallte sich an.

„Der letzte Neuzugang in unserem Fahrzeugpool", entgegnete Kirchhoff, ließ den Audi auf die Straße rollen und trat aufs Gaspedal.

„Was haben wir bisher?", wollte Hirschfeld wissen.

Später würden sich noch genügend Gelegenheiten bieten, ein paar persönliche Worte zu wechseln. Kirchhoff machte allerdings nicht den Eindruck, als läge ihm viel an einer Unterhaltung dieser Natur.

„Weiblich, weiß, zwischen 20 und 30 Jahren", fasste Kirchhoff knapp zusammen.

„Todesursache?"

„Bisher nicht bekannt. Die Leiche ist noch nicht geborgen. Dennoch können wir von einem Tötungsdelikt ausgehen: Die Frau ist – nach dem jetzigen Stand der Dinge – unbekleidet."

„Verstehe", entgegnete Hirschfeld und warf einen Seitenblick zu Kirchhoff, der starr geradeaus auf die Fahrbahn sah.

Im Profil stachen seine längliche Nase und die schmalen Lippen hervor. Außerdem begannen seine Schläfen deutlich zu ergrauen. Irgendetwas irritierte Hirschfeld an Kirchhoff, er konnte diesen Eindruck jedoch nicht in Worte fassen.

„Wer hat die Tote gefunden?", erkundigte er sich.

„Ein Pärchen."

„Was hatten die beiden um diese Uhrzeit dort verloren?", hakte Hirschfeld sofort nach.

„Soweit ich es richtig verstanden habe, haben die zwei an einer Nubbelverbrennung teilgenommen und sich anschließend von der Gruppe entfernt. Dabei sind sie dann im wahrsten Sinne des Wortes über die Leiche gestolpert."

„Nubbelverbrennung? Was habe ich mir darunter vorzustellen?"

„Ein alter Karnevalsbrauch", antwortete Kirchhoff, setzte den Blinker und bog in die Wilhelmstraße ein.

„Ist mir nicht geläufig."

„Richtig, du stammst ja nicht von hier. Der Nubbel ist eine Strohpuppe, ..."

„Alles andere hätte mich auch gewundert", warf Lutz Hirschfeld ein.

„... die in der Nacht von Karnevalsdienstag auf Aschermittwoch verbrannt wird", fuhr Kirchhoff unbeirrt fort. „Der Nubbel steht für die Verfehlungen, die im Karneval begangen worden sind. Wenn man so will, ist er eine Art Sündenbock. Zu Beginn der Session wird der Nubbel über die Tür einer Kneipe gehängt. Am Veilchendienstag wird er schließlich mit einer feierlichen Prozession zum Scheiterhaufen geleitet und den Flammen übergeben."

„Interessante Freizeitbeschäftigung", gähnte Hirschfeld und fuhr sich mit der Hand über seine Bartstoppeln.

Peter Kirchhoff verzog keine Miene. Hirschfeld war nicht sicher, ob er seinen Kollegen gerade gekränkt oder ob dieser einfach keinen Sinn für ironische Untertöne hatte.

„Gibt es bereits irgendwelche Anhaltspunkte?", wechselte Hirschfeld deshalb das Thema.

„Nein. Das Gelände ist unübersichtlich und schwer zugänglich. Wir haben bereits die Feuerwehr zur Unterstützung angefordert, um uns einen besseren Überblick zu verschaffen. Wir können nur hoffen, dass es diese Nacht nicht wieder anfängt zu regnen."

Hirschfeld nickte und blickte aus dem Fenster. Die Lichter der Stadt zogen an ihm vorbei. Die Straßen waren fast menschenleer. Die meisten Jecken mussten entweder irgendwo versackt sein oder bereits den Heimweg angetreten haben.

Zehn Minuten später lenkte Peter Kirchhoff den Wagen von der Römerstraße auf einen großflächigen Parkplatz unter der Nordbrücke. Er stellte das Fahrzeug ab und meinte:

„Den Rest gehen wir zu Fuß. Ist nicht weit."

Sie stiegen aus. Kirchhoff reichte Hirschfeld eine Taschenlampe und deutete auf einen Fahrradweg.

„Da entlang."

Die Lichtkegel ihrer Taschenlampen tanzten über den asphaltierten Weg. Nach knapp 200 Metern traf der Weg auf die Rheinpromenade. Sie wandten sich nach rechts und entdeckten sofort ein Feuerwehrfahrzeug, einen weißen Kastenwagen der KTU und zwei Polizeistreifen mit eingeschalteten Scheinwerfern. Eine Lichtgiraffe, eine große Flutlichtanlage der Feuerwehr mit einem ausfahrbaren Mast mit neun 1.500-Watt-Strahlern, leuchtete den Fundort aus, der weiträumig abgesperrt war, und tauchte die Szenerie in gleißende Helligkeit. Mehrere Personen standen in Gruppen um die Fahrzeuge herum und unterhielten sich gedämpft. Bei jedem Atemzug bildeten sich kleine Kondenswolken vor ihren Gesichtern. Eine Gestalt löste sich aus dem Schatten des Feuerwehrautos und kam ihnen entgegen.

„Hellmann", begrüßte Kirchhoff den Kriminalkommissar und vermied den Augenkontakt.

„Peter, Lutz", erwiderte Hellmann den Gruß und setzte einen tadelnden Gesichtsausdruck auf. „Wir warten seit 20 Minuten auf euch. Wo habt ihr so lange gesteckt?"

Er trug eine dunkelgrüne Barbourjacke mit braunem Cordkragen. An den Füßen hatte er gelbe Gummistiefel.

„Man kann nie wissen", entgegnete er beleidigt, als er Hirschfelds Blick nach unten folgte. „Ich habe einfach keine Lust, mir die Schuhe zu ruinieren."

„Und ich dachte immer, die gelbe Variante gibt es nur in Kindergröße", erwiderte Hirschfeld.

Noch bevor er den Satz vollendet hatte, wurde ihm bewusst, dass sein Humor nicht immer auf Gegenliebe stieß, besonders nicht in Situationen, in denen er im Begriff war, die Ermittlungen in einem Mordfall aufzunehmen.

Hellmann sah ihn für einen Moment irritiert an, dann setzte er ein breites Lächeln auf, da er Hirschfelds Bemerkung für einen Ausdruck der Sympathie hielt.

„Wo ist die Leiche?", fragte Kirchhoff mit einem Seitenblick auf Hirschfeld, bevor Hellmann etwas erwidern konnte.

„Dort drüben zwischen den beiden großen Eibensträuchern", gab Hellmann zurück und deutete auf den breiten Rasenstreifen, der parallel zum Gehweg verlief. „Die Tote liegt unmittelbar neben dem Zaun, der das Grundstück zum Römerbad eingrenzt. Sie ist halb von Laub bedeckt und wird noch fotografiert."

„Okay, worauf warten wir noch?"

Sie setzten sich in Bewegung und passierten die beiden Polizeiwagen, die quer über den Fußgängerweg geparkt standen.

„Wo steckt eigentlich Jansen?", erkundigte sich Kirchhoff, hob das rot-weiße Plastikband mit der Aufschrift POLIZEIABSPERRUNG an und ließ erst Hellmann und dann Hirschfeld den Vortritt, bevor er selbst darunter hindurch auf die Rasenfläche trat.

„Der spricht gerade mit den beiden Streifenpolizisten, die als Erste am Fundort waren."

„Gut", entgegnete Kirchhoff. „Zuerst möchte ich die Bilder sehen. Danach sprechen Lutz und ich mit dem Pärchen, das die Leiche entdeckt hat."

„Natürlich, natürlich", beeilte Hellmann sich zu erwidern.

Kirchhoff und Hirschfeld wandten sich zum Gehen und ließen Hellmann mit seinen gelben Gummistiefeln davonstapfen.

Die beiden Kriminalhauptkommissare hatten nach wenigen Schritten bereits die innere Absperrung erreicht. Nur Erkennungsdienst, Rechtsmedizin und der Einsatzleiter hatten jetzt noch Zutritt zur Spurensperrzone, in der ein weißes Faltzelt als Regenschutz zwischen den Sträuchern aufragte. Sie mussten sich für den Augenblick mit ein paar Digitalaufnahmen von Leiche und Fundort begnügen, um keine eigenen Spuren zu setzen und damit vorhandene zu zerstören. Alle Personen, die sich hinter der Absperrung aufhielten, steckten in weißen *Tyvek*-Schutzanzügen und trugen Mundschutz und Überschuhe.

„So ein verfluchter Mist!", rief eine Stimme aus den Eibensträuchern.

Kurz darauf tauchte eine junge Frau zwischen den Büschen auf. Ein paar Strähnen ihres schwarzen Ponys schauten unter der Kapuze des Schutzanzuges hervor, in dem sich ihr zierlicher Körper verlor. Über den Schultern trug sie eine schwere Fototasche. Mit beiden Händen hielt sie eine digitale Spiegelreflexkamera umklammert, auf die sie weiter einredete:

„Ich fass es nicht, das darf doch nicht wahr sein!"

Peter Kirchhoff räusperte sich vernehmlich. Die Fotografin hob den Kopf und funkelte ihn aus dunklen Augen an.

„Ich will kein Wort hören, Kirchhoff", sagte sie grimmig.

Dann entdeckte sie Hirschfeld.

„Und mit wem habe ich noch die Ehre?", fragte sie und blies sich eine Strähne aus dem Gesicht.

„Lutz Hirschfeld."

„Sehr erfreut", erwiderte die junge Frau und klang alles andere als begeistert. „Ich kann Sie beide gerade überhaupt nicht gebrauchen."

„Ich hatte die Hoffnung, Sie könnten uns bereits ein paar Aufnahmen zeigen", entgegnete Kirchhoff emotionslos.

„Das ist leichter gesagt als getan. Der Gurt meiner Kamera hat sich gerade verabschiedet. Deswegen ist mir der Apparat runtergefallen. Das Display ist tot. Wenn die Aufnahmen durch die Erschütterung verloren gegangen sind, kann ich wieder von vorne anfangen. Und Sie wissen ja, was das bedeutet."

„Das ist in der Tat sehr unerfreulich, Renee. Aber Sie haben doch sicher die Möglichkeit, die Kamera zu überprüfen, oder?"

„Natürlich."

„Können wir Sie begleiten?"

„Wenn es Sie glücklich macht, Kirchhoff. Sie lassen sich ja eh nicht davon abhalten."

Damit kämpfte sich die Fotografin unter dem Flatterband hindurch, das die Spurensperrzone markierte. Kirchhoff und Hirschfeld folgten ihr in einigem Abstand zu ihrer Ausrüstung, die sie vor einem Baumstumpf abgestellt hatte. Sie griff nach einem Rucksack, der neben einer weiteren Fototasche stand, und zog einen schwarzen Laptop daraus hervor. In Ermangelung einer besseren Unterlage stellte sie das Notebook auf den Rucksack und klappte das Display auf. Während sie das Betriebssystem hochfahren ließ, zog sie die Speicherkarte aus der Kamera und wartete fingertrommelnd darauf, dass sich die Windows-Oberfläche aufbaute.

Gerade als der Desktop auf dem Monitor erschien, brach ein lautstarker Tumult an der äußeren Absperrung aus.

„War nur eine Frage der Zeit, bis die Presse hier auftaucht", meinte Kirchhoff und warf einen Blick in die Richtung, aus der die Stimmen kamen.

Hirschfeld drehte sich ebenfalls um und entdeckte mehrere Reporter, die sich lautstark mit zwei Streifenpolizisten auseinandersetzten. Sie mussten den Polizeifunk abgehört und sofort zur Leichenfundstelle aufgebrochen sein.

„Hier gibt es nichts zu sehen", hörten sie einen der Beamten sagen.

Hirschfeld wusste aus Erfahrung, dass dieser Satz sachlich falsch war und meist das genaue Gegenteil bewirkte: Schaulustige wurden nur noch neugieriger und zudringlicher und die Presse verdoppelte ihre Anstrengungen, an Informationen zu kommen.

„Verdammte Aasgeier!“, erwiderte die Fotografin und steckte die Speicherkarte seitlich in das integrierte Lesegerät des Laptops.

„Sie halten wohl nicht viel von Ihren Kollegen“, bemerkte Hirschfeld.

„Kollegen? Sie machen Witze!“, erwiderte sie verächtlich und tippte auf der Tastatur herum. „Von welchem Planeten kommen Sie denn?“

„Berlin.“

„Dann müssten Sie es doch besser wissen.“

„Wie sieht es aus?“, unterbrach sie Kirchhoff.

„Sekunde, ich kann nicht zaubern oder sehen Sie einen Hexenhut auf meinen Kopf?“

Die Fotografin hatte ein Programm geöffnet. Als sich nach und nach ein paar Bilder öffneten, atmete sie erleichtert auf und schlug einen deutlich freundlicheren Ton an:

„Noch mal Glück gehabt. Während ich meine Ersatzkamera klarmache, können Sie gerne einen Blick auf die Fotos werfen.“

Damit drehte die Fotografin das Notebook in ihre Richtung.

„Könnten Sie mir noch einen Gefallen tun, Renee?“, fragte Kirchhoff.

„Sicher.“

„Wenn Sie fertig sind und sich umgezogen haben, machen Sie bitte ein paar Bilder von den Personen hinter der Absperrung. Ich möchte wissen, wer sich neben den Zeugen hier sonst noch aufhält.“

„Kein Problem.“

„Aber gehen Sie bitte möglichst unauffällig vor.“

„Das versteht sich wohl von selbst, Kirchhoff“, entgegnete Renee und erhob sich.

Nachdem die Fotografin wieder zwischen den Eibensträuchern verschwunden war, gingen Kirchhoff und Hirschfeld in die Hocke und begannen schweigend, die Aufnahmen auf dem Bildschirm zu sichten. Die ersten Fotos zeigten verschiedene Totalansichten des Leichenfundortes. Da die drei Halogenstrahler genügend Licht spendeten, kamen die Bilder ohne Blitz aus. Ein paar Mausklicks weiter rückte die Tote in den Fokus. Die Fotografin hatte neben mehreren Nahaufnahmen auch Detailfotos gemacht, die das sich darbietende Grauen auf erschreckend nüchterne Art einfingen. Schwarz-weiße Maßstäbe unterschiedlicher Länge sorgten dafür, dass die Größenverhältnisse zu erkennen waren. Als Erstes kamen die nackten Füße der Toten in den Blick. Die Haut war weiß und wächsern und wirkte fast durchsichtig. Dem ersten Eindruck nach hatte der Täter die Leiche abgelegt und behelfsmäßig mit Laub bedeckt.

„Er war noch nicht fertig mit ihr", sprach Kirchhoff aus, was Hirschfeld gerade gedacht hatte.

„Sieht ganz danach aus."

Obwohl die beiden Eibensträucher durch die von Nadeln dicht bewachsenen Äste einen ausreichenden Sichtschutz zur Rheinpromenade boten, war es riskant gewesen, die Leiche nicht sofort zu vergraben. Die Vermutung lag nahe, dass der Täter gestört worden war. Oder die Gefahr suchte.

„Ich frage mich, aus welchem Grund der Mörder die Tote nicht in den Rhein geworfen hat", sagte Kirchhoff und verlagerte sein Gewicht auf das andere Bein. Es war nicht zu übersehen, dass die Sitzposition seine Knie auf eine harte Probe stellten. „Es hätte Tage dauern können, bis die Leiche entdeckt worden wäre."

Hirschfeld nickte. Er hatte bereits Fälle erlebt, in denen der leblose Körper eines Menschen zwar immer wieder in den Stromschnellen gesichtet wurde, jedoch noch tagelang im Wasser trieb, bis er von der Wasserschutzpolizei geborgen werden konnte. Plötzlich ragten zwei lange Beine in einem weißen Overall neben ihnen auf.

„Kirchhoff", sagte eine Stimme, „da bist du ja. Ich wollte schon eine Vermisstenanzeige aufgeben."

Kirchhoff und Hirschfeld blickten auf. Neben ihnen stand ein hochgewachsener Mann, der seinen Mundschutz vors Kinn gezogen hatte. Er hatte einen Dreitagebart und ausgeprägte Labialfalten, die ihn älter erscheinen ließen, als er vermutlich war. Seine Haarfarbe war aufgrund des Schutzanzuges nicht zu erkennen. Die Augenbrauen und Wimpern waren jedoch außergewöhnlich hell, sodass sicher keine schwarze Mähne unter der Kapuze zum Vorschein kommen würde.

„Hallo, Jens", erwiderte Kirchhoff.

Hirschfeld bemerkte sofort, dass die Gesichtszüge seines neuen Partners sich seit ihrer Begegnung zum ersten Mal in dieser Nacht entspannten. Wer auch immer sich zu ihnen gesellt hatte: Kirchhoff schenkte ihm die Andeutung eines Lächelns, was angesichts der Melancholie, die er mit jeder Pore verströmte, an Euphorie grenzte.

„Du musst Lutz sein", wandte sich der Hüne an Hirschfeld und deutete mit der behandschuhten Rechten einen Handschlag an. „Ich bin Jens Schröder, Leiter der MK."

„Freut mich", erwiderte Hirschfeld und meinte, was er sagte. Er schätzte, dass sie beide nur ein paar Jahre trennten, und war angenehm überrascht, dass ein junger Kriminalhauptkommissar der Mordkommission vorstand.

„Schön, dich im Team zu haben. Dein guter Ruf ist dir vorausgeeilt. Das können nicht viele Beamte von sich behaupten", sagte Schröder.

Hirschfeld winkte ab. Mit Kritik konnte er meist nicht besonders gut umgehen. Mit Lob noch viel weniger.

„Ich würde mir gerne selbst ein Bild vom Fundort machen", gab Hirschfeld zurück und hoffte, das Thema damit beendet zu haben.

Nachdem er ihn für einen Augenblick ruhig gemustert hatte, antwortete der Leiter der MK:

„Das lässt sich einrichten."

14

Zweige ziehen an meinen Haaren und Kleidern. Wollen mich festhalten. Nicht mehr loslassen. Will hier weg! Laufe und laufe, aber alles sieht gleich aus im Dunkeln. Stolpere durchs Unterholz. Halte die Arme vors Gesicht, damit ich nicht noch mehr Kratzer abbekomme. Taumel. Falle! Mein linkes Knie ist aufgeschlagen, die Hose zerrissen. Tränen laufen mir über die Wangen. Ich rufe. Einmal. Zweimal. Dreimal. Lausche. Doch niemand antwortet mir. Hinter mir knackt es plötzlich. Ich schreie und renne weiter. Mein Herz klopft bis zum Hals. Bleibe wieder hängen. Reiß mich mit aller Gewalt los. Meine eigene Stimme macht mir Angst. Es fängt an zu regnen. Erst sind es nur ein paar Tropfen, dann ganz viele. Da! Es blitzt. Ich erstarre. Dann hock ich mich hin und lehn mich gegen einen Stamm. Die Rinde ist nass und rau. Schließe die Augen. Es riecht modrig und die Kälte kriecht an meinen Beinen hoch. Meine Tränen vermischen sich mit dem Regen. Was, wenn ich nicht mehr zurückfinde?

15

Fünf Minuten später kehrte Hirschfeld zur inneren Absperrung zurück. Er hatte einen *Tyvek*-Anzug übergezogen und trug Einweghandschuhe und Überschuhe. Der Mundschutz roch steril. Bei jedem Einatmen zog sich das Papierflies zusammen und verstärkte diesen Eindruck.

Von Kirchhoff war keine Spur mehr zu sehen. Schröder schien dagegen auf Hirschfeld gewartet zu haben. Neben ihm stand ein schlanker Mann Anfang 40. Er hatte kurz geschnittenes schwarzes Haar und trug einen dunklen Anzug mit einem weißen gestärkten Hemd und dazu eine magentafarbene Krawatte. Mit seiner schwarzen Hornbrille wirkte er wie ein existenzialistischer Künstler.

„Sie dürften sich noch nicht begegnet sein", sagte Schröder und stellte Hirschfeld vor. „Das ist Staatsanwalt Beus."

„Boris", stellte der sich vor und gab dem Kriminalhauptkommissar die Hand. „Wir werden wohl künftig öfters das Vergnügen haben."

Sein Tonfall war reserviert, aber nicht unfreundlich. Wahrscheinlich gehörte er zu der Sorte Menschen, die sich der Sachlichkeit verschrieben hatten und alles andere für überflüssiges Beiwerk hielten.

„Wir überlassen dir das Feld, sonst haben wir hier gleich einen Massenauflauf", meinte Schröder und vertiefte sich wieder in das Gespräch mit dem Staatsanwalt.

Hirschfeld lächelte, dann bückte er sich unter dem Absperrband hindurch und betrat den vom Erkennungsdienst gekennzeichneten Trampelpfad, von dem anzunehmen war, dass der Täter diesen Weg nicht genommen hatte. Vorsichtig setzte er einen Fuß vor den anderen. Als er die dicht gewachsenen Sträucher erreicht hatte, kam ihm Renee entgegen.

„Nach Ihnen", sagte Hirschfeld und machte eine ausladende Armbewegung.

„So, so. Ein Polizist der alten Schule", erwiderte die Fotografin und drückte sich an ihm vorbei.

„Reiner Pragmatismus", entgegnete er. „Sind Sie fertig?"

„So gut wie. Schröder hat in Rücksprache mit Staatsanwalt Beus Professor Stein angefordert."

„Rechtsmedizin?"

„Gut kombiniert, Sherlock", gab Renee zurück und setzte ein spöttisches Lächeln auf. „Stein hat gerade mit der äußeren Leichenschau begonnen, um eventuell erste Erkenntnisse über Todesursache und -zeitpunkt zu gewinnen. Er ist übrigens nicht nur irgendein Grünkittel, er leitet das Institut."

„Sie vergaßen zu erwähnen, dass er in seiner Freizeit mit Vorliebe Rolltreppen aus allen möglichen Perspektiven malt. Er kennt gar kein anderes Motiv, soweit mir bekannt ist."

„Woher ...?"

„... ich das weiß? Während meines Studiums habe ich ein paar Vorlesungen bei ihm besucht. Er ist ohne Frage eine bemerkenswerte Persönlichkeit."

„Okay, eins zu null für Sie, Hirschfeld."

Sie setzte ihren Weg fort. Hirschfeld lächelte in sich hinein und zwängte sich durch die Sträucher. Nach wenigen Metern hatte er den Pavillon erreicht, in dessen Zentrum die Leiche lag. Zwei Erkennungsdienstler waren gerade damit beschäftigt, das Laub, das sie von der Leiche abgetragen hatten, auf einer weißen Plastikfolie auszubreiten, um es nach verdächtigen Spuren zu untersuchen. Sie arbeiteten stumm und schienen ein eingespieltes Team zu sein. Als Hirschfeld näher herantrat, setzte der Regen wieder ein, vor dem sich alle Einsatzkräfte vor Ort gefürchtet hatten. Fielen erst vereinzelt ein paar Tropfen auf das Plastikdach, schwoll der Regen binnen von Sekunden zu einem heftigen Schauer an, der mögliche Spuren außerhalb des Pavillons mit sich fortspülen würde. Doch daran ließ sich jetzt nichts mehr ändern.

Während Hirschfeld das Geräusch des stärker prasselnden Regens in sich aufnahm, vertiefte er sich für einen Moment in den Anblick der Toten. Ihm fiel sofort auf, dass sie keinerlei Spuren äußerer Gewalteinwirkung aufwies. Sie war, wie bereits vermutet, vollkommen nackt und lag ausgestreckt auf dem Rücken. Ihre Arme ruhten mit den Handflächen nach unten nah an ihrem Körper. Ihr Kopf war ein wenig nach links gekippt. Ihre Augen waren geschlossen, der Mund war halb geöffnet. Hirschfeld schätzte die junge Frau auf höchstens Anfang bis Mitte 20. Sie war schlank, hatte ebene Gesichtszüge und langes schwarzes Haar, das in der Mitte gescheitelt war und durch die Feuchtigkeit strähnig herunterhing. Sie war ungeschminkt und trug bis auf ein Paar goldener Ohrstecker und eine dünne Silberkette mit einem ovalen Medaillon keinerlei Schmuck. Hirschfelds Blick wanderte über die kleinen Brüste, die straff nach oben standen, und blieb auf ihrer unbehaarten Scham hängen. Sie war keine Schönheit im klassischen Sinne, strahlte jedoch eine Unnahbarkeit aus, die anziehend wirkte. Wäre sie ihm auf der Straße begegnet, hätte Hirschfeld sich zweifellos nach ihr umgedreht.

Der Kriminalhauptkommissar räusperte sich. Neben der Leiche hockte eine hagere Gestalt, die ihm den Rücken zukehrte und ihn bislang nicht bemerkt hatte. Trotz des Schutzanzuges hatte Hirschfeld den Rechtsmediziner an seiner gebeugten Haltung erkannt. Stein maß gute 1,95 Meter und hatte die Angewohnheit, sich seinen Mitmenschen gegenüber kleiner zu machen, als er war. Sein Kopf war nach vorne gezogen und in den Nacken gelegt. Sein oberer Rücken war fast rund und seine Schultern zeigten nach vorne. Über die Jahre hatte er so eine Fehlhaltung ausgeprägt, die kein Orthopäde würde je wieder richten können.

„Professor Stein, ich freue mich, endlich ein bekanntes Gesicht zu sehen", begrüßte Hirschfeld den Mann.

Der Professor wandte sich langsam um, ohne aufzustehen.

„Hirschfeld? Sind Sie es wirklich?", fragte er.

Obwohl Overall und Mundschutz nur ein kleines Oval seines Gesichtes freigaben, sah Hirschfeld, dass der Professor lächelte.

„Leibhaftig."

„Sie hätte ich hier als Letztes erwartet", erwiderte Stein. „Was führt Sie zu uns?"

Der Regen trommelte jetzt in gleichmäßigem Takt auf das Schutzdach.

„Das ist eine längere Geschichte, Professor. Fest steht, dass dies meine erste größere Todesermittlung in Bonn ist."

„Wollen Sie damit ausdrücken, dass es sich hierbei nicht nur um einen beruflichen Abstecher in die ehemalige Bundeshauptstadt handelt?"

„So sieht es aus."

„Ich dachte immer, nichts könnte Sie aus Berlin wegbewegen."

Vor ein paar Jahren noch hätte Hirschfeld dieselbe Antwort gegeben. Er dachte an seinen halsstarrigen Vater, an seine verletzten Blicke und die Worte, die er seinem Sohn an den Kopf geworfen hatte. In diesem Moment nahm Hirschfeld sich vor, den alten Herrn so bald wie möglich wieder zu besuchen. Der Mord an der jungen Frau würde ihn allerdings in den nächsten Tagen daran hindern, seinen Entschluss in die Tat umzusetzen.

„Aber Sie werden Ihre Gründe haben", bemerkte Stein, dem nicht entgangen war, dass Hirschfeld in Gedanken versunken gewesen war.

„Können Sie schon etwas zur Todesursache sagen?", konzentrierte Hirschfeld sich wieder auf das Wesentliche und ging neben dem Professor in die Knie. „Die Leiche weist keine äußeren Verletzungen auf, soweit ich gesehen habe."

„Das ist eine Frage, die sich nicht ohne Weiteres beantworten lässt. Bislang habe ich weder Stich- noch Schusswunden gefunden. Auch der Hals scheint unversehrt."

„Also auch kein Erwürgen?"

„Das möchte ich nicht mit Bestimmtheit ausschließen."

„Vielleicht wurde sie vergiftet."

„Das wäre ein weitere Möglichkeit, der wir nachgehen werden. Der toxikologische Befund wird allerdings frühestens in zwei bis drei Wochen vorliegen."

„Gibt es Abwehrverletzungen?", fragte Hirschfeld weiter und deutete auf die Hände, über die einer der beiden Erkennungsdienstler gerade Papiertüten zog, damit mögliche Fremdspuren auf dem Weg in die Rechtsmedizin erhalten blieben.

„Auf den ersten Blick nicht. Allerdings habe ich an Hand- und Fußgelenken Fesselspuren entdeckt."

„Und der Todeszeitpunkt?"

Die alles entscheidende Frage.

„Von der rektalen Messung der Temperatur habe ich abgesehen, da ich zu diesem Zeitpunkt nicht zweifelsfrei feststellen kann, ob das Opfer vergewaltigt wurde."

„Verstehe. Ich nehme an, Sie haben stattdessen bereits die Temperatur der Leber gemessen“, entgegnete Hirschfeld und deutete auf den kaum sichtbaren Einstich unterhalb der oberen Rippen.

„Ja, gut beobachtet. Die Temperatur beträgt 3,5 Grad, die Außentemperatur liegt bei null.“

„Welche Schlüsse ziehen Sie daraus?“

„Da wir nicht wissen, wie lange die Leiche bereits im Freien liegt“, holte Stein aus, „ist die Temperatur ein schlechter Ratgeber für die Bestimmung des physiologischen Todes. Bei Zimmertemperatur fällt die Körperwärme um etwa ein bis zwei Grad in der Stunde. Wenn wir von 37 Grad Celsius und normalen Bedingungen ausgehen, dürfte der Tod maximal vor etwa 16 bis 18 Stunden eingetreten sein. Die niedrigen Außentemperaturen beschleunigen die Abkühlung natürlich, sodass die Zeitspanne wesentlich kürzer sein könnte.“

Der Professor schwieg für einen Augenblick, dann hob er die Tote behutsam an, um sie ein wenig auf die Seite zu drehen, und fuhr fort:

„Sehen Sie hier: Ich konnte bisher zwei Arten von Livores feststellen.“

Hirschfeld beugte sich über die Leiche und entdeckte mehrere dunkelviolett gefärbte Flecke auf Arm, Bein und Hüfte.

„Die Tote muss längere Zeit auf der linken Körperseite gelegen haben“, folgerte Hirschfeld.

„Ja, wenn Sie genau hinsehen, können Sie darüber hinaus auf dem Rücken blass rosafarbene Flecke erkennen.“

„Demnach wurde die Tote umgelagert.“

„Vollkommen richtig. Da die Leichenflecke auf der linken Seite nicht mit dieser Bewegung des Körpers mitgewandert sind, ist davon auszugehen, dass das Opfer zum Zeitpunkt der Lageveränderung seit mindestens sechs bis acht Stunden tot war.“

„Die helleren Flecke sind also später entstanden?“

Stein nickte:

„Vielleicht vor etwa drei bis fünf Stunden. Hinzu kommt, dass der Rigor mortis noch nicht vollkommen ausgeprägt ist."

Stein sprach von der Totenstarre, die zunächst in den kleinen Gesichts- und Nackenmuskeln einsetzt und schließlich in einer Bewegung vom Kopf bis zu den Füßen auf die größeren Muskeln übergreift.

„Das untermauert meine bisherige Annahme", schloss der Professor, „dass der Tod vor nicht länger als 18 und nicht kürzer als 9 Stunden eingetreten ist."

Hirschfeld blickte auf seine Uhr und überschlug die Angaben.

„Dann reden wir von einem Zeitfenster zwischen 8 Uhr morgens und 17 Uhr."

„Das kommt hin", bestätigte Stein und erhob sich.

„Was können Sie noch sagen?"

„Gute Konstitution. Kein Drogenabusus, schätze ich. Alles Weitere wie immer nach der inneren Leichenschau."

16

Ich brenne! Ich brenne! Halt es kaum noch aus. Die Hitze beißt mir in den Fuß, wandert meine Beine hoch, kriecht über meine Arme und versengt mir die Haare. Ein stechender Geruch steigt mir in die Nase. Mir wird ganz übel davon. Drehe mein Gesicht weg, bekomme kaum noch Luft. Doch ich darf mich keinen Zentimeter von der Stelle rühren, sonst passiert noch etwas Schlimmeres. Die anderen stehen im Halbkreis um mich herum und müssen zuschauen, wie meine Haut rot wird und anfängt zu wachsen: wie Kaugummiblasen. Alle starren mich an. Höre jemanden schreien. Oder bin ich das selbst? Hab Angst, dass sie zurückkommt und noch mehr Holz in den Ofen wirft.

17

„Macht es Ihnen etwas aus, den Schleier abzunehmen?“, fragte Kirchhoff die junge Frau im Brautkleid vor ihm.

Hirschfeld hatte sich nach der Unterredung mit Professor Stein umgezogen und wieder zu seinem neuen Partner gesellt. Kirchhoff hatte gerade mit der Befragung der beiden Zeugen begonnen, die die Leiche entdeckt hatten.

„Ja. Nein, ich meine: natürlich nicht“, entgegnete sie und folgte Kirchhoffs Bitte mit zitternden Händen.

Die junge Frau hatte eine graue Wolldecke um die Schultern und wirkte wie ein kleines verlorenes Kind, das man sich selbst überlassen hatte. Sie saß im geöffneten Heck des Feuerwehrfahrzeugs, während ihr Begleiter neben ihr stand und schützend einen großen gelben Regenschirm über sie hielt. Der Schock stand ihr noch deutlich ins Gesicht geschrieben. Sie musste geweint haben, denn ihr Kajal hatte hässliche Schlieren auf ihren Wangen hinterlassen.

„Danke, sehr freundlich. Wie viel Uhr war es, als Sie die Tote entdeckt haben?“, begann Kirchhoff, den der Regen unbeeindruckt ließ.

Bevor das Kriseninterventionsteam sich um die beiden kümmerte, brauchten sie ein paar Antworten.

„Das weiß ich nicht genau“, antwortete sie matt und nahm Hilfe suchend Blickkontakt zu ihrem Begleiter auf.

„Was haben Sie vor dem Fund gemacht, woran können Sie sich noch erinnern?“, fragte Kirchhoff, um ihr den Einstieg zu erleichtern, und legte den Kopf schief.

In diesem Moment konnte Hirschfeld benennen, was ihm vorhin an Kirchhoff aufgefallen war: Seine schräg stehenden Augenbrauen und der melancholische Blick ließen Kirchhoff distanziert und wenig kommunikativ wirken. Als Polizist muss man jedoch ein Gespür für sein Gegenüber haben. Dazu gehört es nicht nur, die richtigen Fragen zu stellen, sondern – viel wichtiger – auch den richtigen Ton zu treffen. Kirchhoff wusste das, legte aber seine verschlossene Art nicht ab. Vielleicht lag genau darin seine Stärke.

„Unsere Truppe ist gegen 22.30 Uhr zum Rhein aufgebrochen", begann die junge Frau zögernd und knetete den neonpinken Tüllschleier in ihren Händen. „Die Zeremonie hat nicht länger als eine halbe Stunde gedauert, schätze ich."

„Warum hat die Nubbelverbrennung am Rheinufer stattgefunden?", wollte Kirchhoff wissen.

„Ohne bestimmten Grund", antwortete die junge Frau trotzig. „Die Kneipe, von der aus der Fackelzug gestartet ist, ist nicht weit weg. Es war naheliegend, dass unser Karnevalsverein die Feierlichkeiten nicht in der Stadt, sondern am Rheinufer ausgerichtet hat."

„Befindet sich die Wirtschaft auf der Römerstraße?"

„Ja."

„Gut", erwiderte Kirchhoff und ließ sich den Namen der Gaststätte geben.

„Haben sich nur Angehörige Ihres Vereins hier aufgehalten? Oder haben sich noch andere Personen an der Verbrennung beteiligt?"

„Was wollen Sie damit sagen?", unterbrach ihr Freund, der bisher geschwiegen hatte, Kirchhoff und schenkte ihm einen wütenden Blick.

„Eine reine Routinefrage", entgegnete Kirchhoff ohne eine Spur von Ungeduld. „Wir müssen wissen, ob Sie vielleicht eine oder mehrere verdächtige Personen bemerkt haben, die nicht zu Ihrer Gruppe gehörten."

„Ach so, na dann. Nein, da ist mir niemand aufgefallen."

„Auch kein Fahrzeug, das Ihre Aufmerksamkeit erregt hat?", hakte Kirchhoff nach.

Inzwischen musste er bis auf die Knochen durchnässt sein, ließ sich jedoch nichts anmerken. Hirschfeld schätzte sich dagegen glücklich, dass sein Ulster-Mantel die Nässe bisher nicht hatte durchdringen lassen. Seine *Chucks* waren dagegen vollkommen durchweicht.

„Hier am Rhein?", fragte der Mann spöttisch.

„Zum Beispiel."

Die Frage war nicht ganz unberechtigt. Falls der Mord nicht am Fundort oder in unmittelbarer Nähe stattgefunden hatte, musste die Leiche transportiert worden sein.

„Oder auf dem Weg zur Promenade", fuhr Kirchhoff fort.

„Nein."

„Das kann ich nur bestätigen", meinte die junge Frau. „Allerdings habe ich mich auch wenig darum gekümmert, ob sich sonst noch jemand hier herumgetrieben hat. Außerdem war es stockdunkel. Ohne die Taschenlampe hätten wir wahrscheinlich rein gar nichts mitbekommen."

„Hat jemand von Ihnen in dieser Nacht Videoaufnahmen gemacht?", meldete sich Hirschfeld zu Wort.

Die beiden sahen sich fragend an.

„Keine Ahnung", erwiderte er schließlich.

„Doch, Alex hat, glaube ich, ein paar Aufnahmen mit seiner Handykamera gemacht."

Das Mobiltelefon musste umgehend beschlagnahmt werden, dachte Hirschfeld, falls dies nicht längst geschehen war.

„Das ist ein Anfang", gab er zurück und signalisierte seinem Partner, dass er keine weiteren Fragen mehr hatte.

„In Ordnung", beendete Kirchhoff die Befragung. „Das wär's dann fürs Erste. Ihre Personalien haben wir ja, Sie können jetzt nach Hause gehen. Aber halten Sie sich bitte die nächsten Tage bereit. Wir werden Ihre Aussage auch noch einmal im Präsidium aufnehmen müssen."

Die beiden nickten. Hirschfeld und Kirchhoff verabschiedeten sich. Als sie außer Hörweite waren, bemerkte Hirschfeld:

„Die zwei waren viel zu sehr mit sich selbst beschäftigt, als dass sie eine brauchbare Aussage hätten machen können."

Kirchhoff schwieg.

„Hoffentlich haben wir bei den Anwohnern mehr Glück."

Ein schwarzer Leichenwagen fuhr vor, aus dem zwei Männer in Schwarz stiegen. Der Fahrer öffnete die Heckklappe und zog einen grauen Zinksarg daraus hervor. Gemeinsam mit seinem Kollegen trug er den Sarg zur inneren Absperrung. Schröder, der den Schutzanzug inzwischen gegen einen braunen Mantel eingetauscht hatte, winkte die Männer durch. Der Erkennungsdienst und Professor Stein hatten ihre Arbeit offenbar beendet. Die Leiche konnte nun in die Rechtsmedizin verbracht werden. Hirschfeld ging davon aus, dass die Obduktion bereits für den nächsten Tag angesetzt sein würde. Neben der Todesursache mussten sie so schnell wie möglich herausfinden, wer die junge Frau war.

„Etwa nass geworden?", winkte ihnen Hellmann von weitem zu und stolzierte mit seinen gelben Gummistiefeln vorbei.

„Ist der immer so fröhlich?", wollte Hirschfeld wissen und sehnte sich nach einer Zigarette. „Könnte glatt als Alleinunterhalter durchgehen."

Kirchhoff sagte immer noch nichts, aber zum ersten Mal in dieser Nacht sah er Hirschfeld direkt in die Augen. Und lächelte.

18

„Guten Morgen, Kollegen", begrüßte Jens Schröder die 14 Männer, die sich im Besprechungsraum des KK 11 eingefunden hatten.

Der Leiter der Mordkommission stand am Kopfende von drei aneinandergereihten quadratischen Konferenztischen, an dem die Ermittler Platz genommen hatten. In der Mitte der Tische standen jeweils mehrere weiße Thermoskannen mit dem Logo der Polizei NRW. Hirschfeld hatte sich für das Tischende entschieden und warf einen Blick in die Runde. Unter den Männern sah er einige bekannte Gesichter, darunter Kirchhoff, der neben ihm saß, und den Tatortbeamten von gestern Nacht, der sich Hirschfeld in der Teeküche vorhin als Ulrich Faßbender vorgestellt hatte. Hellmann hatte, wie nicht anders zu erwarten, die Nähe zu Schröder gesucht. Seine Mundwinkel umspielte ein selbstzufriedener Zug – ein Musterschüler in der ersten Reihe.

„Ein Pärchen hat in der letzten Nacht eine junge Frau nahe des Rheinufers auf der Höhe des Römerbads tot aufgefunden. Die Tote ist noch nicht identifiziert und bisher auch nicht unter den Vermisstenanzeigen aufgetaucht. Wir werden uns daher auf eine längerfristige Ermittlung einstellen müssen, da wir bisher nur wenige Anhaltspunkte haben."

Jens Schröder legte eine Pause ein und deutete auf seinen rechten Sitznachbarn:

„Alle Fäden laufen bei Hauke und mir zusammen."

Hauke Ludwig war ein schlanker Mittdreißiger mit blonden, kurzen Haaren und leicht abstehenden Ohren, der, wie in der gestrigen Nacht am Fundort, in seiner Funktion als Aktenhalter anwesend war. Bei ihm gingen alle Spuren, Ermittlungsansätze wie Zeugenaussagen, ein. Der Aktenhalter stand in ständigem Kontakt mit dem Leiter der MK, der für die Verteilung der Aufträge zuständig war. Hirschfeld wusste, dass es nur wenige Beamte gab, die sich um diese anspruchsvolle Aufgabe rissen. Doch wer sich dafür entschied, war mit Herzblut bei der Sache.

Schröder verließ seinen Platz, trat an die Wand hinter ihm und ließ per Knopfdruck eine Leinwand aus einer silberfarbenen Kunststoffschiene herunter.

„Uli wird für diejenigen, die gestern nicht am Fundort waren, einen kurzen Abriss über die bisherigen Erkenntnisse liefern", sagte Schröder und übergab das Wort an Faßbender, während er zu seinem Stuhl zurückkehrte.

Faßbender war untersetzt und musste um die 50 sein. Er hatte dunkelblondes, lichtes Haar und trug einen getrimmten Vollbart, der am Kinn zu ergrauen begann. Vor ihm auf dem Tisch stand ein aufgeklappter Laptop. Dieser war über ein Kabel mit einem leise summenden Beamer verbunden, in dessen Lichtstrahl Staubkörner tanzten. Als er mit dem Zeigefinger über das Touchpad fuhr, erschienen kurz darauf die ersten Tatortbilder, die Renee gemacht hatte, auf der Leinwand. Faßbender schaute über den Rand seiner Lesebrille und begann, die einzelnen Aufnahmen in sachlichem Ton zu kommentieren.

Da Hirschfeld die meisten Fakten bereits kannte, ließ er seinen Gedanken für einen Augenblick freien Lauf. Auch wenn er sich seit seiner Ankunft in Bonn manchmal mit dem ein oder anderen schwergetan hatte, bereute er seinen Wechsel in die ehemalige Hauptstadt nicht. Der Mordkommission stand für die nächsten Tage und Wochen eine intensive Zeit bevor. Es war keine Seltenheit, dass bei einem Fall, bei dem der Mörder nicht gerade auf der Leiche saß, innerhalb von drei Wochen gut und gerne 200 Überstunden pro Beamten zusammenkamen. Für Alleingänge gab es da keinen Platz. Sie mussten im Team funktionieren, auch wenn die Nerven zwischenzeitlich blank lagen. Denn sie alle hatten nur ein Ziel: den Mörder zu fassen, bevor er ein zweites Mal zuschlug.

„Seit den Morgenstunden haben wir Kenntnis darüber, welchen Weg der Mörder genommen haben muss“, hörte Hirschfeld den Tatortbeamten sagen und richtete seine Aufmerksamkeit wieder auf Faßbenders Vortrag. „Durch den Regen in der Nacht und den gefrorenen Boden haben wir in der Nähe des Fundortes wenig verwertbare Spuren sicherstellen können. Auch die Suche mit dem Metalldetektor blieb ergebnislos. Wir konnten jedoch anhand von Einbruchspuren feststellen, dass der Täter auf das Gelände des Römerbads eingedrungen ist und die Leiche schließlich über den Zaun gehoben hat, um sie zwischen die dicht bewachsenen Eibensträucher zu legen. Wir können mit an Sicherheit grenzender Wahrscheinlichkeit davon ausgehen, dass

Fund- und Tatort nicht identisch sind. Es gibt keinerlei Spuren eines Kampfes, sodass die junge Frau bereits tot gewesen sein muss, als der Täter sie dort abgelegt hat."

Hirschfeld dachte an den mannshohen Zaun, der das Grundstück umschloss. Der Mörder musste durchtrainiert sein, sonst wäre ihm dieser Kraftakt nicht gelungen.

„Danke, Uli. Ich komme jetzt zur Aufgabenverteilung", schaltete Schröder sich wieder ein. „Die Pressemitteilung ist bereits draußen. Die Zeugenaussagen haben bisher zu keiner heißen Spur geführt. Es bleibt abzuwarten, ob die Bevölkerung uns einen entscheidenden Hinweis geben kann. In der Zwischenzeit ist Klinkenputzen angesagt."

Schröder erntete kollektives Nicken. Die Anwohner und der Wirt der Gaststätte, in der die Mitglieder des Karnevalsvereins am Vorabend gefeiert hatten, mussten befragt werden.

„Die Obduktion ist für 12 Uhr angesetzt", fuhr der Leiter der MK fort.

Hirschfeld hob die Hand. Er hoffte, dass die Leichenschau genauere Informationen lieferte, wie dic junge Frau zu Tode gekommen war.

„Gut, Lutz und Peter übernehmen das. Die Aufnahmen der Handykamera eines Zeugen werden zur Stunde noch gesichtet. Vielleicht wissen wir bald mehr."

Schröder lächelte aufmunternd, doch seine letzten Worte klangen nicht gerade optimistisch.

Als Hirschfeld den Besprechungsraum mit den anderen wieder verließ, klingelte sein Handy.

„Ja, Hirschfeld", meldete er sich.

„Du musst sofort vorbeikommen, Junge! Ich halte es hier drinnen nicht mehr aus!"

„Vater? Bist du das?", fragte Hirschfeld, doch die Leitung war bereits unterbrochen.

Hirschfeld fluchte und steckte das Telefon wütend zurück in seine Hosentasche.

„Stimmt etwas nicht?", erkundigte sich Kirchhoff, der neben ihm stehen geblieben war.

„Mein alter Herr ...", begann Hirschfeld.

„Ein Notfall?"

„So klang es zumindest", erwiderte Hirschfeld und wünschte sich im selben Augenblick, er hätte den Anruf nicht entgegengenommen.

Kirchhoff sah auf die Uhr.

„Wo musst du hin?", fragte er.

Hirschfeld überlegte kurz. Bis auf Edith Richter wusste niemand etwas über seinen Vater. Früher oder später würde er jedoch nicht umhinkommen, ihn zu erwähnen.

„In die Rheinische Landesklinik."

Kirchhoff ließ sich nichts anmerken.

„Das ist nicht weit vom Rechtsmedizinischen Institut entfernt. Ich setze dich dort ab. Wir haben noch knapp anderthalb Stunden Zeit bis zur Obduktion. Wenn es länger dauern sollte, fahre ich schon mal vor."

Hirschfeld nickte und war dankbar, dass Kirchhoff auf weitere Rückfragen verzichtete.

Etwa 20 Minuten später drückte Hirschfeld zum dritten Mal auf die Klingel der Akutstation, auf der sein Vater untergebracht war. Bei seinem letzten Besuch hatte Heinrich ihn vollkommen ignoriert. Er hatte ihn keines Blickes gewürdigt und kein Wort mit ihm gesprochen. Der Besuch war genauso frustrierend verlaufen, wie Hirschfeld es erwartet hatte. Umso beunruhigter war er, dass sein alter Herr ihn angerufen hatte. Auf seinem Zimmer hatte er kein Telefon, demnach musste er den Gemeinschaftsapparat der Station benutzt haben.

„Ich möchte zu meinem Vater", sagte Hirschfeld, der auf der Treppe zum ersten Stock zwei Stufen auf einmal genommen hatte, außer Atem, als sich die schwere Holztür öffnete.

Diesmal nahm ihn eine blonde Krankenschwester in Jeans und einem petrolfarbenen Wollpullover in Empfang.

„Und wie lautet der werte Name?“, fragte die Schwester und schenkte ihm ein belustigtes Lächeln.

„Hirschfeld. Heinrich Hirschfeld.“

„Folgen Sie mir bitte!“, erwiderte sie, trat aus der Tür und schloss hinter sich ab.

Ein beklemmendes Gefühl stieg in Hirschfeld auf. Irritiert fragte er:

„Ist er nicht auf seinem Zimmer? Vorhin schien es ihm nicht gut zu gehen.“

Die Krankenschwester zog überrascht die Augenbrauen hoch und blieb vor einer weißen Tür stehen.

„Sind Sie deshalb so gehetzt?“, wollte sie wissen, diesmal ohne jede Häme.

Hirschfeld senkte betroffen den Kopf und versuchte sich einzureden, auf alles gefasst zu sein.

„Ihr Vater wurde zur Therapie abgeholt. Sie dürfen sich gerne selbst ein Bild davon machen.“

Damit öffnete die Krankenschwester die Tür und entließ Hirschfeld in einen lichtdurchfluteten Raum mit deckenhohen Fenstern auf der gegenüberliegenden Seite der Tür. Das Zimmer maß mindestens 50 Quadratmeter. An der linken Wand reihten sich mehrere große Holzregale aneinander, in denen sich große Papierrollen, Holzreste und Werkzeug aller Art stapelten. Die rechte Wand war über und über mit selbst gemalten Bildern übersät, die von unterschiedlicher Begabung ihrer Schöpfer zeugten. Es roch nach Farbe und Verdünner.

„Kann ich Ihnen helfen?“, kam Hirschfeld eine dürre Frau in den Sechzigern entgegen.

Sie war von einem der ausladenden Werktische aufgestanden, die sich in der Mitte des Raumes befanden, und ganz in Schwarz gekleidet. Über einer Leinenhose trug sie einen weiten Kaftan, der an Saum und Ärmeln mit Zierperlen bestickt war. Sie hatte Henna gefärbtes glattes Haar, das ihr bis zu den Hüften reichte. Ihre zierlichen Füße steckten in Segeltuchschuhen mit Stoffsohle.

„Lutz Hirschfeld“, stellte er sich vor und reichte ihr die Hand. „Ich suche meinen Vater.“

„Ach so“, ihr Gesicht erhellte sich. „Mein Name ist Jutta Nass-Dick. Ich freue mich immer, wenn die Angehörigen unserer Schützlinge, wie ich die Patienten gerne nenne, sich für unsere Tätigkeit interessieren.“

Bevor sie weiterreden konnte, brüllte eine bekannte Stimme aus dem hinteren Teil des Werkraumes:

„Das wurde aber auch Zeit, Junge! Hast du mal auf die Uhr geschaut?“

Heinrich Hirschfeld thronte umringt von ein paar anderen Patienten auf der Stirnseite eines Tisches. Wie die anderen trug er einen alten Kittel, dessen ursprüngliche Farbe durch Kleckse in allen Schattierungen nur noch zu erahnen war. Vor ihm stand eine elektrisch betriebene Töpferscheibe, die sich unrund drehte. Darauf befand sich ein unförmiger Haufen Ton, der in unregelmäßigen Abständen auf das Holz spritzte und den gesamten Tisch in Mitleidenschaft zog. Die Hände seines Vaters waren mit Schamotte verschmiert, das ihm von den Fingern tropfte. Der Ekel stand Heinrich Hirschfeld förmlich ins Gesicht geschrieben.

„Ist dir eigentlich bewusst, dass ich mitten in einer Mordermittlung stecke?“, erwiderte Hirschfeld mit gesenkter Stimme, nachdem er den Raum durchquert hatte und neben seinem Vater am Werktisch stehen geblieben war. „Du bist nicht der einzige Mensch auf der Welt, um den ich mich kümmern muss.“

Er konnte seine Wut kaum zurückhalten.

„Der Herr Kriminalhauptkommissar, das ist ja wieder typisch für dich“, erwiderte sein Vater beleidigt. „Ich dachte, ich könnte mich auf dich verlassen.“

„Das kannst du auch. Aber du willst mir nicht allen Ernstes weismachen, dass du bei ein bisschen Ton gleich in Panik verfällst.“

„Wenn du wüsstest, was diese Dick-Nass uns hier abverlangt“, entgegnete Heinrich Hirschfeld und hob wie zum Beweis seine schmutzigen Hände.

„Nass-Dick“, korrigierte die Ergotherapeutin im Hintergrund.

„Dick-Nass, Nass-Dick – das kommt doch eh aufs Selbe raus“, schimpfte Heinrich Hirschfeld und dachte gar nicht daran, leiser zu sprechen. „Das ganze Theater hier ist die reinste Zumutung, davon konntest du dich ja jetzt selbst überzeugen.“

Lutz Hirschfeld hatte keine Lust auf weitere Diskussionen. Bevor er etwas sagte, was er später bereute, erwiderte er:

„Wir sprechen ein anderes Mal darüber, ich muss jetzt wieder zur Arbeit.“

Damit drehte er sich um und verließ den Werkraum, ohne noch einmal zurückzuschauen.

„Ja, ja, spiel ruhig weiter Detektiv und lass mich allein hier unter all den Bekloppten“, rief ihm sein Vater hinterher.

Doch Hirschfeld war bereits aus der Tür.

19

Das Rechtsmedizinische Institut war in einem fünfstöckigen, mit einer Fassade aus hellem Granit versehenen Gebäude aus den 1960er-Jahren untergebracht und befand sich, fußläufig nur wenige 100 Meter von der Bonner Fußgängerzone entfernt, am Stiftsplatz. Hirschfeld und Kirchhoff betraten den Haupteingang, um diesen Gebäudeteil kurz darauf wieder über einen lang gestreckten Flur zu verlassen, der zur Prosektur führte.

Professor Stein erwartete sie bereits in einem der Sektionssäle, der weiß gekachelt war und über eine große Fensterfront verfügte. Die Temperatur im Raum war deutlich gesenkt und ließ Hirschfeld frösteln.

„Guten Morgen“, begrüßte der Professor die Studenten, die

sich in grünen OP-Kitteln vor einem Edelstahlschrank drängten.

Als sie den Gruß in einem monotonen Chor erwiderten, fühlte Hirschfeld sich sofort in seine eigene Studienzeit zurückversetzt. Er konnte nur hoffen, dass es sich bei den Damen und Herren nicht um Erstsemester handelte, die bei ihren ersten Obduktionen reihenweise in Ohnmacht fielen oder – schlimmer noch – ihr Frühstück nicht mehr bei sich behalten konnten.

„Schön, Sie wiederzusehen“, wandte der Professor sich an Hirschfeld und Kirchhoff und reichte ihnen nacheinander den Unterarm.

Über Arztmantel und Hose trug Stein bereits einen grünen OP-Kittel und eine transparente Kunststoffschürze. Auf seiner Nase saß eine Schutzbrille mit einem dunkelblauen Bügel. Über die weißen Einweghandschuhe an seinen Händen hatte er ein zweites Paar blauer gezogen.

„Darf ich vorstellen: Das ist Doktor Frank Westphal“, fuhr Stein fort und deutete auf einen Mann Ende 30.

Der Rechtsmediziner hatte sein hellbraunes, mittellanges Haar zurückgegelt und trug Koteletten, die auf Höhe seines markanten Oberkiefers endeten. Abgesehen von der Schutzkleidung sah Westphal aus, als entspringe er geradewegs einem Remake von *Grease.*

„Und das ist Lee Hong-in, meine linke Hand“, machte Stein sie mit einem untersetzten Asiaten bekannt.

Bei einer gerichtlichen Obduktion mussten nach der deutschen Strafprozessordnung zwei Ärzte anwesend sein, die von einem Präparator unterstützt wurden.

„Bedienen Sie sich!“, forderte der Professor Hirschfeld und Kirchhoff auf und deutete auf mehrere OP-Kittel, die übereinander an einem Haken an der Wand hingen.

Daneben klebte ein vergilbtes DIN-A4-Blatt. Jemand hatte *Leichen sind Menschen wie du und ich, nur tot* daraufgeschrieben. Die beiden Kommissare folgten Steins Aufforderung. Als sie die

Kittel übergezogen hatten, übergab ihnen Steins Assistent jeweils einen Mundschutz.

„Wie Sie sehen, können wir uns nicht über Nachwuchsmangel beklagen“, sagte Stein in Hirschfelds Richtung, während der Präparator mehrere Röntgenbilder vor einen Leuchtkasten schob.

Der Kriminalhauptkommissar wusste, dass die Versorgungsaufgaben eines Rechtsmedizinischen Instituts sich keineswegs auf die Bearbeitung ungeklärter oder nicht natürlicher Todesfälle beschränkten, sondern auch Lehre und experimentelle Forschung beinhalteten. Es war also kein ungewöhnliches Bild, dass ein ganzer Haufen Studenten an einer Obduktion teilnahm.

„Allerdings lässt unsere Ausstattung einiges zu wünschen übrig“, fuhr der Professor fort und trat an den Stahltisch, auf dem die unbekannte Tote aufgebahrt war. „Das Be- und Entlüftungssystem müsste seit Jahren überholt werden. Auch die Laborgeräte stammen teilweise aus den Sechzigern, das müssen Sie sich einmal vorstellen! Selbst ein Brand vor rund 20 Jahren hat nicht dazu geführt, dass die Prosektur saniert wurde.“

Stein schüttelte empört den Kopf.

„Aber ich will Sie nicht weiter mit meinen beruflichen Nöten langweilen“, fuhr er fort und lenkte seine Aufmerksamkeit auf die Leiche vor ihm. „Beginnen wir mit der äußeren Besichtigung.“

Der Asiate reichte dem Professor ein Memocord. Stein drückte auf die Aufnahmetaste und begann:

„Eins – *Punkt* – Leiche einer noch nicht identifizierten Frau – *Punkt* – Alter schätzungsweise Anfang – *Komma* – Mitte 20 – *Komma* – Gewicht …“

Stein blickte Hilfe suchend zu seinem Assistenten.

„62,7 Kilogramm“, meldete dieser.

Der Professor ergänzte die Angabe, ohne die Aufnahme zu unterbrechen, und war im Begriff fortzufahren, als Staatsanwalt Beus den Sektionssaal betrat. Er wirkte abgekämpft. Von der Contenance aus der letzten Nacht schien nicht viel übrig geblieben zu sein. Der Professor setzte ab. Klick. Dann sagte er:

„Herr Staatsanwalt, schön, dass Sie uns Gesellschaft leisten. Wir haben gerade erst angefangen, Sie haben also noch nicht viel verpasst."

Beus nickte in die Runde und griff sich ebenfalls einen OP-Kittel.

Klick.

„Guter Ernährungszustand – *Komma* – Körpergröße ..."

Der Assistenzarzt legte das Maßband an.

„... 172 Zentimeter – *Punkt.*"

Stein umrundete gefolgt von Westphal den Stahltisch. Sein gebeugter Rücken zeichnete sich deutlich unter den beiden Kitteln ab.

„Zwei – *Punkt* – Die Tote ist unbekleidet – *Punkt* – Schmuck – *Doppelpunkt* – ein Paar goldener Ohrringe und eine Silberkette mit ovalem Anhänger – *Komma* – auf dem vorderseitig ein Jesuskopf und rückseitig ein Herz abgebildet ist – *Punkt.*"

Der Asiate entfernte das Genannte und verstaute die Teile in einem Plastikbeutel. Dann stieg er auf eine Klappleiter und machte mit einer Kamera mehrere Aufnahmen von der Toten. Unterdessen sprach Stein weiter:

„Drei – *Punkt* – Die Zeichen des Todes sind ausgebildet – *Doppelpunkt* – Die Leiche ist vollständig ausgekühlt – *Komma* – auf Rumpf und Extremitäten sind bis auf Rötungen an Hand – *Bindestrich* – und Fußgelenken keine äußeren Verletzungen erkennbar – *Punkt.*"

Klick. Stein setzte abermals ab, ließ den Präparator wieder von der Leiter steigen und den Leichnam auf die Seite drehen. Weitere Fotos folgten.

Als es erneut klickte, ging Professor Stein auf die Leichenflecke auf dem Rücken ein, die er Hirschfeld bereits am Fundort erläutert hatte. Dabei tauschte er sich immer wieder mit Doktor Westphal aus, der seine Beobachtungen ergänzte. Nach weiteren Minuten, in denen sein Assistent der Toten Fingerabdrücke abnahm und die Nägel schnitt, wandte Stein sich nun dem Kopf der

Leiche zu und beugte sich tief über ihr Gesicht. Da das Tageslicht, in dem sich die Farben von Verletzungen besser beschreiben ließen, sich zu dieser Jahreszeit nur zu einem trüben Grau hinreißen ließ, musste Stein sich auf das Licht der Neonlampe verlassen, die unter der Decke summte.

Klick.

„Dreizehn – *Punkt* – Gesichts – *Bindestrich* – und Stirnhaut sind minimal aufgedunsen und kaum wahrnehmbar bläulich verfärbt – *Punkt.*“

Professor Stein hob die Augenlider der Toten an.

Klick.

„Vierzehn – *Punkt* – In den Augenbindehäuten finden sich winzige – *Komma* – flohstichartige Stauungsblutungen – *Punkt* – Randbemerkung – *Doppelpunkt* – vorliegende Heterochromie – *Komma* – rechte Iris blau – *Komma* – linke grün – *Punkt.*“

20 Minuten später hatten Professor Stein und Doktor Westphal die äußere Inspektion abgeschlossen. Es folgte die innere Besichtigung des Leichnams, für die sich die beiden Rechtsmediziner zusätzliche Armschützer überstreiften. Kirchhoff, der sich die ganze Zeit über in der Nähe des Stahltisches aufgehalten hatte, zog sich zurück und lehnte sich gegen die Wand. Hirschfeld war nicht sicher, ob sein Partner einen unruhigen Magen hatte oder noch müde von ihrem nächtlichen Einsatz war. Die Anwesenheit bei Obduktionen gehörte zur Routine. Bereits in der Ausbildung wurden sie damit vertraut gemacht. Hirschfeld sagte sich, dass Kirchhoff immerhin nicht protestiert hatte, als er sich für die Leichenschau gemeldet hatte, und schob seine Zurückhaltung auf mangelnden Schlaf.

Steins Assistent legte die Instrumente bereit. Metall schlug auf Metall. Die Studenten wurden unruhig. Sie raschelten mit Eukalyptusbonbonpapierchen, hüstelten mehr als bisher und scharrten mit den Füßen. Die Anspannung war nicht ganz unbegründet. Während sich der Leichengeruch bei der äußeren Besichtigung durch die Kühlung noch in Grenzen hielt, erwartete die Anwesenden spätestens beim Öffnen von Thorax und Abdomen ein einmaliges olfaktorisches Erlebnis. Aus Erfahrung wusste Hirschfeld, dass es wenig Sinn machte, gegen dieses Aroma, wie Ärzte diesen Geruch bezeichneten, anzukämpfen. Je mehr man versuchte, durch den Mund zu atmen, desto unerträglicher wurde die Prozedur auf Dauer.

„Bereit, wenn Sie es sind", sagte Professor Stein, setzte das Skalpell im oberen Brustbereich an und öffnete den Torso mit einem Y-Schnitt, der zunächst die gelbliche Fettschicht unter der Haut durchtrennte.

Daraufhin klappte er die Hautlappen samt darunterliegendem Gewebe auseinander und begann, die Eingeweide herauszunehmen, damit die anderen Organe nicht mit Fäkalien kontaminiert wurden.

Hirschfeld wechselte seinen Beobachtungsposten. Als er an Beus vorbeiging, wehte ihm auch hier eine Mentholwolke entgegen.

Als Nächstes schnitt der Rechtsmediziner die Rippen mit einer Knochensäge auseinander und entfernte das Brustbein, um Herz, Lungen, Luftröhre und Bronchien freizulegen und zu entnehmen. Weitere Organe folgten. Bevor Westphal diese auf dem Organtisch untersuchte, wurden sie vom Präparator gewogen und gewaschen. Ein Student, froh über die Abwechslung, die sich ihm bot, übernahm den Tafeldienst und schrieb die Daten auf Zuruf mit Kreide hinter die entsprechenden Bezeichnungen. Währenddessen widmete Professor Stein sich dem Gehirn, das er nach einem Schnitt von Ohr zu Ohr hinter dem Scheitel und unter Zuhilfenahme einer weiteren Knochensäge aus dem Schädel beförderte.

Klick. Stein brachte das Memocord wieder zum Einsatz, nachdem er das gelblich graue Gehirn, über das sich ein Blutfilm zog, eingehend inspiziert hatte.

„Venenblut und Urin für eventuelle Alkoholgehaltsbestimmung entnommen – *Semikolon* – durch die anwesenden Kriminalbeamten in Auftrag gegeben – *Punkt* – Material für chemisch – *Bindestrich* – toxikologische Untersuchung – *Klammer auf* – Herz – *Bindestrich* – und Venenblut – *Komma*", listete er auf und verschaffte sich einen Überblick über die Proben, „Lebergewebe – *Komma* – Liquor – *Komma* – Mund – *Bindestrich* – *Komma* – Vaginal – *Bindestrich* – und Rektalabstrich – *Klammer zu* – entnommen – *Punkt.*"

Gegen 15 Uhr legten Professor Stein und Doktor Westphal schließlich Armschützer und Handschuhe ab. Die Leichenschau hatte gute drei Stunden in Anspruch genommen.

„Was war todesursächlich?", erkundigte sich Hirschfeld.

Während Kirchhoff sich auf einem Klemmbrett Notizen machte, nähte der Präparator die Leiche mit einer großen Schusternadel wieder zu.

„Eindeutig eine Asphyxie – Atemstillstand", antwortete Professor Stein, „hervorgerufen durch eine massive Gewalteinwirkung gegen den Hals."

„Sie wurde also erwürgt", schlussfolgerte Hirschfeld.

„Richtig", übernahm Westphal und fuhr sich mit dem Handrücken über seine glänzende Stirn. „Dafür sprechen der Bruch des rechten Zungenbein- und oberen Kehlkopfhorns sowie die zahlreichen, unterschiedlich großen Blutergüsse in sämtlichen Schichten der Halsweichteile und im Bereich der Kehlkopf-, Speiseröhren- und Mundschleimhaut."

„Sie haben jedoch keinerlei Druckspuren von Fingernägeln gefunden", warf Kirchhoff ein.

„Das kann zwei Gründe haben", entgegnete Stein und ließ die Arme vor dem Körper hängen. „Entweder hat der Täter seine Fingernägel nicht in die Halshaut eingedrückt. Oder es hat sich zum Zeitpunkt der Tötung ein Gegenstand zwischen Hals und Händen befunden wie zum Beispiel ein Blusen- oder Bademantelkragen."

„Verstehe", gab Kirchhoff schreibend zurück, ohne von seinen Notizen aufzublicken.

„Wir hatten auch bereits Fälle, in denen das Opfer mittels der Armbeuge erwürgt wurde“, meinte Westphal. „Diese Tötungen verlaufen in der Regel besonders spurenarm.“

„Wurde sie vergewaltigt?“, wollte Hirschfeld als Letztes wissen.

„Nein, soweit ich das zum jetzigen Zeitpunkt beurteilen kann, hat der Täter sie nicht angerührt.“

Hirschfeld verengte nachdenklich die Augen. Das war ein interessantes, jedoch nicht minder beunruhigendes Detail.

20

Lutz Hirschfeld zögerte, bevor er den Schlüssel ins Schloss steckte, um das Haus seiner Eltern in Lengsdorf, einem beschaulichen Bonner Vorort, zu betreten. Der frei stehende Bungalow war in den 1970er-Jahren gebaut worden und verfügte über sechs großzügig geschnittene Zimmer sowie über ein Schwimmbad im Hanggeschoss. Der Eingangsbereich war mit hellen Natursteinplatten ausgelegt und wurde durch eine Lichtkuppel im Dach erhellt. Hirschfeld durchquerte die Diele und öffnete eine Holztür mit Bleiglaselementen, die die Verbindung zum Wohnbereich darstellte.

Hirschfeld hatte nie verstanden, weshalb sein Vater sich für dieses Haus entschieden hatte. Für eine dreiköpfige Familie war es viel zu groß. Wahrscheinlich hatte ihn sein Hang zur Selbstinszenierung zum Kauf verleitet.

Es war Sonntagnachmittag. Seit der Obduktion am Aschermittwoch hatte die Mordkommission ‚Rheinufer‘ keine nennenswerten Fortschritte erzielt. Weder die Auswertung der Handykamera-Aufnahmen noch die Aussagen der Anwohner und des Wirts hatten sie auf eine heiße Spur gebracht. Nicht einmal die Identität der Toten war geklärt, da der Abgleich der Fingerabdrücke keinen Treffer ergeben hatte.

Hirschfeld tippte mit dem Zeigefinger gegen die angelehnte Küchentür, die lautlos aufschwang. Sofort schlug ihm ein säuerlicher Geruch entgegen. Der Kriminalhauptkommissar hatte sich seit seiner Ankunft in Bonn vor dem Anblick gefürchtet, der ihn jetzt erwartete. Als er eintrat, übertraf die Realität seine schlimmsten Vorstellungen:

Auf dem großen Holztisch in der Mitte standen mindestens zwei Dutzend leere Korn- und Wodkaflaschen. Daneben und auf dem Boden verstreut lagen die dazugehörigen Schraubverschlüsse. Im Halbkreis um den Mülleimer herum entdeckte Hirschfeld ein weiteres Flaschenarsenal. Einige Schubladen und Schranktüren der modernen weißen Einbauküche mit den teuren, aber seit dem Tod seiner Mutter ungenutzten Elektrogeräten standen offen. In einem der Fächer war eine Tüte Mehl umgekippt. Der Inhalt hatte sich auf der Anrichte aus Nussbaumholz verteilt und ein paar halb geleerte Rotweingläser mit einer pudrigen weißen Schicht überzogen. In der Mitte des traurigen Stilllebens war deutlich der Abdruck einer Hand zu sehen.

Hirschfeld schauderte. Es machte ganz den Anschein, als hätte sein Vater die Küche verzweifelt nach etwas Alkoholischem durchsucht, als sein Vorrat sich dem Ende geneigt hatte. Hirschfeld schloss Schubladen und Türen und warf einen Blick in den Kühlschrank. Außer einem leeren Sixpack, einer ausgedorrten Zitrone und einem Becher Joghurt, der bereits im letzten Jahr abgelaufen war, befand sich nichts darin. In der Spüle stapelte sich dagegen dreckiges Geschirr. Die eingetrockneten grauen Essensreste darauf gaben keinen Hinweis mehr auf die Mahlzeiten, die Heinrich Hirschfeld zuletzt zu sich genommen hatte. Nach allem, was Lutz bisher zu Gesicht bekommen hatte, ging er davon aus, dass sein Vater sich vor seiner Einlieferung in die Rheinische Landesklinik ohnehin nur noch auf die Aufnahme flüssiger Nahrung beschränkt hatte. Hirschfeld fragte sich, ob sein Vater jemals wieder in der Lage sein würde, dieses Haus zu bewohnen.

Mit einem Gefühl des Ekels verließ er die Küche und ging ins Wohnzimmer, das einen ähnlich tristen Eindruck erweckte. Ein schwarzer *Schimmel*-Konzertflügel dominierte den ausladenden Raum, der über einen Kamin verfügte. Der Deckel des Instruments war geschlossen. Darauf hatte sein Vater weitere Gläser abgestellt.

„Verdammter Idiot!"

Verärgert zog Lutz Hirschfeld seinen Ulster-Mantel aus und warf ihn über die Lehne der beigefarbenen Ledereckcouch. Dann entfernte er die Gläser, brachte sie in die Küche und kehrte mit einem angefeuchteten Spültuch zurück. Vorsichtig versuchte er, die Wasserringe, die sich deutlich auf dem schimmernden Lack abzeichneten, zu entfernen. Nach einer Weile ließ Hirschfeld das Tuch sinken. Bei seinem nächsten Besuch durfte er nicht vergessen, eine Politur mitzubringen, um den Schaden einzugrenzen.

Hirschfeld umrundete den Flügel und öffnete die Klappe. Bevor er eine Taste anschlug, glitten seine Finger über die kühle Klaviatur. Als das E ertönte und den Raum mit seinem vollen Ton erfüllte, ließ er seinen Blick zur breiten Fensterfront des Wohnzimmers schweifen, um das Panorama, das sich ihm bot, für einen Moment auf sich wirken zu lassen. Hirschfeld dachte an seine Mutter. Vor seinem inneren Auge kehrte das Bild eines Sommertages zurück, das er tief in seine Erinnerungen eingeschlossen hatte. Seine Mutter trug ein geblümtes blaues Kleid, ihre Haare hatte sie hochgesteckt. Die Fenster des Wohnzimmers waren weit geöffnet. Sie saß am Flügel, selbstversunken, die Augen geschlossen und spielte Beethovens *Für Elise,* als gäbe sie ein großes Konzert. Als sie Lutz' Anwesenheit bemerkte, warf sie den Kopf zurück und lachte glockenhell. An diesem Tag war sie glücklich, wie er sie nie zuvor erlebt hatte. Kein halbes Jahr später war sie tot. Jedes Mal, wenn Hirschfeld das Stück hörte, versetzte es ihm einen Stich. Nach all den Jahren vermisste er seine Mutter immer noch schmerzlich, mit jedem Tag mehr.

Das Klingeln seines Handys riss Hirschfeld aus den Gedanken. Die Nummer auf dem Display war lang. Er konnte sich denken, wer ihn anrief.

„Hi, Jo. Wo steckst du?", begrüßte er seine Schwester.

Wie so oft hatte sie ein Händchen für das richtige Timing.

„Dich kann wohl nichts mehr überraschen, Bruderherz", klang Johannas Stimme weit entfernt.

„War nicht schwer zu erraten."

Jo gähnte. Hirschfeld schaute auf seine Armbanduhr. In New York musste es jetzt 10 Uhr morgens sein. Für seine Schwester viel zu früh am Tag.

„Wie geht es dir? Alles in Ordnung?", erkundigte er sich, griff in seine Jacketttasche und klopfte eine Zigarette aus der Packung.

„Mach dir um mich keine Sorgen", antwortete Johanna.

Hirschfeld hörte, wie sie etwas Heißes schlürfte. Kaffee, den seine Schwester zu jeder Tages- und Nachtzeit trank wie Wasser. Dass sie noch keinen Koffeinschock erlitten hatte, grenzte fast an ein medizinisches Wunder.

„NY ist wirklich ein Traum, wir sind jeden Tag auf Achse", schwärmte sie. „Gestern waren wir im MoMA, heute machen wir eine Hafenrundfahrt und gehen anschließend in den Central Park."

Hirschfeld widerstand der Frage, wen Jo mit ‚wir' meinte. Sie war ohne Begleitung nach New York gereist, hasste es aber, wenn er sie, wie Johanna sich gerne auszudrücken pflegte, wie eine Verdächtige verhörte.

„Du musst unbedingt auch mal herkommen."

„Sicher", erwiderte Hirschfeld vage. Sein nächster Urlaub war seit der letzten Woche allerdings in weite Ferne gerückt.

„Was macht die Kunst?", fragte er und zündete sich die Zigarette an.

„Du meinst den Workshop?"

„Ja."

Jo hatte im Gegensatz zu Hirschfeld die künstlerische Ader ihrer Mutter geerbt. Sie war im letzten Jahr für das Fach Darstellende Kunst an der Universität der Künste in Berlin angenommen worden. Die Aufnahmeprüfungen waren streng. Unter mehr als 1.000 Bewerbern war Jo nach zwei Vorrunden und der Zulassungsprüfung unter die letzten 20 gekommen und hatte so einen der begehrten Studienplätze ergattert. Trotz dieses Erfolgs hatte Jo genügend Ehrgeiz, sich nicht auf ihrem Talent auszuruhen. Zum Jahreswechsel hatte sie entschieden, sich in den nächsten Semesterferien weiterzubilden. Ihre Wahl war schließlich auf den Big Apple gefallen. Den Schauspiel-Kurs, der ein paar 100 Dollar kostete, hatte Heinrich Hirschfeld seiner Tochter in einem Anfall von Sentimentalität spendiert.

„Zurzeit haben wir Improvisationstraining. Das ist ganz spaßig. Maggie, unser Coach, geht auf die 70 zu. Sie hat mehr Energie als der ganze Kurs zusammen."

„Klingt gut", erwiderte Hirschfeld und schnippte die Asche in den Deckel der Zigarettenschachtel. Er bedauerte fast, dass Jo gerade keine feste Rolle einstudierte. Normalerweise hatte sie die Angewohnheit, sich mit ihrem aktuellen Rollennamen ansprechen zu lassen, was in der Vergangenheit bereits zu einiger Erheiterung geführt hatte.

„Wie geht es Papa?", fragte Jo unvermittelt.

Hirschfeld erzählte ihr von den letzten Besuchen, ließ jedoch den Zustand des Hauses außen vor.

„Ich hätte nicht gedacht, dass es so schlimm um ihn steht", entgegnete seine Schwester betroffen, als Lutz seinen Bericht beendet hatte. „Gut, dass Mama ihn nicht mehr so erlebt hat."

Johanna hatte Recht: Das war das einzig Tröstliche an der Situation.

„Weißt du was? Das nächste Semester beginnt erst im April. In den USA bleiben mir noch ein paar Tage. Bevor ich nach Berlin zurückkehre, mache ich einen Stopp in Bonn und besuche euch beide."

Hirschfeld war nicht sicher, ob das eine gute Idee war. Jo war zwar inzwischen erwachsen, hatte jedoch immer wieder launische Phasen, die ihre Umwelt deutlich zu spüren bekam. Andererseits konnte es nicht schaden, wenn Jo ihren Vater für eine Weile auf andere Gedanken brachte. Auf Lutz war er momentan zumindest nicht besonders gut zu sprechen.

„Wann kommst du?“

Hirschfeld war in die Küche zurückgekehrt, drückte seine Zigarette im Spülbecken aus und entsorgte die Asche aus der Schachtel.

„Weiß noch nicht, ich sag dir aber noch Bescheid“, antwortete Jo. Im Hintergrund machten sich mehrere Stimmen bemerkbar. „Ich muss Schluss machen, Großer. Wir hören uns die Tage noch mal, ja?“

„Okay, pass auf dich auf, Jo!“

Sie beendeten das Gespräch. Als das Handy in der nächsten Sekunde erneut klingelte, nahm Hirschfeld das Gespräch auf dem Weg zum Wohnzimmer an. Diesmal achtete er nicht auf die übermittelte Telefonnummer.

„Was gibt es noch, Kleine?“

„Ich bin’s, Peter.“

Kirchhoff.

„Oh, entschuldige, ich hatte jemand anderes erwartet.“

„Es gibt Neuigkeiten“, antwortete Kirchhoff nur.

Hirschfeld horchte auf.

„Die Leitstelle hat gerade eine Vermisstenmeldung reinbekommen“, fuhr Kirchhoff fort. „Der Beschreibung nach könnte es sich um unsere unbekannte Tote handeln. Die Eltern sind bereits auf dem Weg in die Rechtsmedizin.“

„Ich bin schon unterwegs“, entgegnete Hirschfeld, legte auf und griff nach seinem Mantel, während er anwählte.

Noch bevor die Taxizentrale in der Leitung war, hatte er das Haus verlassen.

21

Peter Kirchhoff erwartete Hirschfeld bereits im Besucherraum des Instituts für Rechtsmedizin, an dem seit der Gründung nicht viel verändert worden zu sein schien. Das Zimmer war winzig und mit einem türkisfarbenen 70er-Jahre-Linoleumboden ausgelegt. An einem runden Holztisch in der Mitte, um den sich vier hellrot gepolsterte Stühle gruppierten, saßen eine Frau und ein Mann mittleren Alters, die gequält aufblickten, als der Kriminalhauptkommissar ihnen nacheinander die Hand gab.

„Mein Name ist Lutz Hirschfeld", sagte er und nahm ihnen gegenüber Platz.

„Bach", übernahm der Mann die Vorstellung, während seine Frau stumm blieb und ein Kupferrelief von Albrecht Dürers *Betenden Händen,* das an der Wand hing, anstarrte.

Obwohl der Heizkörper unter dem schmalen Fenster den Raum in eine Sauna verwandelte, hatte Herr Bach ebenso wie seine Frau die Winterjacke anbehalten. Hirschfeld konnte nachvollziehen, weshalb das Ehepaar diesen Ort so schnell wie möglich wieder verlassen wollte.

„Wären Sie so freundlich und würden uns kurz schildern, wie es zu Ihrer Vermisstenanzeige gekommen ist?", begann Hirschfeld mit der Befragung, während er die grauen Gesichter vor ihm studierte.

Frau Bach war hübsch. Sie hatte rehbraune, leicht auseinanderstehende Augen und eine sportliche Figur. Hirschfeld stellte sich vor, dass sie vielleicht Fitnesskurse gab oder als Krankengymnastin arbeitete. Ihre blonden Haare hatte sie zu einem lockeren Pferdeschwanz zusammengebunden. An ihren dunkelbraunen Ansätzen und Augenbrauen war jedoch zu erkennen, dass sie keine natürliche Blondine war. Ihren Mann schätzte Hirschfeld auf ein ähnliches Alter. Er war über 1,90 Meter groß und von kräftiger Statur. Er hatte dichtes, gelocktes, schwarzes Haar, das ihm bis zu den Ohren ging. Seine Hände waren riesig und lagen plump auf dem Tisch.

„Nun", erwiderte Bach mit gebrochener Stimme, „Susanne studiert Germanistik und Amerikanistik an der Uni hier. Sie ist im neunten Semester und bereitet gerade ihre Magisterarbeit vor. Über die Karnevalstage wollte sie in die Eifel fahren, um ein wenig Ruhe vor dem ganzen Trubel zu haben."

Bach war sichtlich darum bemüht, die Gegenwartsform zu benutzen. Hirschfeld ließ ihn reden, während Kirchhoff gegen den Türrahmen lehnte und sich Notizen machte.

„Bis gestern haben wir uns keine Sorgen gemacht, dass Susanne sich nicht gemeldet hat", fuhr Bach fort und warf einen vorsichtigen Blick in Richtung seiner Frau. „Wir haben sie erst Samstagabend zurückerwartet."

„Wie alt ist Susanne?", fragte Hirschfeld.

„Letzten Monat ist sie 24 geworden."

Wenn es sich bei der Toten tatsächlich um Susanne Bach handelte, sah sie deutlich jünger aus, als ihr Alter vermuten ließ.

„Wohnt sie noch bei Ihnen?"

„Nein", entgegnete Bach langsam, „sie ist vor einem Jahr in eine WG gezogen. Aus diesem Grund wollte sie sich auch für ein paar Tage ausklinken."

„Wann genau wollte Ihre Tochter abreisen?"

„Am Mittwoch vor Weiberfastnacht."

Hirschfeld rechnete zurück: Das war genau elf Tage her.

„Haben Sie sich nicht gewundert, weshalb Ihre Tochter sich die ganze Zeit über nicht gemeldet hat?", fragte Kirchhoff.

Frau Bach zuckte zusammen. Sie kämpfte mit den Tränen.

„Nein, überhaupt nicht", antwortete ihr Mann sofort. „Susanne ist sehr eigenständig und kommt gut allein zurecht. Wenn sie sich etwas in den Kopf gesetzt hat, dann zieht sie es auch durch. Sie weiß, dass sie uns gegenüber keine Rechenschaft ablegen muss."

„Verstehe", entgegnete Kirchhoff.

„Wann haben Sie festgestellt, dass etwas nicht stimmt?", arbeitete Hirschfeld sich langsam zum Kern des Themas vor.

„Nach ihrer Rückkehr wollte Susanne uns für ein paar Tage besuchen, bevor sie wieder in die WG ging. Als sie nicht aufgetaucht ist und sich auch nicht gemeldet hat, haben wir es über ihr Handy versucht. Da sprang aber jedes Mal nur der AB an. Meine Frau hat daraufhin in der WG angerufen. Niemand wusste Bescheid. Alle dachten, Susanne sei noch in der Eifel oder bereits bei uns."

„Ich nehme an, Sie haben sich daraufhin auch bei der Unterkunft, die Susanne gemietet hat, erkundigt?", fragte Hirschfeld.

Bach nickte:

„Sie ist nie dort angekommen."

Seine Stimme war nur noch ein Flüstern. Hirschfeld schwieg einen Augenblick, damit das Ehepaar sich wieder etwas fangen konnte.

„Waren Sie schon in der WG?", brach Kirchhoff schließlich das Schweigen.

„Ja", gab Herr Bach schwach zurück. „Ihre Reisetasche stand gepackt in ihrem Zimmer. Sie ist gar nicht mehr in die Eifel aufgebrochen."

„Hat Susanne ein Auto?", fragte Kirchhoff.

„Ja, sie fährt einen alten dunkelblauen Audi 100, den wir ihr vererbt haben. Damit wollte sie auch in die Eifel."

„Können wir das Ganze endlich hinter uns bringen?", ergriff Frau Bach zum ersten Mal das Wort. „Diese Fragerei ertrage ich nicht länger!"

Ihre Stimme hatte einen hohen Ton angenommen und es machte den Anschein, als würde sie jeden Moment zusammenbrechen.

„Bitte, Schatz, das bringt doch nichts", versuchte Bach seine Frau zu beruhigen. „Die Herren von der Kripo tun nur ihre Arbeit."

„Wir können sehr gut nachempfinden, wie schwer Ihnen das

alles hier fallen muss", sagte Hirschfeld besänftigend. „Ihrer Beschreibung nach könnte es sich bei der jungen Frau, die wir am Rheinufer gefunden haben, tatsächlich um Ihre Tochter handeln. Wir wollen Sie daher nicht länger im Ungewissen lassen."

„Vielleicht möchten Sie lieber hier warten, Frau Bach?", schlug Kirchhoff vor.

„Nein", entgegnete sie und schüttelte energisch den Kopf. „Wenn es Susanne ist, muss ich sie sehen."

„Also gut, folgen Sie mir bitte!", sagte Kirchhoff und öffnete die Tür.

Kurz darauf verließen sie das Hauptgebäude und wechselten hinüber in die Prosektur. Ein großer Aufzug brachte sie in den Keller der Pathologie. Als sich die Fahrstuhltür öffnete, gelangten sie in einen weiß gekachelten Vorraum, von dem ein lang gestreckter Flur abging. Kirchhoff klopfte gegen eine Tür, in der wenig später Professor Steins Assistenzarzt erschien. Der Asiate grüßte die Anwesenden mit einem knappen Nicken und bedeutete ihnen, ihm zu folgen. Schließlich blieb der Assistent vor einer Stahltür stehen. Bach griff nach dem Ellenbogen seiner Frau.

„Nehmen Sie sich so viel Zeit, wie Sie brauchen", sagte Steins Assistent, öffnete die Tür und ließ das Ehepaar eintreten.

Hirschfeld und Kirchhoff folgten den beiden in einen rechteckigen Raum, dessen Wände ebenfalls weiß gefliest waren. Rechts und links gegenüber der Tür standen zwei Hub- und Transportwagen aus Edelstahl. Die Hydraulikeinheit unter dem Tisch konnte mit dem Fuß betätigt werden und erlaubte es, Leichen auch in höher gelegene Kühlfächer zu fahren oder von dort zu entnehmen. Die Leichenmulde auf dem linken Wagen war belegt. Der Körper, der in der Edelstahlwanne lag, war in eine dicke weiße Kunststofffolie eingewickelt. Der Asiate schloss die Tür hinter sich, trat an den Tisch und schlug die Enden der Plane auf ein Zeichen von Kirchhoff auseinander.

Arm in Arm näherte sich das Ehepaar Bach zögernd. Jeder ihrer Schritte, die dumpf von den Wänden widerhallten, schien ihnen schwerer zu fallen. Als sie das Kopfende fast erreicht hatten, blieb Frau Bach abrupt stehen. Ihre Hand flog zum Mund. Ein verzweifeltes Schluchzen drang aus ihrer Kehle. Ihre Schultern sackten zusammen, dann knickten ihre Knie ein. Ihr Mann fing sie auf und sie begann unkontrolliert zu weinen. Ihr ganzer Körper wurde von Schmerz geschüttelt, dem sie jetzt freien Lauf ließ. Herr Bach, der nur einen kurzen Blick auf die Bahre geworfen hatte, redete mit tränenerstickter Stimme auf seine Frau ein. Neben ihm wirkte sie wie ein kleines Kind. Die Frage erübrigte sich, ob die Tote Susanne Bach war.

„Ich bedaure Ihren Verlust zutiefst", sagte Hirschfeld, als sie wieder auf dem Flur standen. „Ich rufe Ihnen einen Streifenwagen, der Sie nach Hause fahren wird."

Eine weitere Befragung hielt er für den Moment nicht für angebracht. Außerdem hatten die beiden ihnen bereits die ersten wichtigen Informationen geliefert.

„Das möchten Sie vielleicht mitnehmen", sagte Steins Assistent und reichte Herrn Bach einen kleinen Plastikbeutel.

Hirschfeld erkannte den Schmuck wieder, den Professor Stein bei der Leichenschau als einzige persönliche Gegenstände der Toten vorgefunden hatte. Bach nahm den Beutel entgegen und wollte ihn gerade in seine Jackentasche stecken, als er innehielt und den Inhalt genauer betrachtete.

„Das soll meine Tochter getragen haben?", wollte er wissen.

„Ja, stimmt etwas nicht damit?", erkundigte Hirschfeld sich sofort.

„Die Ohrringe haben wir ihr zu Weihnachten geschenkt. Aber die Halskette mit dem Amulett gehört auf keinen Fall Susanne."

„Weshalb auf keinen Fall, Herr Bach?", erkundigte sich Hirschfeld, der den Plastikbeutel mit dem Schmuck wieder an sich genommen hatte.

Sie waren im Kellerflur stehen geblieben, während Kirchhoff und Steins Assistenzarzt Frau Bach nach oben begleiteten.

„Susanne ist …", zögerte Bach und stützte seinen massigen

Körper mit dem Ellenbogen gegen die Wand, „… war kein religiöser Mensch. Zumindest hat sie nicht viel von der Kirche gehalten."

„Sie könnte ihre Meinung in letzter Zeit geändert haben", gab Hirschfeld zu bedenken und setzte sich langsam in Bewegung.

„Das glaube ich kaum. Sie ist letztes Jahr ausgetreten", erwiderte Bach, löste sich ächzend aus seiner Position und folgte dem Kriminalhauptkommissar.

„Vielleicht handelt es sich schlicht und ergreifend um ein Geschenk, das sie nicht ablehnen konnte", dachte Hirschfeld laut. „Vielleicht hat Susanne den Anhänger aus Höflichkeit angenommen."

„Susanne würde ihre Prinzipien nicht einfach über Bord werfen", widersprach Bach. „Und jeder, der sie etwas besser kennt, weiß, dass sie keinen Silberschmuck verträgt."

„Sie meinen, Susanne reagierte allergisch?"

„Ja, sie hatte eine starke Kontaktallergie gegen Nickel und Kobalt."

Nickel war in vielen Silberlegierungen enthalten. Wenn Bach Recht hatte, stellten sich der Mordkommission weitere Fragen: Wem gehörte der Schmuck? Gab es einen Zusammenhang mit dem Mord? Hirschfeld war fest davon überzeugt, dass dies kein Zufall sein konnte.

„Bei der kleinsten Berührung bekam sie bereits einen unangenehmen Ausschlag, der sich mehrere Tage hielt", fuhr Bach fort. „Aus diesem Grund hat Susanne meist Gold getragen. Die Ohrringe haben wir zum Beispiel extra für sie beim Juwelier anfertigen lassen, um sicherzugehen, dass der Goldgehalt möglichst hoch ist und kein Nickel verwendet wird."

Sie hatten inzwischen wieder den Aufzug erreicht. Hirschfeld betätigte den Knopf. Als sich nichts tat, drückte er mehrmals hintereinander darauf, denn er hatte es plötzlich sehr eilig, dem Institut für Rechtsmedizin den Rücken zu kehren.

„Glauben Sie, dass die Kette von Bedeutung ist?"

Bach hatte Hirschfelds Ungeduld richtig interpretiert.

„Ja, davon gehe ich aus."

Die Fahrstuhltür glitt auf. Endlich.

„Ach ja, bevor ich es vergesse", fügte Hirschfeld hinzu und betrat mit Bach den Aufzug, „War Susannes Fahrzeug zufällig in der Nähe ihrer WG geparkt?"

„Nein, wir haben ihr Auto nicht gefunden. Ihre Kollegen im Polizeipräsidium haben bereits eine Fahndung aufgegeben."

„Gut."

Dann war es nur eine Frage der Zeit, bis der Audi 100 irgendwo auftauchte.

„Ich brauche noch Susannes Adresse."

„Sicher. Dorotheenstraße 97."

Hirschfeld notierte sich die Anschrift.

„Wann können wir sie mitnehmen?", wollte Bach wissen, als der Fahrstuhl sich in Bewegung setzte.

„Die Obduktion ist abgeschlossen", antwortete Hirschfeld. „Ich gehe davon aus, dass Susannes Leichnam in der kommenden Woche freigegeben werden kann."

Sie hatten das Erdgeschoss erreicht und verließen den Aufzug. Als sie aus dem Hauptgebäude traten, wartete Frau Bach bereits im Streifenwagen. Es war inzwischen dunkel geworden. Ihre zusammengesunkene Silhouette auf dem Rücksitz zeichnete sich scharf gegen das einfallende Licht der Straßenlaterne ab, die den Parkplatz vor dem Institut erhellte.

„Kinder sollten niemals vor ihren Eltern gehen", murmelte Bach und verabschiedete sich mit einem müden Nicken, bevor er zu seiner Frau in den Wagen stieg.

„Dieser Tag hat ihr Leben mit einem Schlag verändert, sie werden nie wieder dieselben Menschen sein", meinte Hirschfeld nachdenklich zu Kirchhoff, der mit den Händen in den Taschen neben dem Eingang auf ihn wartete und dem Streifenwagen nachschaute.

Statt eines Kommentars sah Kirchhoff ihn mit seinem melancholischen Blick an und strich seine Haare aus dem Gesicht, als wollte er einen unangenehmen Gedanken wegwischen.

„Was hast du über die Kette erfahren?“, fragte er.

Hirschfeld setzte seinen Partner kurz ins Bild.

„Höchst interessant“, erwiderte Kirchhoff, als Hirschfeld geendet hatte. „Damit eröffnen sich gleich mehrere Möglichkeiten. Nummer eins: Die Kette gehörte tatsächlich dem Opfer. Nummer zwei: Die Kette gehört …“

„… Susannes Mörder“, vollendete Hirschfeld den Satz. „Wir müssen so schnell wie möglich in Erfahrung bringen, was es mit dem Schmuck auf sich hat.“

„Das klingt nach einem Plan“, meinte Kirchhoff.

„Ja, in der Tat.“

„Gut, wo fangen wir an?“

„Ich formuliere die Frage mal so: Wann hast du zum letzten Mal eine WG von innen gesehen?“

22

Die Stelle am Hinterkopf tut gar nicht mehr weh. Juckt nur noch eklig. Fahre mit dem Finger drüber. Fühle. Die Haut zwischen den Haaren ist ganz rau. Kratze über die Kruste und zerreibe das getrocknete Blut zwischen den Fingern. Es zerfällt und segelt ganz langsam auf den Boden. Wie in Zeitlupe. Die Farbe sieht aus wie Rost. Taste zurück an das Loch in meinem Kopf. Kann mich an den Schlag nicht mehr erinnern. Alles weg. Nichts. Besser so. Die anderen sagen, hab geschrien wie am Spieß. Und geheult. Wie immer. Die Tage danach hat es immer gepocht und geklopft hinter meinen Augen. Und mir war übel. Musste mich bestimmt zwanzigmal übergeben. Das war nicht schön. Erst das heiße Brennen in mei-

nem Bauch. Dann klopfte mein Herz ganz wild und alles zog sich innen zusammen, bis zum Hals. Wie ein Krampf. Und dann kam alles raus. Manchmal wie Wasser. Danach schmeckte es immer bitter im Mund. Mag gar nicht dran denken. Wird mir gleich wieder schlecht.

Merke, dass meine Finger immer noch in Bewegung sind. Hier und da, auf und ab. Wie ein Maulwurf wühlen sie sich tiefer und greifen ein Büschel. Zwirbel die Haare mit Daumen und Zeigefinger auseinander. Bekomm eins zu fassen und reiße dran. Ein Ruck und es ist raus. Gucke mir das Ende an. Muss die Augen zusammenkneifen, um den weißen runden Punkt zu erkennen. Nehme das Haar in den Mund, bewege es mit der Zunge hin und her und beiße auf das Stück. Es knackt schön. Schlucke alles runter. Dann such ich mir ein neues Haar.

23

„Nette Gegend", meinte Hirschfeld, als sie vor einem gepflegten Altbau aus der Gründerzeit stehen geblieben waren, der schwach erleuchtet war.

In diesem Moment splitterte irgendwo in der Nähe Glas. Auf das hysterische Kreischen einer Frau, in das sich eine wütende Männerstimme mischte, folgte der krachende Aufprall eines Gegenstandes in der Größe eines Fernsehers.

„Wie man's nimmt", gab Kirchhoff zurück und schenkte ihm ein zurückhaltendes Lächeln.

Hirschfeld grinste, dann stieg er die drei Stufen zum Hauseingang hoch und suchte mit dem Finger nach der richtigen Klingel. Er hatte bei der spärlichen Beleuchtung einige Mühe, Susannes Wohngemeinschaft ausfindig zu machen. Schließlich entdeckte er ihren in großen Lettern gedruckten Namen zwischen ein paar handgeschriebenen Türschildern.

„Scheint eine größere WG zu sein", stellte Hirschfeld fest, nachdem er auf die Klingel gedrückt hatte. „Ich habe sechs Namen gezählt."

„Plus Anhang, versteht sich", fügte Kirchhoff hinzu.

Hirschfeld fragte sich, mit welcher Behausung Kirchhoff in seiner Ausbildungszeit vorliebgenommen hatte. In einer WG mit langhaarigen Hippies konnte er sich seinen neuen Partner in jedem Fall nicht vorstellen.

Gerade als Hirschfeld noch einmal klingeln wollte, summte der Türöffner. Er drückte die Haustür auf und trat, gefolgt von Kirchhoff, in den Flur, der mit einem abgetretenen braun gemusterten Linoleumboden ausgelegt war. Im Gang zum Hinterhof standen zwei Hollandräder, deren Rostflecken mit bunter Farbe übermalt worden waren. Es roch nach Putzmittel und Eintopf. Sie stiegen die alte Holztreppe hoch, deren Stufen unter jedem Schritt knarzten. Als sie im zweiten Stock angelangt waren, fanden sie eine der beiden Wohnungstüren angelehnt. Aus dem Inneren der Wohnung drang gedämpfte Musik. Jimi Hendrix, dem Gitarrensolo nach zu urteilen, tippte Hirschfeld.

„Bereit für eine Zeitreise, Peter?"

„Nach dir", erwiderte Kirchhoff und ließ ihm den Vortritt.

Hirschfeld stieß die Tür auf und fand sich in einem engen schummrigen Flur wieder. Unter der Decke schaukelte sanft eine Lampe mit Strohschirm, über die jemand ein orangefarbenes Batiktuch geworfen hatte. An der Garderobe hing über einem Haufen Mäntel und Taschen ein verfilztes, nikotingeschwängertes Bärenkostüm. An den Beinenden waren deutlich Spuren von Matsch zu erkennen. Ein trauriger Zeuge der letzten Karnevalssession, dachte Hirschfeld und klopfte an die erstbeste Zimmertür, da niemand sie in Empfang nahm. Kurz darauf tauchte im Türspalt ein verschlafenes Gesicht auf, das von einer wilden blonden Lockenmähne eingerahmt war. Der dazugehörige junge Mann war in Susannes Alter. Außer schwarz-weiß karierten Boxershorts, die um seine Beine schlotterten, hatte er nichts am Leib. Auf eine anzügliche Art und Weise war er nackt.

„Ja?“, sagte der Lockenkopf und ließ ein herzhaftes Gähnen folgen.

„Ich bin Kriminalhauptkommissar Hirschfeld und das ist mein Kollege Kriminalhauptkommissar Kirchhoff“, stellte Hirschfeld sie vor und zeigte Susannes Mitbewohner seine Kriminalmarke.

Im Augenwinkel sah er, wie Kirchhoff seine Marke ebenfalls hochhielt.

„Wie ist Ihr Name?“, erkundigte Hirschfeld sich.

„Florian Richter“, antwortete er und kratzte sich am Hinterkopf. „Und was kann ich für Sie tun?“

Offensichtlich hatte er nicht vor, die beiden Hauptkommissare in sein Zimmer zu bitten. Hirschfeld war sich sicher, dass Richter nicht allein war.

„Ein T-Shirt und eine Jeans wären für den Anfang hilfreich“, sagte Kirchhoff humorlos.

„Welches Gesetz in Deutschland schreibt mir vor, was für Klamotten ich zu Hause tragen soll?“, war Susannes Mitbewohner nicht gerade erfreut über Kirchhoffs Aufforderung.

„Keines“, antwortete Hirschfeld, „aber wir haben ein paar Fragen zu Susanne Bach.“

„Oh“, erwiderte Florian Richter und wurde ernst. Erst jetzt schien ihm die Bedeutung ihres Besuchs aufgegangen zu sein. „Bin gleich zurück. Warten Sie doch in der Küche, zweite Tür links.“

Als Hirschfeld und Kirchhoff die geräumige Wohnküche betraten, verstärkte sich der Essensgeruch. Die Quelle in Form eines dampfenden Emailletopfes stand auf dem Herd. Neben einem Holztisch, unter dessen linken hinteren Bein mehrere Bierdeckel steckten, und ein paar zusammengewürfelten Stühlen verfügte die Küche über ein fleckiges braunes Cordsofa. Darauf fläzte sich ein schlaksiger, langhaariger Kerl in einem verwaschenen T-Shirt und einer weiten dunkelblauen Wickelhose. Er war älteren Semesters. Hirschfeld verbuchte ihn unter der Kategorie Langzeitstudent oder andere hoffnungslose Fälle. Mit geschlossenen Augen hörte er über Kopfhörer Musik. Er hatte seine Knie angezogen und das rechte Bein über das linke geschlagen. Seine Füße steckten in grauen Wollsocken und wippten im Takt. Kirchhoff räusperte sich. Seinem Gesichtsausdruck nach zu urteilen stand er nicht in der Küche einer alternativen WG, sondern im Vorhof zur Hölle.

„Hallo, hören Sie mich?", baute Hirschfeld sich vor dem Sofa auf, da der Typ immer noch nicht reagierte.

Als Hirschfelds Schatten auf ihn fiel, öffnete er die Augen und riss sich die Kopfhörer von den Ohren.

„Ja?"

Diesmal übernahm Kirchhoff die Vorstellung. Die Musik plärrte jetzt fast in Zimmerlautstärke aus den Kopfhörermuscheln. Kein Wunder, dass der Typ zuerst nicht reagiert hatte.

„Und mit wem haben wir das Vergnügen?", wollte Hirschfeld wissen.

„Leif Müller."

Klang wie ein drittklassiger Elektronikmarkt à la Cyber-Schmitz.

„Wohnen Sie hier, Herr Müller?", erkundigte sich Hirschfeld.

„Ja, das heißt: nein. So gut wie."

„Geht es etwas präziser?", wollte Kirchhoff wissen und versuchte, jeglichen Körperkontakt mit der Küche zu vermeiden, als wäre sie hochgradig toxisch. Nur seine Schuhsohlen berührten den Boden.

„Ich bin der Freund von Tine."

Kirchhoff zog sein Notizbuch aus der Jacketttasche, klappte es auf und begann zu schreiben.

„Tine … wer?", brummte er und legte den Kopf schief.

Die Musik aus den Kopfhörern wechselte gerade das Tempo.

„Christine Gerstner."

„Frau Gerstner wohnt hier zur Miete und Sie sind Dauergast?", schlussfolgerte Hirschfeld.

„Ja, so könnte man es ausdrücken."

Der Kerl ließ sich jedes Wort einzeln aus der Nase ziehen.

„Wann haben Sie Susanne Bach das letzte Mal gesehen?", kam Hirschfeld auf den Punkt.

„Die Susi? Warten Sie, lassen Sie mich überlegen. Das muss so vor ein paar Tagen gewesen sein."

„Vor ein paar Tagen?", hakte Hirschfeld nach.

Laut Obduktionsbericht konnte das nicht der Fall sein. Es sei denn, Müller war der Letzte, der Susanne lebend gesehen hatte.

„Nein, wenn ich länger darüber nachdenke, könnte es vor Karneval gewesen sein. Das Wochenende vor Weiberfastnacht, glaub ich."

Das klang schon anders.

„Hat Frau Bach sich da ungewöhnlich verhalten?"

„Nee, nicht dass ich wüsste. Susi war eigentlich so wie immer. Sie hatte die Nase voll von der WG und musste mal raus."

Das wunderte Hirschfeld nicht im Geringsten.

„Hatte Frau Bach in letzter Zeit neue Bekanntschaften, ungewöhnliche Anrufe oder dergleichen?", fragte Kirchhoff und machte sich weitere Notizen.

„Nein, wie kommen Sie darauf?"

Müller gehörte offensichtlich nicht zu der schnellen Truppe. Es sei denn, er wusste noch nichts von Susannes Verschwinden.

„Susanne wurde heute von ihren Eltern als vermisst gemeldet", klärte Hirschfeld ihn auf.

„Nein, das ist nicht Ihr Ernst!", entfuhr es ihm. Seine Überraschung wirkte echt.

„Sie ist ermordet worden."

Müller setzte sich kerzengerade auf. In Bruchteilen von Sekunden verlor sein Gesicht jegliche Farbe.

„Susi? Tot? Wer tut denn so etwas?", stammelte er und blickte erst Hirschfeld und dann Kirchhoff fragend an.

„Das versuchen wir herauszufinden."

„Ihr Leben hatte doch gerade erst angefangen", sagte Leif Müller mehr zu sich selbst, ließ die Schultern hängen und sackte in sich zusammen. Die Nachricht von Susannes Tod schien ihn zu treffen.

„Wo waren Sie am Mittwoch vor Weiberfastnacht?"

Kirchhoff. Vom Türrahmen aus, in angemessenem Sicherheitsabstand zum Sofa.

„Was wollen Sie denn damit andeuten?", fragte Müller misstrauisch und blickte Kirchhoff unverwandt an.

„Reine Routine", beschwichtigte Hirschfeld. „Wir müssen Susannes letzte Schritte so genau wie möglich rekonstruieren."

Der Student zögerte einen Moment, dann antwortete er:

„Gut, lassen Sie mich kurz nachdenken."

Der Mord an Susanne Bach lag nicht einmal eine Woche zurück. Hirschfeld wusste aus Erfahrung, dass die meisten Menschen sich nicht einmal daran erinnerten, was sie am Vortag zu Mittag gegessen hatten. Das Gedächtnis war ein Sieb. Und bei manchen Menschen waren die Löcher größer als bei anderen.

„Tine und ich hatten Streit."

Müllers Gesicht erhellte sich, um sich im nächsten Augenblick gleich wieder zu verdüstern.

Hirschfeld hatte den Eindruck, dass der Student jetzt auf der Hut war und jedes Wort abwog, als er weitersprach.

„Ich meine, keinen von der hässlichen Sorte, Sie wissen schon …"

Hirschfeld wusste nicht. Kirchhoff tippte mit der Kugelschreiberspitze ungeduldig auf seinen Notizblock und hatte offensichtlich auch keine Lust auf Ratespielchen:

„Worum ging es in Ihrem Streit?"

„An den Anlass kann ich mich kaum erinnern. Tine ist ab und an der Meinung, ich würde auf der Stelle treten, nichts beenden, was ich angefangen habe. So etwas in der Art."

Müller sprach von Antriebslosigkeit. Ein paar bewusstseinserweiternde Substanzen spielten da sicher auch eine Rolle. Hirschfeld hatte allerdings nicht vor, näher auf diesen Punkt einzugehen.

„Ich bin dann für ein paar Tage abgetaucht und erst seit Freitag wieder hier“, fuhr der Student fort.

Seit zwei Tagen also.

„Haben Sie dieses Amulett schon einmal gesehen?“, wollte Hirschfeld wissen, holte den Beweismittelbeutel mit dem Schmuck aus der Manteltasche und hielt ihn Müller vors Gesicht.

Müller kniff die Augen zusammen und schaute sich den Anhänger genauer an.

„Ecce homo“, las er laut vor.

Siehe da, der Mensch. Die Inschrift, die den Jesuskopf einrahmte, war Hirschfeld auch aufgefallen. Dunkel erinnerte der Kriminalhauptkommissar sich daran, dass Pilatus mit diesen Worten den geschundenen Jesus im Purpurmantel und mit Spottzepter in der Hand dem jüdischen Volk vorführte. Statt der vorgesehenen Begnadigung wurde jedoch auf lautstarken Wunsch der Menge die Vollstreckung des Todesurteils beschlossen.

Hirschfeld hatte sich bereits die Frage gestellt, ob die Bedeutung des Amuletts einen Hinweis auf Susannes Mörder gab.

„Darf ich?“, fragte der Student, nahm den Beutel entgegen und drehte das Medaillon in der Plastikfolie zwischen den Fingern hin und her.

„Das habe ich noch nie zuvor gesehen“, bestätigte Müller das, was Susannes Vater vorhin ausgesagt hatte.

„Hält sich Ihre Freundin aktuell in der Wohnung auf?“, erkundigte sich Kirchhoff.

„Ja, sie schläft allerdings gerade“, antwortete Müller und reichte Hirschfeld den Plastikbeutel zurück.

Schlafen rangierte offenbar auf der Beliebtheitsskala an Freizeitbeschäftigungen in der WG ganz weit vorne.

„Würden Sie Christine bitte wecken? Wir müssen auch mit ihr sprechen.“

Leif Müller nickte, stand vom Sofa auf, drückte sich an Kirchhoff vorbei und verließ die Küche. Den tragbaren CD-Player hatte er zurückgelassen. Kirchhoff verließ widerwillig seinen Beobachtungsposten, griff danach und drückte die Stopp-Taste. Dann warf er das Gerät zurück auf die Couch.

„Wurde auch Zeit", murmelte er.

24

Ich mag dich nicht. Du bist so glitschig und schmutzig. Deine Haut ist eklig. Rosa und braun. Und wenn du dich bewegst, läuft es mir kalt den Rücken runter. Wie du dich windest, in jede Richtung. Weiß gar nicht, wo vorne und hinten ist. Sieht alles gleich aus. Nur an einer Stelle bist du dicker. Als hättest du einen Rollkragenpulli an. Hab dich aus der Erde gezogen. Du hast gezappelt, als ich dich hochgehalten hab. Und dann hab ich dich ins Gras geworfen. Jetzt hock ich vor dir und beobachte dich. Wenn ich durch das dicke Glas gucke, dann bist du riesig. Wie eine Schlange. Mit Falten und Borsten. Aber zum Glück bist du klein. Kannst mir nichts tun. Tippe dich mit der Fingerspitze an. Drehe dich zur Seite. Du ziehst dich zusammen und streckst dich wieder. Gib dir keine Mühe, du kannst nichts dagegen machen. Auch nicht, wenn ich dich mit Daumen- und Zeigefinger wegschnippe.

Schaue nach oben. Die Sonne scheint mir ins Gesicht. Es ist warm. Und ich bin ganz allein. Rutsche auf den Knien zu dir rüber. Du versuchst, dich wieder in den Boden zu graben. Aber ich lass dich nicht. Als ich auf das Glas neben mir schaue, sehe ich, wie die Sonnenstrahlen das Gras verbrennen. Erst hat es nur angefangen zu rauchen, jetzt sind die Halme ganz verkokelt. Halte die Lupe über dich. Du zuckst und zuckst. Als dein Bauch ganz schwarz wird, kugel ich mich vor Lachen.

25

„Möchten Sie vielleicht einen Kaffee?"

Damit steckte Florian Richter den Kopf durch die Tür. Der Lockenkopf hatte doch noch ein paar Manieren, dachte Hirschfeld und nahm dankend an. Kirchhoff lehnte ab, deutete mit dem Kinn Richtung Herd und meinte:

„Ich glaube, Ihnen verbrennt da irgendetwas."

Florian Richter trat an den Gasherd, schaltete die Flamme aus und zog den Emailletopf von der Kochstelle. Er machte sich erst gar nicht die Mühe, den Inhalt zu begutachten, sondern warf den kompletten Topf ohne Zögern in den Mülleimer.

„Wo haben Sie die Dame gelassen, die Ihnen Gesellschaft geleistet hat?", erkundigte Hirschfeld sich und sah Richter dabei zu, wie er zu einem alten Buffetschrank ging und dem oberen Fach zwei Kaffeebecher entnahm.

In diesem Moment schlug die Wohnungstür.

„Na, wunderbar", stöhnte Kirchhoff, der sich wieder in den Türrahmen zurückgezogen hatte. „Eine Zeugin weniger."

Richter schaute verlegen zu Boden, dann sagte er:

„'tschuldigung, hab nicht drüber nachgedacht. Sie wollte keine Scherereien."

„Wie ist ihr Name?"

„Britta, aber ich kenne nur ihren Vornamen."

Na, prima.

„Ich hab das Mädel erst gestern Abend kennengelernt", fuhr Florian Richter fort und zuckte mit den Schultern.

„Eine Telefonnummer werden Sie ja wohl bekommen haben", meinte Hirschfeld und nahm am Holztisch Platz.

„Nein", er schüttelte den Kopf, „ich habe ihr meine gegeben."

„Falls die junge Dame sich bei Ihnen melden sollte, richten Sie ihr aus, dass wir sie sprechen müssen. Außerdem benötige ich eine Auflistung aller Mitbewohner sowie der Personen, die in den letzten Wochen hier ein und aus gegangen sind", sagte Hirschfeld.

Richter nickte lahm, während er eine italienische Espressokanne aus dem Spülbecken fischte, den unteren Teil abschraubte und den Filter entnahm. Das Aluminium der sechseckigen Kanne war an einigen Stellen korrodiert und ließ die Oberfläche matt erscheinen.

„Wie stark möchten Sie Ihren Kaffee?", erkundigte er sich.

„Stark."

Hirschfeld hatte im Gefühl, dass er sein Hotelzimmer, an das er sich inzwischen fast gewöhnt hatte, an diesem Abend nicht so schnell wiedersehen würde.

„Gut", erwiderte der Lockenkopf und ließ Wasser in die Kanne laufen.

Dann füllte er grob gemahlenes Kaffeepulver aus einer verbeulten Blechdose in das Sieb, klopfte es mit dem Löffel fest und schraubte den oberen Teil wieder auf die Kanne.

„Ich nehme an, Sie haben keine guten Neuigkeiten, was Susanne anbelangt", erkundigte sich Florian Richter und strich die Reste des Kaffeepulvers mit den Fingern von der Kanne.

„Wie kommen Sie darauf?", fragte Kirchhoff.

Bis auf Susannes Eltern und Leif Müller wusste noch niemand etwas von ihrer Ermordung.

„Nun ja", antwortete der Lockenkopf, entzündete mit einem Stabfeuerzeug eine Flamme des Gasherdes und stellte den Espressokocher darauf, „Susannes Eltern tauchen heute Morgen völlig aufgelöst hier auf. Und jetzt haben wir zwei Kripobeamte in der Küche. Da ist es nicht schwer, eins und eins zusammenzuzählen."

Die Espressokanne gab jetzt blubbernde Geräusche von sich.

„Susanne ist ermordet worden", entgegnete Kirchhoff.

„Ah", erwiderte Richter nüchtern, nahm am Holztisch neben Hirschfeld Platz und stützte das Kinn in die Hände.

Hirschfeld hätte eine stärkere Reaktion erwartet. In Gedanken machte er sich einen Vermerk hinter Richters Namen. Er war sicher, dass Kirchhoff die Teilnahmslosigkeit des Studenten ebenfalls nicht entgangen war.

„Was ist passiert?“

„Darüber können wir zum jetzigen Zeitpunkt aus ermittlungstechnischen Gründen keine Auskünfte geben.“

„Verstehe“, entgegnete Richter.

„Erzählen Sie uns bitte etwas über Susanne“, forderte Hirschfeld den jungen Mann auf. „Was war sie für ein Mensch? Hatte sie Probleme mit anderen?“

Florian Richter zog die Augenbrauen hoch:

„Wie meinen Sie das: Probleme?“

„Hatte sie Feinde?“

„Nein“, jetzt wirkte der Lockenkopf fast belustigt, „Susanne hat sich oft zurückgezogen. Auch wenn sie vielleicht ab und an etwas eigenwillig war, mochte sie jeder, und zwar ohne Ausnahme.“

„Sie eingeschlossen?“

„Ja, natürlich“, antwortete Richter, stand vom Tisch auf, nahm den Espressokocher, in dem es kaum noch zischte, vom Gasherd und löschte die Flamme.

„Hatte Susanne einen festen Freund?“, fragte Hirschfeld.

„Nein, nicht, dass ich wüsste.“

„Vielleicht einen Lover?“, blieb Kirchhoff hartnäckig.

Aus seinem Mund klang das Wort irgendwie anachronistisch.

„Tut mir leid, über Susannes Liebesleben kann ich Ihnen keine Auskunft geben.“

„In Ordnung“, entgegnete Hirschfeld. „In welchem Verhältnis standen Sie beide zueinander?“

„Susanne war meine Mitbewohnerin. Wir waren befreundet. Mehr nicht.“

Der Lockenkopf hatte inzwischen die Kaffeebecher befüllt und sich wieder zu Hirschfeld an den Holztisch gesetzt. Der Kriminalhauptkommissar nahm eine der Tassen entgegen.

„Wo waren Sie am Mittwoch vor Weiberfastnacht?“, stellte Kirchhoff die obligatorische Frage.

„Zu Hause, hatte einen Kater", erwiderte Florian Richter und schloss die Hände um seinen Kaffeebecher.

Noch vor den Karnevalstagen?, dachte Hirschfeld. Reife Leistung.

„Wann haben Sie Susanne das letzte Mal gesehen?"

„Mhm, so gegen Abend, meine ich."

„In welcher Stimmung war sie?", erkundigte sich Hirschfeld, blies in den Kaffee und nahm vorsichtig einen Schluck. Das Koffein schoss ihm sofort in den Kopf, Richter hatte nicht zu viel versprochen.

„Nicht anders als sonst. Sie wollte noch etwas einkaufen fahren und dann los."

„Und in den Tagen darauf ist niemandem von Ihnen aufgefallen, dass Susannes Reisegepäck noch in ihrem Zimmer stand?", fragte Kirchhoff.

„Nein. Wir leben zwar in einer WG, aber das heißt nicht, dass nicht jeder seinen Freiraum braucht. Susannes Tür war geschlossen. Ein sicheres Zeichen, dass sie keinen Besuch wünscht oder schon weg war."

„In Ordnung. Können Sie uns sagen, ob diese Kette Susanne gehörte?"

Hirschfeld hatte den Beweismittelbeutel mit dem Anhänger auf den Holztisch gelegt.

„Nein, den habe ich noch nie an Susi gesehen", schüttelte Richter den Kopf.

„Können wir einen Blick in ihr Zimmer werfen?"

„Sicher. Jetzt wird sie wohl nichts mehr dagegen haben."

Beim letzten Satz nahm die Stimme des Studenten einen anderen Tonfall an. Vielleicht war Florian Richter nicht ganz so gleichgültig, wie er ihnen gegenüber erscheinen wollte.

Hirschfeld erhob sich von seinem Stuhl.

„Einfach den Flur entlang, die letzte Tür links", wies Richter ihnen den Weg.

Als sie die Küche verließen, kam ihnen eine zierliche junge

Frau entgegen, die von einem Hauch Vanille umgeben war. Sie trug ein schwarzes T-Shirt und eine zerschlissene Bluejeans und war barfuß. Ihre schulterlangen blonden Dreadlocks, die sie mit einem schwarz-weiß karierten Kopftuch zusammengebunden hatte, ließen ihr blasses Gesicht noch schmaler erscheinen. Sie musste geweint haben, denn ihre Augen waren gerötet.

„Christine Gerstner?", vermutete Hirschfeld.

„Ja", antwortete sie leise. „Leif hat es mir gerade erzählt."

Hirschfeld nickte und sagte:

„Mein aufrichtiges Beileid. Ich nehme an, dass Susanne und Sie sich nahegestanden haben."

Die junge Frau warf ihm einen irritierten Blick zu, dann entgegnete sie:

„Kann man sich in dieser Welt wirklich nahestehen? Ich weiß nur, dass Susi jetzt an einem besseren Ort ist."

Christine Gerstner stand eindeutig unter Schock, dachte Hirschfeld.

„Wir wollten gerade einen Blick in Susannes Zimmer werfen. Warum begleiten Sie uns nicht?"

„Von mir aus", sagte die junge Frau und drehte sich um.

Hirschfeld und Kirchhoff folgten ihr durch den schmalen Gang. Als sie vor Susannes Tür angelangt war, zögerte Christine Gerstner einen Augenblick, bevor sie die Klinke hinunterdrückte.

„Das war ihr Reich", flüsterte sie, als betrete sie ein Mausoleum, und schaltete das Licht an.

Das Zimmer war mit einem alten Dielenboden ausgelegt und höchstens 15 oder 17 Quadratmeter groß. Die Stuckdecke war an die vier Meter hoch. Die hintere und rechte Wand waren himmelblau gestrichen. Direkt über dem Türrahmen begann eine selbst gezimmerte Hochbettkonstruktion aus Holz, die über eine abenteuerliche Leiter aus zwei Seilen und Brettern zu erreichen war. Darunter standen ein Schreibtisch und, rechts neben der Tür, ein schmales, jedoch vollgestopftes Bücherregal. Hirschfeld zog reflexartig den Kopf ein, während er die Buchrücken im obersten Fach überflog: Goethe, Kafka, Thomas Mann, Benn, Schopenhauer, Nietzsche. Viel anders sahen die WG-Zimmer in Berlin auch nicht aus, dachte er.

„Musste Susanne sehr leiden?", fragte Christine Gerstner unvermittelt und setzte sich im Schneidersitz in einen Korbsessel, der vor dem Fenster stand.

„Nein", antwortete Hirschfeld, obwohl er sich dessen nicht sicher war. „Haben Sie eine Vorstellung, wer ihr das angetan haben könnte?"

„Ich kann nicht glauben, dass Susi nicht mehr lebt. Dass sie ermordet wurde, kapiere ich erst recht nicht."

Christine Gerstner stützte das Kinn auf ihre verschränkten Hände und sah ihn traurig an.

„Erzählen Sie uns etwas über sie."

„Susanne war eine Einzelgängerin. Sie war nicht besonders kommunikativ, hat ihr eigenes Ding gemacht."

„Warum ist sie dann in eine WG gezogen?"

„Keine Ahnung, haben wir uns auch öfter gefragt."

„Vielleicht aus finanziellen Gründen?", mutmaßte Kirchhoff, der damit begonnen hatte, einen Papierstapel auf Susannes Schreibtisch durchzusehen.

„Schon möglich, darüber weiß ich nicht Bescheid."

„Fällt Ihnen sonst noch irgendetwas ein?"

„Susi hat sich immer für andere stark gemacht."

„Sie meinen, Sie war ein emphatischer Mensch?"

„Ja, so könnte man es auch ausdrücken. Susi war sehr kämpferisch, hat sich aber auch oft selbst angegriffen gefühlt."

„War Susanne mit jemandem liiert?", erkundigte Hirschfeld sich weiter.

„In letzter Zeit nicht, glaube ich. Flo war allerdings eine Zeit lang an Susanne interessiert."

Der Lockenkopf?, dachte Hirschfeld. Darüber hatte der Student vorhin kein Wort verloren.

„Die beiden waren also kein Paar."

„Richtig. Susanne hat Flo die kalte Schulter gezeigt. Er hat ein paar Monate gebraucht, um darüber hinwegzukommen."

Und sich mit ein paar flüchtigen Bekanntschaften wie der gestrigen getröstet, vollendete Hirschfeld den Satz in Gedanken.

Kirchhoff legte die Unterlagen zur Seite, die offenbar nichts Interessantes zutage förderten, und ging vor dem Schreibtisch in die Hocke. Er zog einen Papierkorb darunter hervor und leerte den Inhalt auf den Holzboden.

„Sie sind nicht gerade zimperlich, oder?", bemerkte Christine Gerstner und zog geräuschvoll die Nase hoch.

Die Durchsuchung behagte ihr offensichtlich nicht.

„Wir kommen jetzt allein zurecht", bat Hirschfeld die junge Frau hinaus. „Wenn Ihnen noch etwas einfallen sollte, das uns weiterhelfen könnte, rufen Sie uns bitte an."

Der Korbsessel knarzte, als Christine Gerstner sich erhob. Dann setzte sie sich zögernd in Bewegung und nahm die Visitenkarte, die Kirchhoff ihr stumm hinhielt.

„Ach, eine Sache noch", hielt Hirschfeld die junge Frau zurück, „Haben Sie diese Kette schon einmal an Susanne gesehen?"

Er zeigte ihr den Anhänger.

„Nein, das war absolut nicht ihre Welt", antwortete sie. „War's das jetzt?"

„Ja."

„Ich begreife nicht, wie man so etwas seinen Haaren antun kann", bemerkte Kirchhoff, als Christine Gerstner das Zimmer verlassen hatte.

Er hockte immer noch auf dem Boden und stocherte mit seinem Kuli, den er aus seiner Jacketttasche gezogen hatte, im Abfall herum.

„Ich fand die Frisur gar nicht so übel."

Kirchhoff legte den Kopf schief und warf Hirschfeld einen vielsagenden Blick zu.

„Irgendetwas gefunden?"

„Nein, bisher nicht. Sieht nur nach ein paar Notizen für die Uni aus. Vielleicht gibt ihr Reisegepäck mehr her", erwiderte Kirchhoff und deutete auf einen dunkelgrünen Trekkingrucksack, der an einem Pfosten den Hochbettes lehnte.

Kirchhoff öffnete die Riemen, schlug den Deckel zurück und zog das Hauptfach auf. Neben ein paar Büchern, Kleidung und einer Kulturtasche kam auch ein Laptop zum Vorschein.

„Dann versuche ich mal mein Glück", meinte er und klappte den Deckel auf.

Als er das System hochfuhr, erschien nach ein paar Sekunden die Startseite.

„Ich habe es fast befürchtet", meldete Kirchhoff, „der Rechner ist passwortgeschützt. Das ist dann wohl ein Fall für die KTU."

Hirschfeld hatte inzwischen das Zimmer durchquert und war vor einer Pinnwand mit Fotos und Briefen stehen geblieben, die neben dem Fenster hing. Auf einer Fotografie war Susanne an einem menschenleeren Strand zu sehen. Das Meer hinter ihr war aufgewühlt. Weiße Schaumkronen tanzten auf den heranrollenden Wellen, die gegen das Ufer schlugen. Am Horizont türmten sich dunkle Gewitterwolken auf. Der Wind zerrte an ihrer Jacke und wehte ihr die langen dunklen Haare aus dem Gesicht. Susanne blickte ernst und furchtlos in die Kamera. Sie schien Hirschfeld direkt anzusehen, als wolle sie ihm irgendetwas mitteilen. Er hatte einen Menschen vor sich, dessen Handlungen und Motivationen für ihn nicht greifbar waren. Susanne Bach hatte ein Zimmer in einer Wohngemeinschaft bezogen, obwohl sie sich lieber vor der Welt zurückzog. Wie ihre Persönlichkeit gab auch ihr Tod Rätsel auf. Sie hatte ein Jesus-Medaillon getragen, als ihre Leiche am Rheinufer gefunden worden war. Ohne Ausnahme hatte jeder, der sie näher kannte, ausgeschlossen, dass der Anhänger Susanne gehörte. Ihr abendlicher Abstecher in die WG hatte Hirschfeld endgültig davon überzeugt, dass dies kein Zufall sein konnte: Wenn sie die Herkunft des Medaillons klärten, würden sie auch Susannes Mörder auf die Spur kommen.

26

Bin plötzlich aufgewacht. Hab schlecht geträumt. Reiße die Augen auf und starre in die Dunkelheit. Im Schlafsaal ist es ruhig. Höre nur die anderen atmen. Ganz regelmäßig. Ein und aus. Versuche mich an den Traum zu erinnern. Dann muss ich an gestern Nachmittag denken.

Die meisten haben draußen gespielt. Ich hab mich in die Scheune geschlichen und bin die Holzleiter zum Heuboden hochgeklettert. Dort hab ich mich flach auf den Bauch gelegt. Das Stroh hat überall gekratzt, aber das hat mir nichts ausgemacht. Bin ganz nah an den Rand gekrochen. Hab nach unten geguckt und auf einem Halm rumgekaut. Es war heiß und stickig. Das T-Shirt hat mir am Rücken geklebt. Alles hat nach getrocknetem Gras und altem Holz gerochen. Irgendwo haben ein paar Fliegen gesummt. Dann ist auf einmal das Scheunentor aufgegangen. Staub ist vom Boden aufgewirbelt, als die schweren Stiefel in die Scheune gestapft sind. Hab nicht erkennen können, wer in mein Versteck eingedrungen ist. Hab sofort den Kopf eingezogen und nur einen breiten schwarzen Rücken gesehen, der sich über den Hühnerstall gebeugt hat. Eine große Hand hat die Käfigtür geöffnet und ein Tier gepackt. Es war ein altes Huhn. Fett und mit zerrupften Federn. Es hat mit den Flügeln geschlagen und furchtbar gezappelt. Dann ist der Mann zu einem Holzblock gegangen. Das Huhn hat weiter mit den Füßen in der Luft gerudert und laut gegackert. Ein komischer Laut, den ich noch nie von einem Tier gehört hab. Als er das Huhn auf den Block gelegt hatte, hat es plötzlich geblitzt. Hab für einen Moment nichts mehr sehen können. Und dann ist das Huhn runtergerutscht. Alles war voller Blut. Es hat ganz wild gezuckt und ist davongelaufen. Tipp, tipp, tipp. Erst dann hab ich gesehen, dass es keinen Kopf mehr hatte. Hätte fast laut aufgeschrien, aber niemand durfte mich hier finden. Die anderen Hühner sind gegen die Käfigwände geflattert. Mein Herz hat ganz laut geklopft. Fast hätte ich den Halm zwischen meinen Zähnen verschluckt.

Ich scheuche das Bild mit einer Handbewegung weg und mach die Augen wieder zu. Versuche, an etwas anderes zu denken. Als ich fast wieder eingeschlafen bin, hör ich ein Geräusch. Erst ist es ganz leise, dann nähert es sich meinem Bett. Wie ein Scharren. Tipp, tipp, tipp.

27

Lutz Hirschfeld hatte in der vergangenen Nacht kaum Schlaf gefunden. Immer wieder hatte sich die Susanne Bach von dem Foto in ihrem Zimmer vor sein inneres Auge geschoben und seine Gedanken kreisen lassen. Eine innere Unruhe hatte ihn befallen. Hirschfeld kannte dieses Gefühl. Als Kriminalbeamter hatte er in den letzten Jahren viele Leichen zu Gesicht bekommen. Er bedauerte den Tod dieser Menschen und fast mehr noch den Verlust, den die Angehörigen dadurch erlitten. In seiner Laufbahn hatte Hirschfeld alle Sorten von Mördern erlebt, solche, die ihren Taten gleichgültig gegenüberstanden, und solche, die sie bereuten. Für ihn spielte das keine Rolle. Denn bei jeder Ermittlung hatte er nur ein Ziel: den Täter zu finden und seiner gerechten Strafe zuzuführen. Dieser Drang war wie ein Fieber, das erst nachließ, wenn er den Fall zu den Akten legen konnte. Um kurz nach fünf Uhr morgens hielt Hirschfeld es nicht länger im Bett aus. Bereits eine Dreiviertelstunde später saß er in seinem Büro. Auf dem Gang war er niemandem begegnet, denn die meisten seiner Kollegen trafen frühestens um halb sieben im Polizeipräsidium ein.

Hirschfeld kochte sich in der Teeküche einen Kaffee und fuhr seinen Rechner hoch. Er öffnete das EDV-Programm und versuchte, die Erkenntnisse, die sie aus der gestrigen Befragung gewonnen hatten, in einem Bericht zusammenzufassen. Hirschfeld starrte auf den flimmernden Monitor vor sich. Der Cursor blinkte ihn herausfordernd an. Er versuchte seine Gedanken zu ordnen. Doch nach wenigen Minuten machte sich ein stechender Schmerz im Nacken bemerkbar, der halbseitig zur Stirn ausstrahlte und hinter seinen Augen pochte. Hirschfeld musste sich zwingen, sich weiter auf den Bildschirm zu konzentrieren. Jetzt bereute er, dass er so früh ins Polizeipräsidium gefahren war. Als der Schmerz heftiger wurde, presste er die Augen zusammen und hoffte, dass die Kopfschmerzattacke schnell vorüberging.

„Alles in Ordnung mit dir?", hörte er plötzlich Kirchhoff in unmittelbarer Nähe.

Hirschfeld hatte gar nicht mitbekommen, dass sein Partner das Büro betreten hatte. Er öffnete mühsam die Augen und sah verschwommen Kirchhoffs kantiges Gesicht vor sich.

„Ja, danke, geht schon."

„Brauchst du eine Schmerztablette?", fragte Kirchhoff und legte seinen Mantel ab.

„Vielleicht später, hilft meistens nichts."

„Hattest wohl zu wenig Schlaf?", vermutete Kirchhoff richtig.

„Ja. Und was machst du hier?", entgegnete Hirschfeld mühsam und massierte sich die Schläfen. „Hast du kein Zuhause?"

„Dasselbe könnte ich dich fragen, Lutz."

„Na, wer von uns beiden wohnt zurzeit im Hotel?", lächelte Hirschfeld schwach.

„Warum wohnst du nicht bei deinen Eltern?", wollte Kirchhoff wissen.

Seit dem Vorfall in der Rheinischen Landesklinik hatte Hirschfeld kein Wort mehr über seinen Vater verloren.

„Das ist eine lange Geschichte, Peter."

„Das denk ich mir", entgegnete Kirchhoff. „Wenn du darüber sprechen willst …"

„Ein anderes Mal vielleicht."

Kirchhoff sah zur Seite. Er wirkte gekränkt, weil Hirschfeld ihn nicht ins Vertrauen zog.

„Versteh mich nicht falsch, aber ...“

„Nein, ich bitte dich“, unterbrach Kirchhoff seinen Partner. „Du bist mir keine Erklärung schuldig, ehrlich nicht.“

„Mir gehen zurzeit nur viele Dinge durch den Kopf. Mein Vater hat die Kontrolle über sich verloren. Das Haus meiner Eltern ist vollkommen verwahrlost. Und ich bin nicht einmal sicher, ob ich die richtige Entscheidung getroffen habe.“

„Du meinst, nach Bonn zu kommen?“

„Ja.“

„Du fühlst dich verantwortlich für deinen Vater.“

„Ja, das ist richtig. Dabei mag ich ihn nicht einmal besonders.“

„Verstehe“, erwiderte Kirchhoff ernst. „Das kommt in den besten Familien vor. Mein Sohn will auch nichts mehr von mir wissen.“

Hirschfeld zog die Augenbrauen hoch. Er wusste nicht einmal, dass Kirchhoff verheiratet war, geschweige denn, dass er einen Sohn hatte.

„Wie alt ist er?“, erkundigte sich Hirschfeld.

„27 Jahre. Er geht seinen eigenen Weg. Seit der Scheidung haben wir kaum noch ein Wort miteinander gewechselt.“

Das war bitter. Langsam begriff Hirschfeld, warum Kirchhoff so verschlossen war.

„Was machen deine Kopfschmerzen?“, war es nun an Kirchhoff, das Thema zu wechseln.

„Schon besser, danke. Dieser Jesus-Anhänger lässt mir keine Ruhe. Vielleicht hatte die Tat einen religiösen Hintergrund“, dachte Hirschfeld laut. „Ein fanatischer Spinner, der Susanne bekehren wollte?“

Dem Kriminalhauptkommissar gefiel diese Vorstellung nicht, aber sie mussten jede Möglichkeit in Betracht ziehen.

„Du meinst, Susannes Mörder könnte ihr die Kette angelegt haben?“, fragte Kirchhoff und nahm ihm gegenüber an seinem Schreibtisch Platz.

„Das wäre eine Möglichkeit", antwortete Hirschfeld und bemerkte, dass sein Partner ebenfalls abgekämpft wirkte.

Dunkle Schatten zeichneten sich deutlich unter Kirchhoffs Augen ab. Seine Wangen waren eingefallen. Die Ermittlungen forderten von jedem einzelnen Beamten der Mordkommission ihren Tribut.

„Wenn du mich fragst, sollten wir Florian Richter nicht aus dem Blick verlieren."

„Susannes Mitbewohner? Welches Motiv sollte er gehabt haben?"

Der Schmerz pochte immer noch hinter seiner Schläfe.

„Verschmähte Liebe", antwortete Kirchhoff und verschränkte die Finger ineinander. „Eine Zurückweisung zu viel und er ist durchgedreht."

„Richter ist ziemlich ruhig geblieben, als wir ihm die Todesnachricht überbracht haben. Aber ich konnte keine Anzeichen von Nervosität an ihm feststellen."

„Ja, er war ziemlich gelassen. Andererseits: Wie vielen Mördern bist du in der Vergangenheit begegnet, denen du ihre Tat auf Anhieb angesehen hast?"

Hirschfeld nickte. Kirchhoff hatte Recht. Die meisten Täter ließen ihre Maske erst nach stundenlangen Verhören fallen.

„Eine Beziehungstat?"

Hirschfeld musste diesen Gedanken für einen Augenblick auf sich wirken lassen. Er dachte an die Nacht, in der sie Susannes Leiche geborgen hatten. Für ihn stand fest, dass der Täter versucht hatte, die Tote zu verstecken. Dennoch beunruhigte ihn die Auffindesituation. Susanne hatte auf den ersten Blick keine äußeren Verletzungen aufgewiesen. Sie wirkte fast makellos. Bei einer Tat, die einen persönlichen Hintergrund hatte, hätte er eine größere Gewalteinwirkung erwartet. Hirschfeld gab dies zu bedenken, während das KK 11 langsam zu erwachen begann. Türen schlugen und gedämpfte Stimmen aus den angrenzenden Büros drangen zu ihnen durch die Wände.

„Ich weiß, was du meinst. Dennoch ist nicht auszuschließen, dass Opfer und Mörder sich kannten. Der Fundort kann auch inszeniert gewesen sein“, wandte Kirchhoff ein, „gewissermaßen, um von einer Beziehungstat abzulenken.“

„Sicher, das ist ein Argument“, erwiderte Hirschfeld und schaute auf die Uhr. In zehn Minuten begann die Morgenbesprechung. Kirchhoff war seinem Blick zur Uhr gefolgt.

„Soll ich dir noch einen Kaffee mitmachen?“

„Nein, danke. Geh ruhig schon mal vor, ich möchte noch eine Sache überprüfen.“

„In Ordnung, aber mach nicht zu lang.“

Damit stand Kirchhoff von seinem Platz auf und verließ ihr Büro. Hirschfelds Bericht konnte warten. Stattdessen loggte er sich ins ViCLAS, das Violent Crime Linkage Analysis System zum Erkennen von Tatzusammenhängen und Serienstraftaten, ein und rief die Suchfunktion auf. Die Mordkommission hatte die Datenbank bereits kurz nach dem Auffinden von Susanne Bachs Leiche mit den wichtigsten Merkmalen der Tötung und Auffindesituation gespeist. Doch der Abgleich der Daten hatte keinen Treffer ergeben. Seit dem gestrigen Abend hatte sich die Sachlage verändert. Hirschfeld gab den Jesus-Anhänger als Suchbegriff ein. Er probierte verschiedene Varianten aus, fand jedoch keine Übereinstimmung. Enttäuschung stieg in Hirschfeld auf. Konnte er sich in diesem Punkt derart geirrt haben? Resigniert verließ er das Programm und nahm einen Schluck Kaffee, der inzwischen kalt geworden war. Hirschfeld verzog das Gesicht und schob den Kaffeebecher von sich. Dann versuchte er es mit der Vermisstendatenbank, da nicht alle ungeklärten Fälle in ViCLAS eingepflegt wurden. Nach einer Viertelstunde blickte er wie elektrisiert auf den Bildschirm. Er las die Anzeige ein zweites Mal. Und dabei übertraf jedes einzelne Wort seine schlimmsten Befürchtungen.

28

Liege auf dem Rücken und gucke die Decke an. Sie haben mich wieder eingesperrt. Stubenarrest, weil ich nicht brav gewesen bin. Bewege meine Zehen, drücke sie gegen das Fußende vom Bett. Immer wieder. Hole tief Luft. Kann nicht länger still liegen. Setz mich auf und lass die Beine baumeln. Ist noch nicht lange her, dass sie die Tür abgeschlossen haben. Beim letzten Mal war es dunkel, als sie mich wieder rausgelassen haben.

Steh auf und lauf zum Fenster. Kann grad über den Rand sehen. Die Sonne hat sich versteckt. Mir ist langweilig. Will raus hier. Schau mich im Schlafsaal um und entdecke einen Hocker. Geh hin und roll ihn wie einen großen Käse. Immer weiter, bis unters Fenster. Stell mich obendrauf. Er wackelt ein bisschen, als ich das Fenster öffne. Es geht ganz leicht. Dann stütz ich das Knie auf und zieh mich hoch. Halt mich am Rahmen fest und streck das andere Bein vorsichtig nach draußen. Taste mit der Schuhspitze und finde Halt. Als ich runtergucke, wird mir ganz schwindelig. Der Boden ist so weit unten. Mein Herz schlägt schneller, aber ich kletter trotzdem ganz raus. Jetzt steh ich auf der Dachrinne. Der Wind bläst mir ins Gesicht. Ganz langsam beweg ich den rechten Fuß und zieh den linken nach. Schritt für Schritt. Klammer mich an die Dachziegel. Gleich hab ich die Luke erreicht. Vier. Fünf. Sechs. Schon greif ich nach dem Fenster und drück es nach oben. Stell mich auf die Zehenspitzen und stemm mich mit aller Kraft hoch. Beug mich nach vorn und lass mich fallen. Es kracht, als ich auf dem Boden lande. Bleib ganz still liegen und lausche. Niemand darf mich hier finden. Der alte Dachboden ist mein Geheimnis. War schon oft hier oben. Rappel mich auf und streife durch den Speicher. In einer Ecke stehen viele alte Kartons. Ich fang an, hier und da einen Deckel zu öffnen. Nach einer Weile find ich in einer Kiste eine Streichholzschachtel. Ich schüttel sie. Es rappelt. Ich schieb die Box auf: Vier Hölzer sind noch drin. Fahre mit dem Zeigefinger über die roten Köpfe. Neben mir liegt ei-

ne dreckige Matratze. In der Mitte ist ein Loch. Wolle schaut oben raus. Ich nehm ein Streichholz und ratsche es über die raue Fläche. Eine gelbe Flamme schießt nach oben. Ich werf das Hölzchen auf die Matratze. Mittendrauf. Seh zu, wie alles anfängt zu brennen. Es wird ganz schnell heiß. Die Flammen tanzen und laufen über den Stoff. Und dicker Qualm steigt nach oben. Ich muss husten und renn zurück zum Fenster. Bis jemand das Feuer entdeckt, bin ich wieder in meinem Bett.

29

Hirschfeld riss die Tür seines Büros auf und stieß beinahe mit Achim Noack zusammen. Der Leiter des KK 11 war wie immer mit einem Kaffee in der Hand auf dem Flur des Kommissariats unterwegs. Noack hatte einen Schritt zur Seite gemacht und dabei etwas verschüttet.

„Tut mir leid“, sagte Hirschfeld im Vorbeigehen.

„Du hast es aber eilig“, rief Noack ihm hinterher.

„Ja, ich bin im Fall Bach gerade auf etwas gestoßen“, erwiderte Hirschfeld, der bereits an die Tür des Besprechungsraums klopfte.

„Lass dich nicht von mir aufhalten“, entgegnete Noack und versuchte, den Kaffeefleck mit dem Fuß wegzuwischen.

Hirschfeld nickte und trat ein.

Die Gespräche, die eben noch durch die Tür zu hören waren, verstummten. Alle blickten zu Hirschfeld.

„Heute mal ausgeschlafen, Lutz?“, nahm Christian Hellmann den Kriminalhauptkommissar in Empfang und blickte Beifall heischend in die Runde.

Im Augenwinkel sah Hirschfeld, dass Kirchhoff protestieren

wollte. Mit einer Handbewegung hielt er seinen Partner zurück und sagte:

„Ich befürchte, dass Susanne Bach nicht das erste Opfer unseres Täters ist."

Hellmann klappte den Mund zu und zog den Kopf ein, als würde er in Deckung gehen.

„Wie kommst du darauf?", erkundigte sich Jens Schröder sofort.

Der Leiter der MK stand am Fenster und blickte ernst zu Hirschfeld hinüber, der vor seinem Stuhl haltgemacht hatte.

„Peter und ich haben gestern nach der Identifizierung der Leiche noch mehrere Zeugen aus dem Umfeld von Susanne Bach befragt. Unabhängig voneinander bestätigten alle Personen, einschließlich des Vaters, dass der Jesus-Anhänger, der bei ihr sichergestellt worden ist, nicht Susanne gehörte."

Hirschfeld ersparte sich weitere Details und kam direkt zum Punkt:

„Ein vergleichbarer Fall war nicht im ViCLAS zu finden, wie wir bereits festgestellt haben. Auch das Medaillon erbrachte keinen Treffer. Allerdings bin ich soeben in der Vermisstendatenbank fündig geworden."

Hirschfeld hielt einen mehrseitigen Ausdruck hoch.

„Lena Zimmermann, 21 Jahre alt, wohnhaft in Troisdorf, wird seit letztem Herbst vermisst."

Troisdorf gehört zum Rhein-Sieg-Kreis und liegt nur wenige Kilometer von Bonn entfernt.

„Inwiefern, denkst du, besteht ein Zusammenhang mit unserem Mordfall?", wollte Schröder wissen und kehrte zu seinem Platz zurück.

„Nun, Lena Zimmermann verschwand kurz nach einer Beerdigungsfeier. Trotz ausgedehnter Suchmaßnahmen fehlt von ihr bis heute jede Spur."

„Und weiter?"

„Als besondere Kennzeichen haben die Eltern von Lena ihre ausgeprägte Heterochromie angegeben."

„Sie hatte zwei verschiedenfarbige Augen?", fragte Kirchhoff.

„Genau. Wie Susanne Bach, wie wir seit der Obduktion wissen."

„Vielleicht reiner Zufall?", mutmaßte Jens Schröder.

Hirschfeld glaubte nicht an Zufälle. Erst recht nicht in diesem Fall.

„Ich denke nicht, Jens", erwiderte er. „Iris-Heterochromie tritt beim Menschen relativ selten auf. Außerdem ähneln sich die beiden jungen Frauen auch noch in weiteren äußerlichen Merkmalen."

Hirschfeld ließ ein Foto von Lena Zimmermann herumgehen, das er sich ebenfalls ausgedruckt hatte, bevor er zur Morgenbesprechung aufgebrochen war.

„Die Ähnlichkeit ist tatsächlich nicht zu übersehen", meinte Kirchhoff, als er den Ausdruck betrachtete. „Die Haare, die Statur. Die beiden könnte man fast für Schwestern halten."

„Richtig, das ist aber noch nicht alles", fuhr Hirschfeld fort. „Es gibt einen Umstand, der mich nicht daran zweifeln lässt, dass hier ein und derselbe Täter am Werk ist: Lena Zimmermann trug den Jesus-Anhänger, den wir bei Susanne Bach gefunden haben, an dem Tag, als sie verschwunden ist!"

Für einen Augenblick schien jeder im Raum den Atem anzuhalten. Dann redeten plötzlich alle gleichzeitig.

„Bist du dir ganz sicher, Lutz?", hakte Jens Schröder nach, als wieder etwas Ruhe eingekehrt war.

„Der Anhänger sollte natürlich noch nach Fingerabdrücken untersucht werden, aber für mich besteht kein Zweifel."

„Gut. Mal angenommen, du liegst richtig mit deiner Theorie: Dann müssen wir davon ausgehen, dass Lena Zimmermann ebenfalls tot ist."

„Ich fürchte, ja."

„Aber wo ist dann ihre Leiche?", warf der Leiter der MK ein.

„Dazu hätte ich auch schon eine Idee", antwortete Hirschfeld und nahm endlich Platz. „Die Tatsache, dass die Leiche von Susanne Bach nicht in den Rhein geworfen worden ist, hat uns allen Kopfzerbrechen bereitet."

„Richtig."

„Der Mörder hatte seine Gründe, die sich uns bisher noch nicht erschlossen haben. Wenn Susanne dort ihr letztes Grab finden sollte, warum dann nicht auch Lena Zimmermann?"

„Du meinst, zwischen den Eibensträuchern könnte eine weitere Leiche begraben sein?"

Hirschfeld nickte.

Aber wer sagte ihnen, dass es bei einer Leiche blieb?, dachte er, behielt den Gedanken jedoch vorerst für sich.

„Dann brauchen wir einen Leichenspürhund", entschied Schröder.

Kirchhoff blickte Hirschfeld stumm von der Seite an. In seinen Augen konnte er lesen, dass er dieselbe Hoffnung hatte: dass Hirschfeld sich irrte. Denn wenn Hirschfeld Recht behielt, hatten sie es mit einem Serientäter zu tun, der gerade Gefallen am Morden gefunden hatte.

30

Hab sie nicht geschubst. Ehrlich! Sie ist von ganz allein untergegangen. Erst bis zu den Schultern, dann der ganze Kopf. Haben nur herumgealbert. Hab sie wieder nach oben geholt. Dann hat sie angefangen zu flennen. Ehrenwort. Wollte sie nicht erschrecken. Nur ein bisschen. Warum glaubt mir niemand? Ich habe nichts getan. Gar nichts getan! Ich will nicht zurück ins Wasser. Die Steine unter meinen Füßen tun mir weh. Kann nicht so schnell. Jetzt bin ich hingefallen. Werde sofort wieder hochgezogen und muss weiter. Immer weiter. Ich hab Angst. Wenn ich erst im Tiefen bin, komm ich alleine nicht mehr hoch. Bin schon mal zu weit gelaufen und hab 'ne Menge Wasser geschluckt. Wenn mich niemand gesehen hätte, wäre ich ertrunken. Aber jetzt ist es zu spät. Die Wellen greifen schon nach mir. Ziehen mich vom Ufer weg. Ich schlage wild um mich. Bekomme eine Ohrfeige und werde weiter am Arm gerissen. Ich schrei und bettel, aber niemand interessiert sich für mich. Plötzlich bekomme ich einen Stoß in den Rücken. Meine Knie knicken ein. Ich schnappe nach Luft. Dann geh ich unter, bekomme Wasser in Mund und Nase. Eine Hand tastet nach mir. Sie legt sich auf meinen Kopf wie ein Schraubstock und drückt mich nach unten. Ich halte den Atem an. Meine Augen brennen. Alles ist verschwommen. Ich ruder mit den Armen. Meine Hände kommen nach oben. Dann krieg ich für einen Augenblick Luft. Ich huste und keuche. Die Haare kleben mir im Gesicht. Im nächsten Moment tauch ich wieder unter. Ich atme heftig aus und habe Panik vor dem nächsten Atemzug. Meine Finger berühren die glatten Kiesel auf dem Grund. Das Blut rauscht in meinen Ohren. Mein Herz schlägt ganz schnell. Gleich verlier ich die Kraft. Gleich kann ich mich nicht mehr gegen die Hand wehren, die mich festhält. Ich sträube mich gegen das Wasser, aber ich kann nicht länger die Luft anhalten. Mir wird schwarz vor Augen. Ich zucke ein letztes Mal, dann ist es vorbei.

31

Die beiden Belgischen Schäferhunde sprangen jaulend mit den Vorderpfoten gegen die Gitterstäbe ihrer Transportboxen. Die Tiere waren bis in die Schwanzspitzen elektrisiert und konnten es kaum erwarten, mit der Suche zu beginnen. Eine hochgewachsene schlanke junge Frau in einer olivfarbenen Polizeiuniform hatte die Heckklappe ihres Einsatzfahrzeugs geöffnet und redete beruhigend auf die Hunde ein. Die Diensthundeführerin trug ihre blonden Haare zu einem Pferdeschwanz zusammengebunden. Ihre Cargohose mit seitlich aufgesetzten Beintaschen steckte in schwarzen Springerstiefeln. Als die Beamtin vor die Boxen trat und den Karabiner der Leine von ihrem Gürtel löste, ging das Jaulen der Schäferhunde in ein heiseres Bellen über.

„Als Kind bin ich mal von einem Hund gebissen worden", sagte Kirchhoff beiläufig.

Die Rheinpromenade war weiträumiger abgesperrt als in der Nacht zu Aschermittwoch. Hirschfeld und Kirchhoff standen etwas abseits der äußeren Absperrung und beobachteten das Geschehen aus der Ferne. Das gegenüberliegende Rheinufer lag in dichtem Nebel und war nur schemenhaft zu erkennen. Im Vergleich zu den Vortagen war es deutlich kälter geworden. Die Außentemperatur war unter null gesunken. Der Wind pfiff ihnen eisig um die Köpfe und ließ sie erbärmlich frieren.

„Was ist passiert?", erkundigte sich Hirschfeld und rieb die Handflächen aneinander. Bei dieser Kälte musste er sich schnellstens ein Paar Handschuhe zulegen.

„Ich bin seinem Lieblingsspielzeug offenbar zu nahe gekommen. Und bevor ich die Hand zurückziehen konnte, hatte er mich schon am Zeigefinger erwischt."

„Autsch."

„Das kannst du laut sagen", entgegnete Kirchhoff und trat von einem Bein aufs andere. „Seitdem mache ich einen großen Bogen um Hunde."

„Welcher Rasse hast du dieses Trauma zu verdanken?", erkundigte sich Hirschfeld und sah zu, wie die Diensthundeführerin die linke Box öffnete und den Belgischen Schäferhund an die Leine legte. Mit einem großen Satz sprang das Tier auf den gefrorenen Boden. Die Muskeln spannten sich unter dem kurzen falbfarbenen Fell. Größe und Statur nach zu urteilen, handelte es sich um einen ausgewachsenen Rüden.

„Einem Zwergpudel."

„Einem Zwergpudel?", fragte Hirschfeld und konnte nicht verhindern, dass sich der Anflug eines Lächelns um seine Mundwinkel legte. „Muss eine ganz schöne Fleischwunde gewesen sein."

„In der Tat", erwiderte Kirchhoff und ignorierte Hirschfelds ironischen Unterton geflissentlich. „Die Wunde musste anschließend genäht werden. Die Narbe ist heute noch zu sehen."

Bevor Kirchhoff seinem Partner die bewusste Stelle zeigen konnte, kam Jens Schröder ihnen in einer gefütterten dunkelgrünen Winterjacke entgegen. Der Leiter der Mordkommission trug eine Ohrenmütze und hatte sich einen dicken braunen Wollschal um den Hals geschlungen, der nur noch Augen und Nasenspitze freiließ. Er sah aus, als würde er jeden Moment zu einer Nordpolexpedition aufbrechen.

„Saukälte", brummte Schröder. Er klang erkältet. „Ich kann nur hoffen, dass du mit deiner Vermutung danebenliegst, Lutz. Denn für einen erfolgreichen ersten Angriff gibt es keine zweite Chance!"

Hirschfeld nickte. Er konnte Schröders Sorge nachvollziehen. Bei einem Außentatort durften sie kaum mit aufschlussreichen Kontakt- und Fingerspuren rechnen. Daher war es umso entscheidender, alle anderen Beweismittel zu sichern. Nach dem Leichenfund am Karnevalsdienstag hatten nicht nur die Einsatzkräfte von Polizei und Feuerwehr, der Erkennungsdienst und Ermittler der Mordkommission das Areal betreten. Drei Tage später war der Fundort wieder freigegeben worden. Ab diesem Zeitpunkt hatten sich zahlreiche Schaulustige und Trauernde dort eingefunden, die Anteil an dem Tod der jungen Frau nahmen. In unmittelbarer Nähe der Stelle, an der Susannes Leichnam entdeckt worden war, befand sich ein Meer von Kerzen und Blumen. Wenn die Belgischen Schäferhunde tatsächlich weitere Leichen aufspürten, hatten sie kaum eine Chance, Spuren zu sichern, die zum Täter führten.

„Ich wünschte …", setzte Hirschfeld an.

Bevor er weitersprechen konnte, tauchte ein Polizeihubschrauber am grau verhangenen Himmel auf, der sich ihrer Position schnell näherte. Die Männer hatten gleichzeitig die Köpfe gehoben und folgten der Flugbahn des Helikopters. Als er den Leichenfundort fast erreicht hatte, erkannte Hirschfeld, dass ein Hubschrauber vom Typ BK 117 über ihnen kreiste. Spezielle Rotorblätter sorgten dafür, dass der Helikopter beim Fliegen kaum Lärm verursachte. Den Polizeihubschrauber hatte Schröder angefordert, um Luftbildaufnahmen von Fundort und Umgebung zu machen. Unregelmäßigkeiten im Gelände, die auf das Vergraben eines Leichnams hindeuteten, waren in vielen Fällen nur aus der Luft erkennbar. Je tiefer eine Leiche verscharrt wurde, desto ausgeprägter war die sie umgebende Absenkung, da größere Mengen an Erde umgewendet worden waren, die in Bewegung geraten konnten. Außerdem gaben auch Veränderungen in der Vegetation darüber Aufschluss, ob das Erdreich umgegraben worden war. Wuchsen an einer Stelle Pflanzen, die sich deutlich von der Vegetation der Umgebung unterschieden, war besondere Aufmerksamkeit angezeigt. Denn eine andere Verdichtung der Feuchtigkeit, Durchlüftung und Temperatur des Bodens führte zu markanten Abweichungen.

„Na, bald wissen wir mehr“, meinte Jens Schröder und wandte sich wieder zum Gehen, als der grün-weiße Hubschrauber abdrehte und am Horizont verschwand.

Die Hundeführerin hatte den Rüden während des kurzen Helikopteranflugs zu ihrer Linken Platz machen lassen. Die Diensthunde waren gegen Lärm resistent, verdienten jedoch Ruhe, um ihre anstrengende Aufgabe zu bewältigen. Jetzt gab die junge Frau ein Kommando. Der Belgische Schäferhund sprang auf und lief aufgeregt vor den Beinen der Beamtin auf und ab. Sie hielt den Blickkontakt und deutete mit der behandschuhten Hand auf das Abgangsfeld.

„Es geht los“, sagte Kirchhoff und schirmte die Augen mit seiner Linken ab.

Nachdem die Hundeführerin den Suchbefehl erteilt hatte, gab sie der Leine mehr Lauf. Der Belgische Schäferhund lief schwanzwedelnd los. Sofort senkte seine glänzende schwarze Schnauze sich über den Boden. Er nahm Witterung auf. Mit gleichmäßigen Schritten folgte die Beamtin ihm über das Gelände, das in Sektoren eingeteilt worden war, um die Suche zu erleichtern.

„Woher kommen die Hunde?", erkundigte sich Hirschfeld und sah zu, wie der Belgische Schäferhund zwischen Buschwerk verschwand.

Die Diensthundeführerin lief ihm hinterher.

„Von Schloss Holte-Stukenbrock, unserer zentralen Fortbildungsstelle für das Diensthundewesen", antwortete Kirchhoff in reinstem Beamtendeutsch.

Hirschfeld nickte. Andere Diensthunde, die beispielsweise zum Aufspüren von Rauschgift oder Sprengstoff ausgebildet waren, standen bei der jeweiligen Kreispolizeibehörde zur Verfügung, da es lange Anfahrtswege zu verhindern galt. Im Gegensatz dazu trat, so bitter diese Erkenntnis auch war, die Dringlichkeit bei der Suche nach einer Leiche in den Hintergrund.

„Was macht Hellmann denn da?", fragte Kirchhoff.

Hellmann beugte sich in einiger Entfernung über das Promenadengeländer. Er hatte an diesem Tag auf seine gelben Gummistiefel verzichten müssen. Die halbe Mannschaft war direkt nach der Morgenbesprechung zur Rheinpromenade aufgebrochen, sodass Hellmann keine Zeit mehr geblieben war, für anderes Schuhwerk zu sorgen.

„Keine Ahnung", antwortete Hirschfeld und beobachtete, wie Hellmann die Hände hinter dem Rücken verschränkte und seinen Körperschwerpunkt gefährlich nach vorne verlagerte.

„Vielleicht hat er gerade eine heiße Spur entdeckt", witzelte Kirchhoff.

„Sieht mir eher nach einem Projekt von *Jugend forscht* aus: ‚In welchem Winkel müssen Oberkörper und Beine zueinander stehen, um richtig auf die Nase zu fallen?'"

Kirchhoff lächelte, dann erwiderte er:

„Komischer Vogel. Manchmal weiß ich wirklich nicht, was in seinem Kopf vorgeht."

„Ich für meinen Teil will es lieber gar nicht wissen."

In diesem Moment schlug der Leichenspürhund an. Augenblicke später brach der Belgische Schäferhund wieder aus dem Gebüsch. Die Beamtin schüttelte den Kopf und kehrte zum Kofferraum ihres Dienstfahrzeugs zurück, um den Schäferhund wieder in seine Box zu lassen.

„Fehlanzeige", sagte Kirchhoff.

„Unser vierbeiniger Freund ist sicher auf die Stelle gestoßen", schloss Hirschfeld, „an der Susanne Bach aufgefunden wurde."

Bei jedem Einsatz brauchten die Diensthunde ein Erfolgserlebnis. Falls sie nicht fündig wurden, gab man ihnen am Ende der Suchaktion ein Spielzeug, an dem der Zielgeruch haftete. Die Suche hatte jedoch gerade erst begonnen. Es würde noch eine Weile dauern, bis sie endgültige Gewissheit hatten.

„Nummer zwei geht an den Start", sagte Kirchhoff, als die Beamtin die rechte Box öffnete und eine zierliche Hündin entließ, die einen tänzelnden Gang hatte.

Im Gegensatz zum Rüden schien das Tier noch jung zu sein. Auch das Fell war deutlich heller. Für einen Moment blickte die Hündin aus sanften dunkelbraunen Augen in ihre Richtung. Wenn er nicht so verdammt wenig Zeit hätte, dachte Hirschfeld, hätte er sich vielleicht auch einen Hund angeschafft. Neben seinem Job hatte er allerdings mit seinem Vater alle Hände voll zu tun. Und der war weitaus anspruchsvoller als ein Haustier.

„Vielleicht müssen wir die Hunde doch übers Wasser schicken", meinte Kirchhoff, als die Diensthundeführerin die dritte Runde startete.

Dieses Mal war der Rüde wieder an der Reihe. Die Belgischen Schäferhunde wurden im 15-Minuten-Takt abwechselnd über das Areal geschickt, da ihr Geruchssinn nur für eine begrenzte Zeit intensiv einsatzfähig war.

„Bei dem Wetter wäre das eine Zumutung", entgegnete Hirschfeld und schaute auf den Rhein, über den dichte Nebelschwaden zogen.

Speziell ausgebildete Wasserleichenspürhunde waren in der Lage, Leichen oder Leichenteile, die sich in einem Gewässer oder in Ufernähe befanden, durch aufsteigende Fäulnisgase aufzuspüren. Die Witterungsverhältnisse konnten die Suche dabei begünstigen oder erschweren: Kaltes Wetter verhinderte die Verteilung der Geruchsmoleküle, Wind bewirkte das genaue Gegenteil.

„Was hältst du von einem Kaffee?", fragte Kirchhoff.

„Keine schlechte Idee, sonst frieren wir hier noch fest."

Ein paar Minuten später kehrte Kirchhoff mit zwei dampfenden Thermobechern zurück.

„Danke", sagte Hirschfeld und nahm einen der Becher entgegen.

„Habe ich irgendetwas verpasst?"

„Nein, bisher nicht", antwortete Hirschfeld und nahm vorsichtig einen Schluck von dem heißen Kaffee. „Die Hündin ist wieder im Gelände."

„Das kann noch eine Weile dauern", erwiderte Kirchhoff und legte die Stirn in Falten. „Soweit ich mitbekommen habe, hat Schröder angeordnet, dass auch das Grundstück vom Römerbad abgesucht werden soll."

Hirschfeld zog die Schultern hoch und nickte. So lange würden sie es in der Kälte sicher nicht aushalten. Plötzlich drang ein helles Bellen zwischen den Eibensträuchern hervor. Kurz darauf trabte die Schäferhündin wieder in ihr Blickfeld. Sie wedelte mit dem Schwanz und zog heftig an der Leine. Die Diensthundeführerin stapfte hinter ihr her, hob den rechten Arm und reckte den Daumen: Die Hündin hatte eine weitere Leiche angezeigt.

32

Du kannst so lange auf mich einreden, wie du willst. Ich hör dir einfach nicht zu. Denk stattdessen an etwas Schönes. An warmen Vanillepudding mit Schokosoße. Oder an den kleinen struppigen Hund von nebenan. Dem macht es nichts aus, dass die anderen mich nicht mögen. Er lässt sich von mir streicheln und läuft nicht davon. Sag nicht, dass Hunde dumm sind! Das ist nicht wahr! Hunde sind kluge Tiere. Sie können viel besser riechen als wir Menschen. Und schneller rennen können sie auch. Hör auf, mich auszulachen! Dazu hast du kein Recht. Du kannst froh sein, dass ich dich noch nicht verpetzt habe. Wenn die anderen wüssten, welche Geschichten du mir erzählst. Manchmal bekomm ich richtig Angst davor. Dann halte ich mir die Ohren zu und warte, bis du aufhörst. Aber das nützt nichts. Deine Stimme kriecht durch die Ohren in meinen Kopf. Du redest einfach weiter. Obwohl ich dich nicht hören will. Dann summ ich vor mich hin. Doch du bist immer lauter. Wenn du davon sprichst, dass ich aus dem Fenster springen soll, fang ich an zu schreien. Du sagst, ich soll mich nicht so anstellen. Nicht feige sein. Aber ich will nichts davon wissen. Und schreie weiter, bis jemand kommt. Ich kann nicht aufhören. Muss wieder in den Keller. Zu den Ratten. Und dann lachst du mich aus.

33

Anderthalb Becher Kaffee später durchschnitten die Strahlen zweier Autoscheinwerfer den dichter werdenden Nebel. Ein alter bordeauxfarbener Ford Granada rumpelte auf die äußere Absperrung zu und hielt auf dem Rasenstreifen neben dem Fußgängerweg. Der Fahrer des Kombis blendete das Fernlicht ab und schaltete den Motor aus. Als er ausgestiegen war, umrundete er den Wagen und öffnete den Kofferraum, dem er einen roten Kasten mit Teleskopgriff und einen schwarzen Koffer entnahm.

Hirschfeld und Kirchhoff gingen dem Mann entgegen.

„Malte Friedrichs", begrüßte er die beiden Kriminalhauptkommissare, während er den Koffer absetzte, „ich wurde für die Georadarmessung angefordert."

Als Ausgleich für seinen weichenden Haaransatz trug er einen dichten Vollbart. Die Männer reichten sich die Hände.

„Danke, dass Sie es so kurzfristig einrichten konnten", sagte Hirschfeld.

„Keine Ursache, ich helfe gerne, auch wenn der Anlass nicht unerfreulicher sein könnte", erwiderte der Geologe und nahm den Koffer wieder auf. „Wo befindet sich die Stelle?"

„Zwischen den Eibensträuchern dort drüben", erwiderte Hirschfeld. „Kann ich Ihnen irgendetwas abnehmen?"

„Danke, geht schon", gab Friedrichs zurück, setzte sich in Bewegung und zog den roten Kasten hinter sich her. „Die Antenne sieht schwerer aus, als sie ist."

Jens Schröder erwartete sie bereits an dem markierten Areal. Die beiden Leichenspürhunde hatten inzwischen das Gelände um den Fundort von Susanne Bach weiträumig abgesucht, ohne ein weiteres Mal anzuschlagen. Die Diensthundeführerin war deshalb mit den Belgischen Schäferhunden auf das Grundstück des Römerbads gewechselt, um mit der Suche fortzufahren.

„Hallo, Malte", begrüßte Schröder den Geologen und klopfte ihm freundschaftlich auf die Schulter. Offensichtlich kannten sich die beiden. „Wie ich sehe, hast du dich immer noch nicht von deinem Ford trennen können. Kein Wunder, dass die Frauen es nicht länger als eine Autofahrt mit dir aushalten."

„Im Gegensatz zu dir, Jens", konterte Friedrichs, „schaffe ich es immerhin, die Damenwelt überhaupt dazu zu bewegen, in meinen Wagen zu steigen."

„Sicher, den Gelben Engeln bleibt ja auch nichts anderes übrig, wenn du wieder liegen geblieben bist. Aber im Ernst: Welches Baujahr hat die Kiste?"

„82", antwortete Friedrichs nicht ohne Stolz.

„Du bist unverbesserlich. Ist nur eine Frage der Zeit, bis dir die Laube unterm Hintern wegrostet."

Der Geologe winkte ab. Er hatte seine Ausrüstung abgestellt und öffnete den schwarzen Koffer. Der Deckel war mit Noppenschaum ausgekleidet. In einer weiteren Schaumstoffmatte im Boden steckte neben ein paar Zubehörteilen das Messgerät. Friedrichs holte den kleinen schwarzen Apparat heraus und verband ihn mit einem Kabel mit der Antenne. Dann hängte er sich die Steuereinheit mit einem Gurt um den Hals, sodass er sie vor der Brust tragen konnte, klappte den Deckel hoch und schaltete das Gerät ein.

„Dann wollen wir mal sehen", sagte er in die Runde, griff nach dem Teleskopgriff der Antenne und begann, den roten Kasten langsam hinter sich über den Boden zu ziehen.

„Wann dürfen wir mit den ersten Ergebnissen rechnen?", erkundigte sich Kirchhoff, als der Geologe die erste Bahn über die gekennzeichnete Stelle gezogen hatte.

„Sie müssen sich noch etwas gedulden", erwiderte Friedrichs und ließ sich nicht aus der Ruhe bringen. „Georadar basiert auf einem elektromagnetischen Impulsechoverfahren. In dem roten Kasten befindet sich eine breitbandige Dipolantenne, die nicht nur als Sender, sondern auch als Empfänger fungiert. Die über einen Impulsgenerator ausgestrahlten Radarwellen werden in die Erde gesandt. Wenn diese auf Trennflächen und Homogenitätssprünge treffen …"

„Also ein Gegenstand, der eine andere Dichte hat als das Erdreich?", hakte Kirchhoff nach.

„Richtig. Also wenn die Radarwellen auf Material- und Schichtgrenzen stoßen", nahm Friedrichs den Faden wieder auf, „wird das reflektierte Signal von der Empfangsantenne registriert. Laufzeit und Intensität werden gemessen und geben Aufschluss darüber, wie weit das Objekt vom Empfänger entfernt ist und welche Maße es hat.“

„Verstehe ich das richtig: Je länger das Signal braucht, bis es auf einen Gegenstand trifft, desto tiefer ist dieser im Boden vergraben?“, wollte Hirschfeld wissen.

„Genau. Und je stärker das Signal, desto größer das betreffende Objekt. Und dieser Prozess dauert eben seine Zeit.“

Als der Geologe die zweite Bahn über das unwegsame Gelände absolviert hatte, fuhr er fort:

„Ein Vorteil dieser Methode ist, dass wir das Radarsignal bereits während der Messung über den Monitor beobachten können. Eine endgültige Auswertung kann natürlich erst nach einer Digitalisierung der Daten über einen Rechner erfolgen, aber eine erste Einschätzung ist bereits jetzt möglich. Sehen Sie selbst!“

Friedrichs drehte die Steuereinheit um. Drei Köpfe beugten sich über den LCD-Bildschirm, auf dem eine Grafik aus verschiedenen wellenartigen Linien zu sehen war.

„Sie haben hier das Radargramm vor sich.“

Friedrichs blickte auf den Monitor hinab und zeigte mit dem Finger auf die Mitte des zweidimensionalen Bildes:

„Diese Amplituden hier deuten zweifellos darauf hin, dass in etwa 90 Zentimetern Tiefe ein kreisförmiges Objekt mit einem Durchmesser von rund 1,10 Metern liegt.“

Schröder nickte bedächtig, dann gab er dem Einsatzleiter des Technischen Hilfswerks ein Zeichen:

„Wir können mit der Grabung beginnen.“

Kurz darauf bahnte sich ein Kleinbagger des THW einen Weg durch das abgesperrte Gelände. Das Kettenlaufwerk wälzte sich über den gefrorenen Boden. Bei jeder Unebenheit schaukelte der Fahrer, der in einer dunkelblauen Uniform mit gelben Reflektorstreifen steckte, in der engen Kabine hin und her. Mehrere Helfer des THW postierten sich vor den Eibensträuchern. Als der Fahrer mit der Baggerschaufel den ersten Stich setzte, tauchte die hagere Gestalt von Professor Stein aus dem Nebel auf. Der Rechtsmediziner bewegte sich langsam auf die Gruppe zu, als fürchte er, mit jedem Schritt in einen Abgrund zu stürzen.

„Das Wetter behagt mir nicht“, rief er den drei Kriminalhauptkommissaren zu, um den Kompressor des Baggers zu übertönen, und schüttelte unwillig Kopf.

„Die Leichenspürhunde scheinen die Einzigen zu sein, denen die Kälte nichts anhaben kann“, stimmte Kirchhoff dem Professor zu, als er zu ihnen aufgeschlossen hatte.

„Wie sieht es aus?“, richtete Stein das Wort an Schröder.

„Nach der Georadarmessung liegt die Leiche knapp einen Meter unter der Oberfläche“, antwortete der Leiter der MK heiser.

Stein warf einen Blick nach oben und erwiderte:

„Ich hoffe, dass das Wetter noch etwas mitspielt. Schnee können wir jetzt nicht gebrauchen.“

Der Kleinbagger hatte die oberste Erdschicht aufgebrochen und ließ den Boden bei jedem Manöver unter ihren Füßen vibrieren. Träge senkte sich die Schaufel immer wieder hinab, pflügte mit ruckartigen Bewegungen über den Grund und lud die Erde neben der Markierung ab. Dabei lösten sich kleinere Steine und prasselten hinunter. Der Baggerführer musste vorsichtig vorgehen, damit er den Inhalt des Grabes nicht in Mitleidenschaft zog. Zwei Helfer des THW, die mit Spaten und Spitzhacke ausgerüstet waren, dirigierten ihren Kollegen daher durch Handzeichen und Zurufe vom Rand der flachen Grube. Als die Baggerschaufel auf Widerstand stieß, röhrte das Getriebe auf. Der Mann mit dem Spaten sprang in die Mulde und begann, die Scholle zu bearbeiten. Mit dem Fuß trat er das Spatenblatt in die Erde und versuchte so, den Boden zu lockern. Nach wenigen Stichen winkte er seinen Kollegen zu sich und keuchte:

„Hier sind überall Wurzeln, da musst du zuerst ran.“

Trotz der Kälte war der Mann in Schweiß ausgebrochen. Sein Brustkorb hob und senkte sich, während er sich auf dem Holzgriff des Spatenstiels abstützte und zusah, wie sein Kollege zu ihm in die Grube stieg und die Spitzhacke in den Boden rammte. Ein paar Minuten später hatte der Helfer das Wurzelwerk durchtrennt und überließ seinem Mitstreiter wieder das Feld. Schweigend arbeitete der Mann sich weiter vor und legte schließlich am Rand des Areals einen Findling frei, der gute 20 Kilo auf die Waage brachte. Mit dem Spaten stieß er neben dem Stein in die Erde und hebelte ihn unter größter Anstrengung hoch. Nach mehreren Versuchen bewegte sich der Findling endlich. Der Mann warf den Spaten aus der Grube, ging in die Hocke und rollte den Stein mit beiden Händen zur Seite.

„Kann weitergehen", rief er und kletterte aus dem Erdloch.

Der Baggerführer brachte die Schaufel wieder in Position und setzte seine Arbeit fort.

„Es dürfte Sie interessieren, meine Herren", ergriff Professor Stein das Wort, „dass wir in der Zwischenzeit Fremdspuren an Susanne Bachs Leiche sicherstellen konnten. Meinen Bericht habe ich Ihnen vorhin gefaxt."

„Was haben Sie gefunden, Professor?", wollte Hirschfeld wissen.

„Unter den Fingernägeln befanden sich Hautpartikel, die eindeutig nicht dem Opfer zuzuordnen sind. Äußerlich konnten wir zwar keine Abwehrspuren an der Toten feststellen, wie Sie bei der Obduktion verfolgen konnten, aber die junge Frau muss den Täter mindestens einmal gekratzt haben. Ich habe bereits einen DNA-Test veranlasst, das Ergebnis sollte Ihnen innerhalb von 24 Stunden vorliegen."

Das war zumindest ein Teilerfolg, dachte Hirschfeld. Wenn der Täter in der Vergangenheit schon einmal straffällig geworden war, würden sie mit diesem genetischen Fingerabdruck vielleicht einen Treffer in der DAD landen, der vom Bundeskriminalamt verwalteten DNA-Analyse-Datei. Die Datenbank enthielt sowohl Personendatensätze von bekannten Straftätern als auch Tatortspuren von unbekannten Trägern. Dabei wurden neue Spuren stets mit älteren abgeglichen, was dazu führte, dass ungelöste Fälle, die Jahre zurücklagen, doch noch geklärt werden konnten.

„Danke, Professor", entgegnete Schröder. „Ich nehme an, dass der toxikologische Befund noch nicht vorliegt?"

„Richtig, da müssen Sie sich leider noch ein wenig gedulden. Aber seien Sie gewiss, dass unser Institut den Fall mit oberster Priorität behandelt."

Der Leiter der Mordkommission nickte. Bevor Schröder etwas erwidern konnte, erstickte er hinter seinem Schal fast in einem Hustenanfall. Als er wieder Luft bekam, ruderten die Helfer des Technischen Hilfswerks wild mit den Armen und brüllten fast gleichzeitig: „Stopp!"

Sofort schwenkte der Fahrer den Baggerarm zur Seite und stellte den Motor ab. Wohltuende Stille, in der nur das Wasser, das leise gegen das Ufer schlug, zu hören war, senkte sich über die Rheinpromenade, bevor hektische Betriebsamkeit aufkam. Schröder setzte sich als Erster in Bewegung, dicht gefolgt von Hirschfeld, Kirchhoff und dem Professor. Als sie die Grube erreicht hatten, sahen sie eine runde Erhebung, die aus der lehmigen Erde hervorschaute.

„Ein Schädelknochen", stellte Stein nüchtern fest, drehte sich um und entfernte sich mit gebeugtem Rücken von der Gruppe.

Als er kurz darauf zurückkehrte, trug er einen weißen *Tyvek*-Anzug und ein Paar Einweghandschuhe. In der Linken trug er einen Koffer, mit dem er vorsichtig in die ausgehobene Mulde stieg. Dann ließ er sich eine Schüppe reichen, ging in die Hocke und begann, die oberste Erdschicht abzutragen. Nach einer Viertelstunde hatte er den Rest des Körpers freigelegt.

„Meine Herren", sagte Stein dumpf, als er sich wieder aufrichtete, und deutete mit der Schaufelspitze nach unten, „das hier wird Ihnen nicht gefallen."

Die drei Kriminalhauptkommissare traten näher an das Grab, an dessen Boden sich die Silhouette einer stark verwesten und zum Teil skelettierten Leiche abzeichnete. Obwohl einige Knochen nicht mehr an ihrem ursprünglichen Platz waren, war unverkennbar, dass der Körper eingerollt dalag wie ein Embryo.

34

Gestern bist du in den Hundehimmel gekommen. Totgefahren, haben sie gesagt. Von einem riesigen Traktor. Bin raus auf die Straße gelaufen und hab deinen zerquetschten Körper gesehen. Irgendwas hing aus deinem Bauch raus. Es war dick und lang und glänzte. Hab mich geschüttelt vor Ekel. Überall war Blut. Klebte auf dem Asphalt. Deine Beine waren komisch verdreht. Und deine Zunge hing dir aus der Schnauze raus. Aber du hast nur so getan, nicht wahr? Hast sie alle ausgetrickst. Seh dich jetzt ganz deutlich. Du sitzt vor mir auf dem Boden und wedelst mit dem Schwanz. Dein Fell ist struppig. Und du riechst nach Regen. Kenn dich gar nicht anders. Das Blut ist weg. Bist eigentlich wie immer, glaub ich. Streck meine Hände aus und kraul dir die Ohren. Du hebst den Kopf und guckst mich mit großen Augen an. Dann leckst du mir mit deiner rosa Zunge über die Finger. Braver Hund! So ist fein. Du bist mein einziger Freund.

35

„Ich kann immer noch nicht glauben, dass dein kriminalistischer Instinkt uns zu dieser Leiche geführt hat", meinte Kirchhoff.

Es war inzwischen später Nachmittag. Sie saßen im Audi A4 Quattro und fuhren über die Kennedybrücke stadtauswärts.

„Mhm."

„Wenn du nicht gewesen wärst", fuhr Kirchhoff ungewohnt redselig fort, „hätten wir das Grab vielleicht nie entdeckt. Also, wenn du mich fragst …"

Hirschfeld starrte schweigend aus dem Seitenfenster.

„Hörst du mir überhaupt zu, Lutz?"

„Wie bitte?"

„Ich wollte wissen, ob du mir überhaupt zuhörst, aber die Frage hat sich wohl erübrigt."

„Tut mir leid, ich war in Gedanken."

„Die drehten sich nicht zufällig um Renee?", kam Kirchhoff jetzt richtig in Fahrt.

„Die Fotografin?"

„Ja, die schöne Fotografin, wer sonst."

Hirschfeld hatte tatsächlich an die junge Frau gedacht, die nur wenig später am Fundort eingetroffen war, nachdem Professor Stein die Überreste des Leichnams freigelegt hatte. Renee hatte Hirschfeld zur Begrüßung einen süffisanten Blick zugeworfen und sich dann wortlos an die Arbeit gemacht. Die Bergung der Leiche würde noch einige Stunden in Anspruch nehmen. Als Schröder vorhin einen Anruf aus der Leitstelle erhalten hatte, war die Wahl auf Kirchhoff und Hirschfeld gefallen, dem Einkaufszentrum, in dem Susanne Bach zuletzt gesehen worden war, einen Besuch abzustatten. Anhand ihrer Bankdaten, deren Einsicht sie der Unterstützung von Staatsanwalt Beus zu verdanken hatten, wussten sie nun, dass Susanne am Tag ihres Verschwindens tatsächlich noch für ihren geplanten Kurzurlaub eingekauft hatte. Nach dem bisherigen Kenntnisstand musste die Mordkommission davon ausgehen, dass der Besuch der Supermarktkette zu den letzten Ereignissen in ihrem Leben zählte, bevor Susanne ihren Mörder getroffen hatte.

„Soweit ich weiß, ist Renee Single."

Kirchhoff gab nicht auf.

Wie sich das anhörte.

„Bist du jetzt unter die Kuppler gegangen?", erwiderte Hirschfeld widerwillig.

Im Augenblick verspürte er wenig Lust, sich über sein nicht vorhandenes Liebesleben den Kopf zu zerbrechen. „Sag mir lieber, in welchem abgelegenen Winkel sich dieses Einkaufszentrum befinden soll", wechselte er daher das Thema.

„In Pützchen."

„Sagt mir nichts", erwiderte Hirschfeld und sehnte sich nach einer Zigarette.

„Ja, ja, da spricht wieder der Großstädter", scherzte Kirchhoff und bog nach rechts auf die Königswinterer Straße ab. „Allerdings wundert es mich, dass du noch nie etwas von Pützchens Markt gehört hast."

„Da muss ich passen", zuckte Hirschfeld mit den Schultern.

„Pützchens Markt ist der größte Jahrmarkt des Rheinlands und findet jedes Jahr im Herbst statt", klärte Kirchhoff ihn auf.

„Aha."

„Du scheinst nicht gerade beeindruckt, Lutz."

„Hält sich in Grenzen. Bei solchen Großveranstaltungen muss ich immer an die Wahnsinnigen denken, die nicht wissen, wann Feierabend ist."

„Verstehe."

„Läuft da Karnevalsmusik?"

„Kommt vor."

„Na, dann."

Eine Viertelstunde später fuhr Kirchhoff auf den großflächigen Parkplatz der Supermarktkette. Um diese Uhrzeit war das Einkaufszentrum gut besucht, sodass Kirchhoff zwei Ehrenrunden drehen musste, bis er das Auto abstellen konnte. Beim Anblick der vollgeladenen Einkaufswagen, die ihnen auf dem Weg zum Eingang entgegengeschoben wurden, merkte Hirschfeld, dass er seit dem Morgen nichts mehr gegessen hatte. Der Kaffee, den sie auf der Rheinpromenade in sich hineingeschüttet hatten, verstärkte das Hungergefühl noch.

„Ich lad dich ein", meinte Kirchhoff, dem der sehnsüchtige Blick, den Hirschfeld in die Richtung einer Pommesbude geworfen hatte, nicht entgangen war, „wenn wir das hier hinter uns gebracht haben."

„Das ist ein Wort", entgegnete Hirschfeld und trat auf den Eingang zu.

Eine große Schiebetür glitt zur Seite und entließ sie in einen ausladenden Vorraum, der mit weißem Linoleum ausgelegt und von grellen Neonröhren erleuchtet war. Rechts und links des Gangs war bereits ein ausgewählter Teil des Sortiments aufgebaut.

„Wetten, dass es hier schon die ersten Ostersachen zu kaufen gibt?“, bemerkte Hirschfeld, als sie eine weitere Schiebetür passiert hatten und auf den Kassenbereich zuhielten.

„Die Grillsaison ist auch nicht mehr lang hin“, erwiderte Kirchhoff, bevor er eine der Kassiererinnen in einem rot-weißen Kittel ansprach und ihr seine Kriminalmarke zeigte. Während sie weiter bediente, deutete sie auf eine unscheinbare weiße Tür, die sich neben einem Kiosk mit Zeitschriften und Tabakwaren befand. Hirschfeld folgte seinem Partner zum Büro des Marktleiters. Kirchhoff klopfte an. Als keine Antwort kam, drückte er die Klinke hinunter. Der fensterlose Raum, der sich hinter der Tür erstreckte, bot gerade einmal Platz für einen Schreibtisch, auf dem eine vertrocknete Topfpflanze ihr Dasein fristete, zwei Besucherstühle und ein Regal mit Aktenordnern.

„Kann ich Ihnen helfen?“, fragte der Marktleiter hinter ihnen und räusperte sich.

Er trug ein graues Hemd, dazu eine grau-weiß-rot gestreifte Krawatte und Bluejeans. Seine schwarzen Lederschuhe glänzten und sahen nagelneu aus. Auf der rechten Seite des Hemdkragens war das Logo der Supermarktkette eingestickt.

„Kirchhoff. Und das ist mein Kollege, Kriminalhauptkommissar Hirschfeld.“

„Beier: Großes ‚B‘, kleine ‚Eier‘“, donnerte der Marktleiter, schenkte ihnen ein blütenweißes Zahnpastalächeln und tippte mit dem Zeigefinger auf sein Namensschild, das an seine Hemdtasche geclipt war. Er war die Selbstsicherheit in Person. „Brauche ich jetzt einen Anwalt?“

„Wir ermitteln in einem Mordfall, Herr Beier“, sagte Kirchhoff sachlich, während der Marktleiter sich setzte und seinen Besuch ebenfalls Platz nehmen ließ.

„Sicher“, erwiderte Beier und drehte sich, die Hände vor dem Bauch verschränkt, lässig mit seinem Chefsessel hin und her. „Was gibt’s denn?“

„Wir wissen, dass sich das Opfer vor der Tat zuletzt in Ihrem Supermarkt aufgehalten hat.“

„Verstehe.“

„Durch die EC-Kartenabrechnung können wir den Aufenthalt auf eine gute halbe Stunde eingrenzen.“

„Das ist ja höchst interessant“, erwiderte der Marktleiter und schielte auf die Wanduhr zu seiner Rechten. Offensichtlich hatte er bereits das Interesse an dem Gespräch verloren.

„Haben Sie diese junge Frau schon einmal gesehen?“, fragte Kirchhoff, griff in seine Manteltasche und schob ein Foto von Susanne Bach über den Schreibtisch.

Der Marktleiter warf einen kurzen Blick auf das Bild und schüttelte achselzuckend den Kopf.

„Wissen Sie, wie viele Menschen ich hier täglich zu Gesicht bekomme?“, grinste er.

„Reine Routine, Herr Beier, wir tun auch nur unsere Arbeit. Also wenn Sie so freundlich wären, sich das Bild noch einmal anzuschauen.“

In diesem Moment ging die Tür auf und eine blonde Kassendame Anfang 20 steckte den Kopf hinein.

„Hallo, Stefan“, platzte die junge Frau in das Gespräch. „Oh, du hast Besuch.“

Beier verzog das Gesicht und drehte nervös an seinem Ehering. Für einen Augenblick hatte er hinter seinem Schreibtisch die Kontrolle verloren.

„Frau Meier, unser Mitarbeitergespräch hat Zeit. Sie sehen doch, dass ich hier alle Hände voll zu tun habe.“

Frau Meier schenkte ihm einen irritierten Blick, dann schloss sie ohne ein weiteres Wort die Tür.

Beier besah sich abwesend das Foto. Seine Gedanken weilten offenbar noch bei seiner Kassendame, der er nach Feierabend sicher bei einem Glas Rotwein plausibel erklären musste, weshalb er sie so unhöflich aus seinem Büro zitiert hatte.

„Ich kann mich beim besten Willen nicht erinnern", sagte er dann desinteressiert.

„Gut. Dann können Sie uns sicher anderweitig behilflich sein."

„Und zwar?", wollte Beier wissen, lehnte sich in seinem Bürostuhl zurück und verschränkte, wieder ganz der Macher, die Arme hinter dem Kopf.

„Wir müssen uns die Aufnahmen Ihrer Videoüberwachungskamera ansehen."

Kirchhoff nannte ihm das Datum, an dem Susanne Bach den Markt besucht hatte. Beier griff zum Telefon und rief den Sicherheitsdienst an. Als er aufgelegt hatte, sagte er:

„Wir machen Ihnen eine Kopie der Videodateien. Ist gleich fertig."

„Gut. Außerdem benötigen wir die Daten aller Kunden, die sich – sagen wir eine halbe Stunde um den besagten Zeitraum herum – in Ihrem Haus aufgehalten haben."

„Wie, bitte, soll ich das anstellen?"

Beier klang jetzt alles andere als begeistert. Für seine Begriffe hatte er bereits seine Schuldigkeit getan.

„Herr Beier, Ihr Kassensystem erfasst doch zumindest alle Kunden namentlich, die mit ihrer EC-Karte gezahlt haben. Das wäre ein Anfang."

„Dazu brauchen Sie einen richterlichen Beschluss, wenn ich mich nicht irre."

Jetzt wurde großes ‚B', kleine ‚Eier' aufsässig.

„Den sollen Sie haben", erwiderte Kirchhoff wütend und stand auf. „Ach, und noch eins", fügte Kirchhoff hinzu, als er die Bürotür fast erreicht hatte, „Sie sollten mehr Energie in Ihre Aufgaben als Marktleiter investieren als in die Zeit, die Sie offensichtlich mit dem weiblichen Teil Ihrer Belegschaft verbringen."

Beier schnappte nach Luft. Bevor er etwas erwidern konnte,

hatte Kirchhoff das Büro bereits verlassen. Hirschfeld erhob sich ebenfalls von seinem Platz und meinte:

„Wie stehen die Chancen, dass die Kopie der Videoaufnahmen schon fertig ist?"

Zehn Minuten später stieß Hirschfeld zu seinem Partner, der am Audi A4 Quattro auf ihn wartete.

„Peter, was war denn da drin los?", fragte er.

„Solche Typen gehen mir einfach auf den Zeiger. Hast du die Aufnahmen?"

„Klar", antwortete Hirschfeld und hielt eine Wechselfestplatte hoch. „Hier sind die Aufnahmen sämtlicher Videokameras drauf, die an dem Tag im Einsatz waren."

„Pommes rot-weiß?"

„Unbedingt."

36

Alle nennen dich ‚blondes Engelchen'. Dabei hast du noch kaum Haare auf deinem schrumpeligen, viel zu großen Kopf. Von der ersten Minute an hab ich dich nicht gemocht. Wie du in deinem Bettchen liegst. So selbstgefällig und fett. Wenn du mal die Augen aufmachst, strampelst du nur nichtsnutzig mit den Beinen. Und dann geht das Geschrei wieder los. Dich hört man im ganzen Haus, sogar von draußen aus dem Hof. Du brüllst, als würde dich jemand an den Beinchen packen und gegen die Wand werfen. Aber es ist nichts. Du hast nie einen Grund. Vielleicht hast du manchmal Hunger, aber du wirst ständig mit Essen vollgestopft, dass mir beim Zugucken schlecht wird. Meistens isst du nur die Hälfte. Der Rest läuft dir aus dem Mund und kleckert dein Lätzchen voll. Mich wundert, dass du bei all dem Brei noch nicht festgeklebt bist.

Jetzt schläfst du. Du lutschst am Daumen. Wir sind ganz allein hier. Niemand da, der auf dich aufpasst. Ganz vorsichtig zieh ich dir das Kissen unterm Kopf weg. Du bewegst dich ein bisschen. Und der dicke Daumen rutscht dir aus dem Mund. Sabber bleibt dran hängen und zieht sich über die Bettdecke. Ich lächle, als ich dir das Kissen aufs Gesicht drücke. Erst merkst du nichts, dann fängst du an zu zappeln. Das Kissen ist so dick, dass kein Laut zu hören ist. Spüre, wie du schwächer wirst. Im letzten Augenblick überleg ich's mir anders: Ich zieh das Kissen von dir weg. Dein Gesicht ist ganz blau, aber du atmest noch. Leg das Kissen wieder an seinen Platz zurück und betrachte dich noch eine Weile von oben. Dann flüster ich dir ins Ohr: Nimm dich in Acht, mein blondes Engelchen, ich kann jede Nacht zu dir zurückkommen.

37

Achim Noack schüttelte sein Handgelenk und warf einen Blick auf seine Armbanduhr. Die Pressekonferenz im Polizeipräsidium würde in knapp drei Minuten beginnen. Die Stuhlreihen rechts und links vor dem dunklen Holzpodest, auf dem vier weiße Konferenztische nebeneinanderstanden, hatten sich bereits gut gefüllt. In der Flucht dazwischen waren fünf Fernsehkameras postiert, hinter denen mehrere Kameraleute und Assistenten standen und die letzten Vorbereitungen für die Liveübertragung trafen. Mindestens ein Dutzend Kabel schlängelte sich wie Adern sternförmig aus dem Zuschauerraum über das Stäbchenparkett hoch zum Podium und mündete in eine bunte Auswahl von Mikrofonen verschiedener Fernseh- und Radiosender.

Hirschfeld und Kirchhoff saßen in der letzten Reihe und warteten wie die anwesenden Journalisten darauf, dass Noack die Pressekonferenz eröffnete.

„Jens sieht ganz schön angeschlagen aus", sagte Hirschfeld leise in Kirchhoffs Richtung.

Schröder nahm gerade neben dem Leiter des KK 11 auf dem Podium Platz. Während Noacks weißer Haarschopf einen starken Kontrast zu der weinrot gestrichenen Wand hinter ihnen bildete, schien Schröder sich der Wandfarbe anzupassen. Sein Gesicht glühte. Hirschfeld war sicher, dass Schröder hohes Fieber hatte und seit gestern ins Bett gehörte. Doch seit dem Fund der zweiten Leiche am Rheinufer hatten sich alle ermittelnden Beamten der MK wenig Schlaf gegönnt. Schröder bildete da keine Ausnahme.

„Jens ist ein Beißer", erwiderte Kirchhoff. „Ihm müsste schon ein Arm abfallen, ehe er sich krankmeldet."

In diesem Moment betrat Beus den Raum und lief zielstrebig auf das Podest zu. Der Staatsanwalt trug einen seiner maßgeschneiderten dunklen Anzüge. Noack und Schröder, die in ihren Sakkos vom Vortag neben Beus noch zerknitterter wirkten, standen auf und reichten ihm nacheinander die Hand. Als sie sich setzten, verebbte das Stimmengewirr, das den Raum erfüllte. Noack nahm einen letzten Schluck Kaffee und hustete kurz in die hohle Hand.

„Meine sehr verehrten Damen und Herren, ich darf Sie an diesem Nachmittag im Polizeipräsidium Bonn begrüßen", begann der Leiter des KK 11 mit seiner kratzigen Bassstimme. „Ein besonders tragischer Anlass hat uns heute hier zusammengeführt. Wir alle stehen noch unter dem Eindruck der Ereignisse, die wenige Tage und ja auch noch keine 24 Stunden zurückliegen."

Staatsanwalt Beus rückte das Namensschild vor ihm auf dem Tisch zurecht, während der Erste Kriminalhauptkommissar mit seiner Einleitung fortfuhr:

„Wir haben es hier mit einem kaltblütigen Mord an zwei unschuldigen jungen Frauen zu tun. Bevor wir beginnen, möchte ich, auch im Namen meiner Kollegen, den Angehörigen der Opfer mein tiefstes Beileid aussprechen."

Die Blitzlichter einiger Fotokameras flammten auf.

„Wir werden Ihnen, natürlich unter Berücksichtigung der kriminaltaktischen Aspekte, mitteilen, was wir zum jetzigen Zeitpunkt wissen. Ausgangspunkt ist der Fund von zwei Leichen, die in unmittelbarer Nähe zueinander am Rheinufer abgelegt worden sind. Das Bonner Polizeipräsidium als Tatortbehörde, die Staatsanwaltschaft Bonn, die heute von Herrn Boris Beus vertreten wird, sowie das Landeskriminalamt Nordrhein-Westfalen haben die Ermittlungen aufgenommen. Aktuell betreiben wir noch eine sehr aufwendige und zeitintensive Spurensicherung am Rhein, um beweiserhebliche Spuren zu sichern. Wir sind jedoch zuversichtlich, dass der Erkennungsdienst seine Arbeit im Verlaufe des Tages abschließen kann. Wir haben noch nicht auf alles eine Antwort, bemühen uns jedoch, Ihre Fragen so gut es geht zu beantworten. Ich bitte jedoch zu bedenken, dass wir hierbei deutlich zwischen Spekulation und Information unterscheiden müssen."

Weiteres Blitzlichtgewitter, dann führte Noack weiter aus:

„Kriminalhauptkommissar Schröder zu meiner Linken wird Ihnen als MK-Leiter einen kurzen Abriss der Ereignisse geben. Staatsanwalt Beus wird die Ausführungen an der einen oder anderen Stelle ergänzen. Im Anschluss daran stehen wir Ihnen für Fragen zu Verfügung."

„Vielen Dank, Achim", ergriff Jens Schröder das Wort. „Als Erstes möchte ich festhalten, dass wir es mit einem sehr komplexen Geschehen zu tun haben, das wir zu bewerten und bearbeiten haben. Zum jetzigen Zeitpunkt können wir nicht bei jedem Detail in die Tiefe gehen, einige Aussagen müssen wir – zumindest in Teilen – unter Vorbehalt treffen. Ich bitte daher um Ihre Nachsicht."

Schröder nahm einen Schluck Wasser, bevor er weitersprach:

„Gut, bevor ich zu den Einzelheiten komme, ein paar Worte zu den Opfern: Die jungen Frauen waren beide Anfang 20, die eine 21 Jahre, die andere 24 Jahre alt, und im Bonner Stadtgebiet wohnhaft. Nach dem derzeitigen Stand der Ermittlungen besteht zwischen den Frauen keine direkte Verbindung – soweit wir wissen, kannten sich die beiden nicht, sie sind sich weder in der Schule noch in der Universität oder bei ihren Freizeitaktivitäten begegnet. Da wir die Leichen in unmittelbarer Nähe zueinander aufgefunden haben, müssen wir annehmen, dass es sich um ein und denselben Täter handelt."

Schröder legte eine kurze Pause ein, um seinen Worten mehr Gewicht zu verleihen, dann sagte er:

„Bei meinen weiteren Ausführungen möchte ich mich zunächst dem ersten Opfer widmen, dessen Leiche wir zeitlich gesehen jedoch erst nach dem zweiten Opfer aufgefunden haben. Am 30. September des vergangenen Jahres verschwand Lena Z. während oder nach einer Beerdigungsfeierlichkeit in Siegburg. Die Eltern hatten noch am selben Tag eine Vermisstenanzeige aufgegeben. Die daraufhin eingeleitete Fahndung blieb bis zum gestrigen Tag ergebnislos."

Hirschfeld dachte an die Akte zu Lena Zimmermann, die ihn schließlich auf den zweiten Leichenfundort gestoßen hatte. Die damaligen Ermittler hatten jede Möglichkeit in Betracht gezogen: von einem klassischen Ausreißen über Selbstmord bis hin zu einem Gewaltverbrechen. In den Akten war auch der Name eines Nachbarn gefallen, der zu Beginn der Ermittlungen unter Tatverdacht gestanden hatte: Jörg Winkler, 47 Jahre. Er besaß ein Fotostudio in Siegburg und hatte Lena über einige Wochen bedrängt. Die Ermittlungen gegen Winkler waren eingestellt worden, denn für die fragliche Tatzeit hatte er ein wasserdichtes Alibi vorweisen können.

„Die Obduktion der Leiche wurde heute Morgen im Rechtsmedizinischen Institut durchgeführt. Da wir bereits eine starke Vermutung hatten, um wen es sich bei der Toten handeln könnte, bereitete die Identifizierung über einen Gebissabgleich keinerlei Schwierigkeiten mehr."

Der Anblick der stark verwesten und zum Teil skelettierten Leiche hatte Hirschfeld und Kirchhoff am Morgen allerdings mehr abverlangt als bei der Obduktion von Susanne Bach. Da die Tote über mehrere Monate unter der Erde gelegen hatte, war die Haut an manchen Stellen ausgetrocknet und hatte sich ledrig braun verfärbt. Eine Identifizierung hatten sie den Eltern von Lena erspart, da durch den Fäulnisprozess nicht mehr viel von ihrem Gesicht übrig geblieben war. Das Fleisch über dem Mund der Toten hatte sich so weit zurückgezogen, dass es aussah, als würde sie einen letzten Hilferuf in die Welt schicken.

„In Bezug auf den Todeszeitpunkt können wir keine klaren Aussagen treffen. Fest steht allerdings, dass Lena Z. bereits seit mehreren Monaten tot ist."

Dieser Umstand, ging es Hirschfeld durch den Kopf, war jedoch kein Trost für Lenas Eltern, die Schröder am Vormittag persönlich vom Tod ihrer Tochter in Kenntnis gesetzt hatte. Der sonst so gut gelaunte Leiter der MK war nach seiner Rückkehr ungewohnt still gewesen und hatte sich erst einmal für ein paar Minuten in sein Büro zurückgezogen.

„Kommen wir nun zum zweiten Opfer, das in der Nacht zu Aschermittwoch aufgefunden wurde: Susanne B. hatte über die Karnevalstage eine Kurzreise in die Eifel geplant, um sich in der Abgeschiedenheit auf ihre anstehende Magisterarbeit vorzubereiten. Ihre Spur verliert sich am Vorabend zu Weiberfastnacht. Gegen 18.30 Uhr hat Susanne B. das Einkaufszentrum Am Weidenbach in Beuel-Pützchen verlassen. Laut Kassensystem hat die junge Frau sich mit Lebensmitteln und Toilettenartikeln eingedeckt. Darüber hinaus hat sie eine gelbe Regenjacke der Marke EMDEN gekauft. Uns liegen inzwischen vom fraglichen Tag Videoüberwachungsaufnahmen aus dem Supermarkt vor, auf denen Susanne B. zu sehen ist."

Hirschfeld und Kirchhoff hatten sich die Dateien vor der Pressekonferenz angeschaut, jedoch nichts Ungewöhnliches feststellen können. Ebenso enttäuschend war die Auswertung der Dateien, die die KTU am Vortag auf dem Laptop von Susanne Bach sichergestellt hatte.

„Zeugenaussagen zufolge ist sie mit ihrem blauen Audi 100 mit dem amtlichen Kennzeichen BN-SB-787 zum Supermarkt aufgebrochen. Das Fahrzeug konnte bisher nicht sichergestellt werden und ist seit dem Wochenende zur Fahndung ausgeschrieben."

Im Zuschauerraum hüstelte jemand. Schröder war hoch konzentriert. Wie nicht anders zu erwarten gewesen war, hatte sich der Leiter der Mordkommission gut auf die Pressekonferenz vorbereitet. Er sprach mit sicherer Stimme und warf nur hier und da einen kurzen Blick auf seine Notizen. Sein Fieber schien er dabei vollkommen vergessen zu haben.

„Ich möchte noch kurz etwas zur Auffindesituation der Leichen sagen: Beim Ereignisort handelt es sich um einen Grünstreifen der Rheinpromenade auf Höhe des Römerbads. Das zweite Opfer, Susanne B., wurde zufällig von Passanten, die sich nach einer Nubbelverbrennnng am Rhein auf den Heimweg gemacht hatten, entdeckt. Nach unseren bisherigen Erkenntnissen können wir davon ausgehen, dass wir es hierbei nur mit dem Fundort, jedoch nicht mit dem Tatort zu tun haben. In beiden Fällen zielte das Verhalten des oder der Täter auf die Beseitigung der Leiche ab."

Jens Schröder ließ seinen Blick durch die Reihen schweifen, um dann zum nächsten wichtigen Punkt zu kommen:

„Bei der Obduktion von Susanne B. konnte Täter-DNA sichergestellt werden. Die Rede ist hier von kleinsten Hautpartikeln, die unter den Fingernägeln des Opfers hafteten. Nach einem Schnelltest und dem sich daran anschließenden Abgleich mit der DNA-Analyse-Datei des Bundeskriminalamtes konnten wir zu unserem Bedauern jedoch keine Übereinstimmung mit bereits registrierten genetischen Fingerabdrücken feststellen."

Ein Raunen ging durch den Saal. Schröder hatte sich im Vorfeld nach Abwägung aller ermittlungstaktischen Fragestellungen dazu entschieden, diese Information preiszugeben. Dies würde zwei Dinge zur Folge haben: Wenn der Mörder die Berichterstattung verfolgte, wusste er jetzt, dass sie inzwischen auch die Leiche von Lena Zimmermann entdeckt und mit dem Mord an Susanne Bach in Verbindung gebracht hatten. Ihm musste jedoch auch klar sein, dass die Kripo bislang nichts gegen ihn in der Hand hatte. Das konnte bewirken, dass er sich zurückzog und für immer in der Versenkung verschwand oder sich nun so sicher fühlte, dass er vor weiteren Morden nicht mehr zurückschreckte. Hirschfeld konnte sich nicht entscheiden, welche Variante ihm größeres Unbehagen bereitete, denn entweder blieben die Morde an Lena und Susanne ungesühnt oder der Täter tötete weiter, bis sie ihn festnahmen.

38

Rühr mit meinem Löffel in der Suppe. Das Silber kratzt übers Porzellan und fängt an zu singen. Fettaugen schwimmen obendrauf und wirbeln herum. Wumm. Wumm. Wumm. Muss immer wieder zur Wand gucken. Seit heute hängt da ein Bild. Sie leitet das Haus, in dem wir wohnen. Wie sie aussieht. Fast, als wäre sie schon tot. Mit dem schwarzen Kleid und dem hohen Kragen. Der Hals verschwindet ganz da drin. Seh mir ihre Hände an. Liegen in ihrem Schoß und sind ganz sehnig und dünn. Wie Papier, aber trotzdem kräftig. Scharfe Krallen. Sie hat die Haare zurückgekämmt. Ganz eng am Kopf. Wenn ich in ihre Augen schau, bekomm ich Angst. Sie starrt in meine Richtung. Dreh mich um, aber da ist niemand hinter mir. Mein Blick wandert langsam zurück. Tu so, als würd ich weiteressen. Dabei merk ich ganz genau, dass die Alte mich beobachtet. Die ganze Zeit. Kann nichts dagegen machen. Egal, wohin ich mich dreh, sie schaut auf mich runter. Wart nur drauf, dass sie blinzelt. Aber ihr Gesicht bewegt sich nicht. Ist hart wie Stein. Nur ihre Augen sind lebendig. Und sehen direkt in meinen Kopf.

39

„Gesichert ist nach der Untersuchung des Erbmaterials einzig und allein die Tatsache, dass es sich um einen männlichen Täter handelt“, fuhr Jens Schröder fort. „Bis dato haben wir noch keinen Tatverdächtigen ermitteln können. Wir haben seit Veilchendienstag zahlreiche Zeugen befragt. Die Aussagen werden derzeit noch ausgewertet. Aber ich bin mir sicher, dass wir noch nicht alle Zeugen ausfindig gemacht haben, die Angaben machen könnten. Gerade weil wir bislang nur wenige Anhaltspunkte zum Tatgeschehen haben, sind wir dringend auf Hinweise aus der Bevölkerung angewiesen. Zu diesem Zweck haben wir ein Call-Center eingerichtet, das ab sofort besetzt ist. Internetnutzer können sich auch über die Homepage der Polizei Bonn an uns wenden.“

Schröder diktierte Rufnummer und Internetadresse. Das emsige Kratzen der Kugelschreiber und Bleistifte, die über die Schreibblöcke auf den Schößen der Journalisten flogen, war deutlich zu hören.

„Ich wäre Ihnen, meine sehr verehrten Damen und Herren, als Vertreter der Presse sehr verbunden, wenn Sie diese Information weitergeben könnten, da wir – wie gesagt – davon ausgehen, dass es Zeugen gibt, die sich noch nicht bei uns gemeldet haben. Besonders interessant sind in unseren Fällen drei relevante Zeiträume: zum einen das Verschwinden von Lena Z. und Susanne B., zum anderen natürlich auch die Nacht, in der die Leiche des zweiten Opfers am Rhein abgelegt worden ist.“

Der Leiter der MK bedeutete dem Staatsanwalt mit einem Nicken, dass er seinen Vortrag beendet hatte. Beus räusperte sich und kam Schröders Aufforderung ohne Umschweife nach:

„Vielen Dank, Herr Schröder, für diese ausführliche Zusammenfassung. Ihrer Sachdarstellung ist kaum etwas hinzuzufügen. Ich will nur ergänzen, dass auch die Staatsanwaltschaft Bonn unter Leitung von Oberstaatsanwältin Albrecht ihr Möglichstes tut, um das KK 11 bei seinen Ermittlungen zu unterstützen und insbesondere, was das Strafrechtliche anbelangt, voranzutreiben. Es ist nicht hinnehmbar, dass zwei unschuldige junge Frauen ihr Leben verloren haben. Aus diesem Anlass haben wir die Personalstärke erhöht, um mit starken Kräften die Hintergründe dieser Taten aufklären sowie Nachfolgetaten durch präventive Maßnahmen verhindern zu können."

Die Mordkommission war seit den gestrigen Ereignissen verdoppelt worden, sodass nun 30 Kripobeamte gleichzeitig an dem Fall arbeiteten.

„Nichtsdestoweniger sind wir alle auf Hilfe angewiesen", erklärte Beus. „Aus diesem Grund haben wir eine Belohnung in Höhe von 10.000 Euro ausgesetzt für den Fall, dass ein Hinweisgeber eine treffende Aussage machen kann."

„Wie hoch ist die Belohnung?", fragte ein Zwischenrufer nach.

Beus wiederholte den Betrag und fügte hinzu:

„Diese Belohnung wird ausgezahlt, wenn der Hinweis zur Ergreifung des Täters führt. Abschließend möchte ich noch anmerken, dass wir die Telefonnummer, die Herr Schröder verlesen hat, selbstverständlich auch noch einmal schriftlich an die Medien herausgeben werden. Eine knappe, provisorische Pressemitteilung, die auch noch einmal alle Daten zu den relevanten Zeiträumen beinhalten wird, verbreiten wir zeitnah über die entsprechenden Kanäle. Außerdem werden wir der Öffentlichkeit Ausschnitte aus den Aufnahmen der Videoüberwachung des Supermarktes, in dem Susanne B. aller Wahrscheinlichkeit nach zuletzt gesehen worden ist, im Internet zur Verfügung stellen. Ich denke, das ist zunächst einmal alles, was wir im Moment tun können."

Achim Noack nickte zustimmend, dann war es wieder an ihm, sich an die Journalisten zu richten:

„Sie haben jetzt die Gelegenheit, Ihre Fragen zu stellen. Ich bitte noch einmal um Rücksichtnahme, da der zweite Leichenfund noch nicht einmal einen Tag zurückliegt. Aussagen, die ins Spekulative gehen, werden wir nicht machen. Zudem werden wir gewisse Informationen aus taktischen Gründen zurückhalten. Vielen Dank."

„Gibt es bereits Anhaltspunkte, was die Todesursache anbelangt?", meldete sich eine junge Reporterin, die zwei Plätze neben Hirschfeld saß, zu Wort.

„Ja, darüber möchten wir allerdings keine Auskunft geben, da es sich dabei um Täterwissen handelt. Ich kann Ihnen nur versichern, dass die Todesursache in beiden Fällen geklärt ist."

Obwohl sich die Leiche von Lena Zimmermann in einem fortgeschrittenen Verwesungszustand befand, war es Professor Stein am Morgen gelungen, die Tötungsart zweifelsfrei festzustellen. Ebenso wie Susanne Bach war Lena erstickt worden.

„Wurden die jungen Frauen vergewaltigt?", setzte die Reporterin nach, während sie sich eifrig Notizen machte.

„Auch dazu werden wir keinerlei Angaben machen."

„Sie haben bisher noch nicht über das Motiv gesprochen", mischte sich ein Journalist mit fettigen blonden Haaren in der ersten Reihe ein.

„Das ist richtig", antwortete Schröder. „Dazu haben wir zu wenig Informationen, als dass wir darüber Auskunft geben könnten."

„Handelt es sich vielleicht um eine Beziehungstat?", ließ der Journalist nicht locker.

„Ich kann mich nur wiederholen: Zum Motiv können wir noch nichts Konkretes sagen. Wir möchten den Fall seriös aufklären, alles andere wäre reine Spekulation."

„Wie sind Sie auf die Verbindung zwischen den beiden Opfern gestoßen? Wenn ich Sie richtig verstanden habe, liegt der erste Mord bereits mehrere Monate zurück. Warum wurde die Leiche des ersten Mädchens erst jetzt gefunden?"

„Dank des kriminalistischen Spürsinns eines unserer Ermittler ist es gelungen, die beiden Fälle in einen Zusammenhang zu setzen", gab Noack zurück und lächelte vage in Hirschfelds Richtung.

Einigen Journalisten war diese Geste nicht entgangen. Sie drehten sich um und Hirschfeld tat schleunigst so, als fühle er sich nicht angesprochen.

„Wollen Sie damit andeuten, dass es sich um die Zufallsentdeckung eines einzelnen Beamten handelt?", rief ein hagerer Glatzkopf dazwischen.

Der Ruhm war nur von kurzer Dauer, dachte Hirschfeld und rutschte tiefer in seinen Sitz.

„Das ist eine Unterstellung", entgegnete Noack in einem betont sachlichen Tonfall. „Die Ermittlungen einer Mordkommission beruhen immer auf Teamarbeit. Jeder einzelne Beamte und jede einzelne Beamtin tun alles, um dem Täter auf die Spur zu kommen. Im vorliegenden Fall ist einer unserer Kriminalhauptkommissare einem Detail nachgegangen, das zu diesem Ermittlungserfolg geführt hat."

Das Jesus-Medaillon war die Verbindung zwischen den beiden Fällen, so viel stand fest. Die kriminaltechnische Untersuchung hatte sie bei der Suche nach dem Täter allerdings keinen Schritt weitergebracht. Neben Fingerabdrücken von Susanne Bach und einem Teilabdruck von Lena Zimmermann befanden sich keine weiteren verwertbaren Spuren darauf.

„Die nächste Frage, bitte!"

„Erwarten Sie weitere Morde?", folgte eine ältere Dame in einem grauen Wollkostüm Noacks Aufforderung.

„Darauf habe ich keine eindeutige Antwort", musste der Leiter des KK 11 eingestehen und fuhr sich mit der Rechten durch die grauen Haare.

Dieser Punkt hatte Hirschfeld bereits die halbe Nacht gekostet. Bei zwei Morden mit einem ähnlichen Modus operandi und derselben Handschrift lag die Vermutung nahe, dass es sich um den Beginn einer Serie handelte. Erfahrungsgemäß verkürzten sich die Abstände, die sogenannten Abkühlungsphasen, zwischen den Morden. Wenn dies auch auf ihren Fall zutraf, mussten sie schleunigst Ergebnisse liefern.

Der Vibrationsalarm seines Handys riss Hirschfeld aus seinen Gedanken: ein Anruf von Jo. Er drückte die Ablehnen-Taste. Seine Schwester würde sich noch ein wenig gedulden müssen, bis er sie zurückrufen konnte.

40

Ich weiß, dass sie mich nicht nur im Speisesaal beobachtet. Sie hat ihre Augen überall. Die schwarzen Flecken an der Wand sind ihre Spione. Manchmal wandern sie über die Tapete und folgen mir in jedes Zimmer. Dann werden sie immer größer, verschlucken mich fast. Hab grad wieder einen Fleck entdeckt. Ist mir bis zur Schule hinterhergekommen. Er sitzt oben an der Decke und drückt sich in die Ecke. Schließ die Augen, will nicht mehr hier sein. Als ich wieder hinseh, ist er weg! Vielleicht hab ich mich geirrt und sie lassen mich heute in Ruhe. Aber so weit sind sie noch nie gegangen. Da! Da ist er wieder! Er hat es bis zur Fußleiste geschafft und kriecht über den Linoleumboden. Die anderen Kinder sehen ihn nicht. Sie müssen sich auch nicht fürchten, denn er hat es bloß auf mich abgesehen. Jetzt sind es nur noch wenige Zentimeter bis zu meinen Schuhen. Halt es nicht mehr länger aus. So kann es nicht weitergehen! Wenn er mich kriegt, bekomm ich die Schwarze Pest. Dann lande ich in der Hölle und bin für immer verloren. Lass den Bleistift fallen und heb die Hand. Die Lehrerin lässt mich aufstehen. Ich schau auf den Boden, während ich zwischen den Tischreihen zur Tür geh. Gleich hab ich's geschafft. Als ich auf dem Flur bin, fang ich an zu rennen. Dreh mich immer wieder um. Der schwarze Fleck ist mir dicht auf den Fersen. In meinem Brustkorb brennt es. Ich lauf weiter und bleib erst bei den Toiletten stehen. Reiß die Tür auf und öffne hastig eine der Kabinen. Dann schließ ich ab, weiß aber, dass mir das nichts helfen wird. Schon seh ich einen schwarzen Schatten unter der Tür. Ich klapp den Klodeckel runter und spring auf die Toilette. Kann den Fleck jetzt sehen. Er verschwindet unter dem Rand der Kloschüssel. Gleich hat er mich! Mein Herz schlägt wie wild. Bekomm kaum noch Luft. Mach meinen Gürtel auf und reiß ihn aus der Hose. Dann zieh ich das Ende durch die Schnalle. Meine Hände zittern, als ich mir die Schlaufe um den Hals lege. Muss mich auf die Zehenspitzen stellen, damit ich an den Spülkasten über mir komme. Der Fleck hat es bis zum Deckel geschafft. Schnell knote ich das Gürtelende fest und lass mich fallen. Ein Ruck geht durch meinen Körper. Fang an zu röcheln. Mir wird schwarz vor Augen. Bevor ich weg bin, spür ich, wie eine Hand nach mir greift. Bitte! Lasst mich sterben!

41

„Muss das Schwimmbad ausgerechnet mittwochs geöffnet haben?", beschwerte sich Kirchhoff.

Der Kriminalhauptkommissar stand mit hochgezogenen Schultern vor dem Eingang des Frankenbads und bedachte Hirschfeld mit einem vorwurfsvollen Blick.

„Es gibt Schlimmeres", erwiderte Hirschfeld und dachte an ihren Vormittag, an die alleinerziehende Mutter in ihrer Zweizimmerwohnung am Stadtrand, in der Schimmel die Tapeten von der Wand schälte, an die müden Gesichter der drei Kinder und den Husten, der ihre kleinen Körper regelmäßig schüttelte.

Auf richterlichen Beschluss hatte das Einkaufszentrum, in dem Susanne Bach zuletzt gesehen worden war, die Liste der

Kunden herausgegeben, die sich zum fraglichen Zeitpunkt mit ihr im Supermarkt aufgehalten hatten. Es war reine Routinearbeit gewesen, den Personen auf der EC-Kartenabrechnung eine Adresse zuzuordnen. Seit dem Morgen waren mehrere Beamte der MK Rheinufer damit beschäftigt, die Zeugen zu befragen. Hirschfeld und Kirchhoff hatten die Personen übernommen, die in den sozial schwächeren Stadtbezirken lebten. Bei Werner Krause hatten sie allerdings erfolglos gegen die Wohnungstür geklopft. Im Gegensatz zu den meisten Zeugen auf ihrer Liste ging der Mann einer geregelten Arbeit nach. Eine neugierige Nachbarin hatte den beiden Kriminalhauptkommissaren verraten, wo sie Krause finden würden.

„Wohl noch nie Fußpilz gehabt?", knurrte Kirchhoff.

Er schüttelte den Kopf und stieg die Stufen zum Eingang des grauen Kastens aus Beton und Glas hoch.

„Das lässt tief blicken", flachste Hirschfeld.

Dann warf er seine glimmende Zigarette weg und folgte seinem Partner in die Eingangshalle. Kirchhoff drückte seine Kriminalmarke gegen die Scheibe des Kassenhäuschens, in dem eine gelangweilte Frau Anfang 20 saß. Während sie ihren Kaugummi von einer Backentasche in die andere wandern ließ, wechselte sie ein paar Worte mit Kirchhoff und deutete auf eine Treppe, die hinauf zu den Umkleidekabinen führte. Als Hirschfeld zu ihm aufgeschlossen hatte, murmelte Kirchhoff:

„Wir müssen die Schuhe ausziehen. Als hätte ich es nicht geahnt."

„Na, dann halt schon mal das Desinfektionsspray bereit."

In der Herrenumkleide suchten sie sich einen freien Schrank. Bei den ersten Versuchen fiel das Eineurostück, das Kirchhoff aus seiner Brieftasche gekramt hatte, immer wieder durch. Als sie ein intaktes Schloss ausfindig gemacht hatten, legte Hirschfeld seinen Ulster-Mantel ab und begann, seine *Chucks* aufzuschnüren. Kirchhoff zögerte. Es stand ihm ins Gesicht geschrieben, dass er Hirschfeld das Feld am liebsten allein überlassen hätte. Doch er riss sich zusammen und entledigte sich seines Jacketts, seiner Schuhe und Strümpfe.

„Siehst ein bisschen blass untenrum aus", lächelte Hirschfeld und musterte Kirchhoffs nackte Füße, die ganz offensichtlich lange kein Sonnenlicht mehr gesehen hatten.

Kirchhoff machte eine wegwerfende Handbewegung, faltete in aller Ruhe seine Socken zusammen und legte sie sorgsam in den Spind. Erst dann verriegelte er die Tür und krempelte sich umständlich die Hosenbeine hoch.

„Ist der Herr so weit?", erkundigte sich Hirschfeld, der seine Jeans ebenfalls umgeschlagen hatte.

Kirchhoff überging den Kommentar, rückte sich die Krawatte zurecht und marschierte los. Sie gingen an mehreren Umkleidekabinen vorbei. Hier und da fehlten die Türen.

„Das Schwimmbad hat auch schon mal bessere Zeiten gesehen", bemerkte Hirschfeld.

Als sie die Männerduschen passierten, kam ihnen eine Reinigungskraft entgegen. „Immerhin haben wir uns nicht in der Abteilung geirrt", klang Kirchhoff leicht gereizt und erhöhte das Tempo.

Kurz darauf betraten sie die feucht-warme Schwimmhalle. Es roch nach Chlor und etwas, das Hirschfeld sich lieber nicht ausmalen wollte. Die Glasscheiben, die bis zur Decke reichten, waren beschlagen. Hirschfeld war erleichtert, dass um diese Uhrzeit nur wenig Betrieb im Frankenbad herrschte. Die Schulklassen, die das Bad am Morgen bevölkerten, befanden sich bereits auf dem Heimweg. Nur ein paar Senioren zogen gemächlich ihre Bahnen.

„Da vorne", sagte Kirchhoff und machte Hirschfeld auf einen Mann in weißem Polohemd und Shorts aufmerksam, der mit Adiletten am Beckenrand entlangschlappte.

Er war ungewöhnlich hager und wirkte nicht so, als wäre er der schnellste Schwimmer, wenn es darauf ankam.

„Werner Krause?", rief Kirchhoff, als sie den Mann fast erreicht hatten.

Er drehte sich um und kam ihnen entgegen. Sein strohblonder Pony fiel ihm ins Gesicht. Er hatte einen Schnauzer, der von grauen Haaren durchzogen war, und trug eine Trillerpfeife um den Hals.

„Wie sind Sie hier reingekommen?", empfing er sie nicht gerade freundlich.

Hirschfeld hielt ihm seine Marke vors Gesicht:

„Damit."

Krause legte die Stirn in Falten und verschränkte die Arme vor der Brust.

„Was kann ich für Sie tun?", wollte er wissen, nachdem Hirschfeld sie vorgestellt hatte.

Kirchhoff erklärte ihr Anliegen und gab Krause das Foto von Susanne Bach.

„Ja", erwiderte der Bademeister gedehnt, „an die Kleine kann ich mich erinnern."

Hirschfeld horchte auf. Keine der Personen, die sie bisher befragt hatten, konnte etwas mit dem Bild anfangen.

„Könnten Sie uns Ihre Begegnung bitte näher schildern?"

„Ja, die Kleine ist mir gleich aufgefallen."

Krause hatte offenbar einen Blick für hübsche Frauen. Hirschfeld konnte noch nicht beurteilen, ob ihm gefiel, was er da zu hören bekam.

„Sie ist direkt vor mir in den Supermarkt gegangen", fuhr der Bademeister fort. „Bin ihr durch ein paar Reihen gefolgt, bis sie mich bemerkt hat."

Krauses Geschichte behagte Hirschfeld ganz und gar nicht.

„Und weiter?", meldete sich Kirchhoff zu Wort.

„Nichts weiter. Ich bin ihr dann noch mal an der Kasse begegnet. Bevor ich sie ansprechen konnte, war die Kleine schon verschwunden."

Hirschfeld sah Kirchhoff vielsagend an.

„Wo waren Sie in der Nacht zu Aschermittwoch?", wollte er wissen.

„Ich?“, fragte Krause und ließ den Blick über das Schwimmbecken schweifen.

„Ja, Sie“, erwiderte Kirchhoff und rang um seine Beherrschung.

„Wann genau?“

Der Typ war eiskalt.

„Sagen wir, zwischen 20 Uhr und Mitternacht.“

„Da muss ich kurz überlegen“, entgegnete Krause.

In diesem Moment sprangen drei Jugendliche unter lautem Geschrei vom Beckenrand ins Wasser. Eine paar ältere Damen mit Badehauben aus Gummi kamen ins Schlingern, was für allgemeine Heiterkeit in der Gruppe sorgte. Krause griff nach seiner Trillerpfeife und pfiff die Jungs zur Ordnung. Eine willkommene Gelegenheit, sich ein wenig Zeit zu verschaffen und sich eine Geschichte zurechtzulegen, dachte Hirschfeld und beobachtete den Bademeister genau.

„Jetzt erinnere ich mich“, nahm Krause den Faden wieder auf, als Ruhe im Becken eingekehrt war. Er schien kein bisschen nervös zu sein. „Da war ich beim Kegeln. Von etwa 19 Uhr bis 2 Uhr morgens.“

„Gut“, sagte Hirschfeld. Die Angabe ließ sich überprüfen. „Wo haben Sie gekegelt?“

Krause nannte ihnen eine Kneipe in Tannenbusch. Und die Namen seiner Kegelbrüder. Kirchhoff machte sich Notizen.

„Ist Ihnen am Mittwoch vor Weiberfastnacht sonst noch irgendetwas Ungewöhnliches aufgefallen?“, erkundigte sich Hirschfeld.

„Zum Beispiel?“

„Ist der jungen Frau jemand gefolgt?“

„Außer mir?“, entblößte Krause eine Reihe schiefer Zähne. „Nein, nicht, dass ich wüsste. Ich glaube, dann hätte sie auch einen ziemlichen Aufstand gemacht.“

„Wie kommen Sie darauf?“

„Zu mir hat sie sich immer wieder umgedreht. Sie schien

nicht gerade begeistert zu sein. Dabei wollte ich ja gar nichts von ihr."

Krause grinste süffisant. Was für ein widerlicher Kerl. Hirschfeld nahm sich vor, den Bademeister genauer unter die Lupe zu nehmen. Es würde ihn nicht wundern, wenn er ein paar Anzeigen am Hals hatte.

„Falls Ihnen noch etwas einfallen sollte, melden Sie sich bitte", sagte Hirschfeld und streckte ihm seine Visitenkarte entgegen.

Krause nahm die Karte und verstaute sie in der Brusttasche seines Polohemds.

„Kein Problem, immer zu Diensten, die Herren Kripobeamten", gab er zurück und klopfte dabei mit der flachen Hand auf seine Brust, als würde er einen Eid leisten.

„Der hat nicht zum ersten Mal mit der Polizei gesprochen", brummte Kirchhoff, als sie wieder an ihrem Spind angelangt waren.

„Genau das habe ich auch gedacht, Peter."

42

„Notrufzentrale Polizei Bonn", meldete sich Polizeihauptkommissar Klaus-Jürgen Breitenbach und fixierte einen der vier Monitore vor ihm.

In der Maske des CEBIUS-Einsatzleitsystems erschien die Telefonnummer des Anrufers.

„Ja, Lammers hier, schönen guten Abend", war eine männliche Stimme in der Leitung zu hören. „Ich glaube, bei uns randaliert jemand. Römerstraße 114."

„Was ist passiert?", fragte Breitenbach und ließ die Finger über die Tastatur gleiten.

„Ich habe ein lautes Geräusch gehört. Eine Art Klirren."

„Wie klang das Klirren?", hakte der Polizeihauptkommissar nach, während er die Angaben in das Einsatzprotokoll tippte.

„Nach Glas, ich würde sagen, das war eine ziemlich große Fensterscheibe", entgegnete Lammers. Seine Stimme war jetzt in einen Flüsterton übergegangen.

„Was befindet sich auf Ihrem Grundstück?", wollte Breitenbach wissen und wandte sich dem Bildschirm zu, auf dem die aktiven Einsatzfahrzeuge aufgelistet waren.

„Eine Werkstatt und ein paar Wohnungen im Hinterhaus", flüsterte der Anrufer noch leiser. „Ich nehme an, dass die Scheibe vom Laden eingeschlagen wurde."

„Haben Sie jemanden gesehen?"

„Ja, einen Mann. Ist gerade auf unseren Hof gerannt."

Breitenbach schaute auf die Computeruhr: 18.27 Uhr, eine ungewöhnliche Zeit, um auf ein Grundstück einzubrechen und dabei einen solchen Lärm zu veranstalten. Der Polizeihauptkommissar hatte in seiner bisherigen Laufbahn allerdings schon ganz andere Dinge erlebt.

„Können Sie mir eine Personenbeschreibung geben?"

„Ja."

Lammers beschrieb den Eindringling mit knappen Worten.

„Gut, danke", gab Breitenbach zurück, als der Anrufer geendet hatte. „Bleiben Sie im Haus. Ich schicke einen Wagen raus."

Damit unterbrach der Polizeihauptkommissar die Telefonverbindung und funkte einen Streifenwagen an. Dann lehnte er sich auf seinem schwarzen Drehstuhl zurück und lockerte seine Nackenmuskulatur, indem er die Schultern kreisen ließ.

„Na, Charly, alles klar bei dir?", steckte ein Uniformierter den Kopf durch die Tür zur Leitstelle.

Schichtwechsel. Der Kollege vom Nebentisch stand auf und überließ dem Uniformierten den Platz.

„Ja, nur wieder so ein Verrückter, der auf ein Grundstück eingebrochen ist", gab Breitenbach zurück und richtete seine Aufmerksamkeit wieder auf die Nachrichtensendung, die auf dem dritten Monitor lief. „Wahrscheinlich sturzbetrunken."

„Dabei ist Karneval längst vorbei."

„Haha, sehr witzig", grinste Breitenbach. „Alkoholiker haben das ganze Jahr Saison."

Als der nächste Funkspruch ihn erreichte, gefror sein Lächeln.

43

Kirchhoff beugte sich über die Klingeltafel. Er hatte Mühe, den Namen der Zeugin, die sie am Morgen nicht in ihrer Wohnung angetroffen hatten, zwischen den kleinbedruckten Schildern ausfindig zu machen.

„Mist, ich hätte schwören können, dass die Klingel auf dieser Seite gewesen ist", sagte er missmutig und ließ den Zeigefinger über die äußere rechte Reihe gleiten. In dem Haus, das zu einer heruntergekommenen Wohnsiedlung in Beuel-Ost gehörte, gab es mindestens 120 Mietparteien.

„Ich glaube, die Klingel war auf der anderen Seite."

Hirschfeld trat neben seinen Partner und half beim Suchen.

„Nehmen wir doch so lange diese", sagte er, als er das Klingelschild gefunden hatte, und drückte den Knopf. „Du lässt schwer nach, Peter. Aber in deinem Alter …"

„Nach so einem Tag siehst du auch nicht gerade aus wie der junge Morgen", meinte Kirchhoff, während sie warteten.

Fast gleichzeitig hatten sie einen Schritt zurückgemacht und schauten nach oben. Hinter den meisten Fenstern des Hochhauses brannte Licht.

„Hoffentlich haben wir jetzt mehr Glück."

Hirschfeld nickte. Annelise Janssen war die letzte Zeugin auf ihrer Liste. Bis auf den Bademeister hatte sich niemand an Susanne Bach erinnern können. Mehr als einmal hatte sich ihnen das Gefühl aufgedrängt, ihre Zeit zu vergeuden. Doch als Kripobeamte hatten sie gelernt, jeden Stein umzudrehen, auch wenn die Erfolgsaussichten vergleichsweise gering erschienen. Denn unter irgendeinem Stein lag der Hinweis, der sie letztlich zum Ziel ihrer Ermittlungen führte.

„Ja, bitte?", drang eine weibliche Stimme durch das Knacken der Gegensprechanlage.

„Hier ist Kriminalhauptkommissar Kirchhoff", stellte er sich schnell wieder vor die Klingeltafel. „Ich bin hier mit meinem Kollegen. Dürften wir Sie einen Moment sprechen, Frau Janssen?"

Die Frau schwieg einen Augenblick.

„Kommen Sie rein, achter Stock."

Hirschfeld drückte die Eingangstür auf. Sie betraten den Hausflur und gingen zu den Aufzügen. Auf der Fahrt nach oben verschränkte Kirchhoff die Hände hinter seinem Rücken und starrte seine Schuhspitzen an. Er sah wirklich erschöpft aus, dachte Hirschfeld und beschloss, sich nach ihrem Besuch für die Portion Fritten zu revanchieren, die Kirchhoff ihm vor zwei Tagen am Einkaufszentrum ausgegeben hatte. Als sich die Fahrstuhltür in der achten Etage öffnete, rannten ein paar kreischende Kinder in dicken Anoraks an ihnen vorbei. Sie waren höchstens fünf oder sechs Jahre alt. Ihre Gesichter glühten. Ein kleiner schwarzhaariger Junge, der das Schlusslicht bildete, lachte ihnen zu. In der oberen Zahnreihe fehlten ihm mehrere Milchzähne. Seine Hände waren mit bunten Filzstiftstrichen bemalt. Hirschfeld konnte sich nicht erinnern, wann er das letzte Mal eine solche Unbekümmertheit erlebt hatte.

Sie verließen den Fahrstuhl und machten sich auf die Suche nach dem richtigen Appartement. Als sie das Ende des Gangs fast erreicht hatten, öffnete eine Frau Mitte bis Ende 40 ihre Wohnungstür. Sie hatte strähniges braunes Haar, das sie hinter die Ohren gestrichen hatte. Sie trug einen weißen Polyesterpullover und einen blauen Rock, der sich über ihre Oberschenkel spannte. Ihre Füße steckten in grauen Filzpantoffeln. Auf dem Arm hatte sie eine struppige Promenadenmischung mit braunen Knopfaugen. Der Hund zitterte am ganzen Leib und drückte sich nervös gegen sein Frauchen.

„Frau Janssen?“, fragte Kirchhoff.

Der Hund fing an zu knurren. Die Frau hielt ihm die Schnauze zu und lächelte:

„Kommen Sie nur herein in die gute Stube!“

Kirchhoff und Hirschfeld traten sich auf der abgenutzten Fußmatte, auf der eine Entenfamilie von links nach rechts watschelte, die Schuhe ab. Sie folgten der Frau durch einen schmalen Flur in ein kleines Wohnzimmer, das fast vollständig von einer sonnengelben Polstergarnitur eingenommen wurde. An der Stirnseite des Zimmers drängte sich eine Schrankwand aus Eichefurnier. In einem Fach mit geöffneter Doppeltür stand ein alter Röhrenfernseher, über den ein Zeichentrickfilm flimmerte. Frau Janssen hatte den Ton abgestellt.

„Nehmen Sie doch schon einmal Platz, ich mache uns rasch einen Kaffee“, sagte sie und ließ die beiden Kriminalhauptkommissare allein.

Hirschfeld und Kirchhoff versanken im Polster des schmalen Sofas und hörten, wie ihre Gastgeberin den Hund auf dem Boden absetzte. Seine Krallen kratzten über das Parkett, als er ihr in die Küche folgte.

„Ich weiß nicht, ob ich hier gleich noch mal hochkomme“, sagte Kirchhoff gedämpft und zog ein Häkelkissen unter seinem Gesäß hervor, um es neben der Couch verschwinden zu lassen.

Hirschfeld grinste in seine Richtung und sah sich um. Sein Blick wanderte über eine handgedrechselte Stehlampe aus den 70er-Jahren mit Stoffschirm mit Fransen und blieb an einem gerahmten Ölgemälde hängen. Darauf war ein kristallklarer See zu sehen, der sich an einen Waldhang mit Buchen schmiegte. Sonnenstrahlen brachen durch das Blätterdach und fielen im Hintergrund auf eine Lichtung mit einer grünen Wiese. Schön. Und wahrscheinlich das einzig Wertvolle in diesen vier Wänden. Hirschfeld richtete seine Aufmerksamkeit auf den Zeitschriftenstapel, der vor ihnen auf dem Wohnzimmertisch lag. Er hob einige Hefte und entdeckte ein paar Zeitungsausschnitte. Kochrezepte und mehrere Todesanzeigen, die Hirschfeld flüchtig betrachtete. Sie stammten aus verschiedenen Zeitungen und betrafen alle denselben Todesfall.

„Amerikanischer Präsident mit fünf Buchstaben?“, fragte Kirchhoff, der in einem Kreuzworträtselheft blätterte.

Bevor Hirschfeld etwas erwidern konnte, kehrte Annelise Janssen mit einem bedruckten Kunststofftablett zurück. Darauf standen eine Thermoskanne, drei Kaffeetassen, ein paar Portionsdöschen Kondensmilch, ein zerdrückter Pappkarton Würfelzucker und ein Unterteller mit Plätzchen.

„So, da bin ich wieder“, sagte Frau Janssen und stellte das Tablett auf dem Tisch ab.

Während sie die Tassen verteilte und den Kaffee einschenkte, trippelte ihr Schoßhündchen zu seinem Körbchen, das neben dem Wohnzimmertisch vor der Wand stand, und legte sich zitternd auf das Kissen. Der Hund hatte sich offenbar beruhigt, ließ die beiden Kriminalhauptkommissare jedoch keine Sekunde aus den Augen. Hirschfeld schätzte, dass Frau Janssen keine Genehmigung hatte, das Tier in ihrer Wohnung zu halten.

„Milch und Zucker?“

„Für mich nicht, danke“, antwortete er.

Kirchhoff, der seinen Kaffee normalerweise mit einem Schuss Milch genoss, verzichtete ebenfalls und klappte das Kreuzworträtselheft wieder zu. Als Frau Janssen sich ihnen gegenüber im Sessel niedergelassen hatte, erkundigte sie sich:

„Wer sind Sie gleich noch mal?“

Die Frage klang nicht unfreundlich, dachte Hirschfeld, eher naiv. Annelise Janssen schien nicht oft Besuch zu bekommen.

„Wir sind hier, weil wir Ihnen ein paar Fragen stellen möchten. Möglicherweise sind Sie eine wichtige Zeugin", erklärte Kirchhoff und holte das Foto von Susanne Bach aus seiner Jacketttasche.

Das Hündchen begann wieder zu knurren. Annelise Janssen wies ihren Liebling mit einem kurzen Kommando zurecht. Dann griff sie nach ihrer Lesebrille, die an einer dünnen goldenen Kette um ihren Hals hing, und betrachtete das Bild mit hochgezogenen Augenbrauen durch die Gläser.

„Können Sie sich an den Mittwoch vor Weiberfastnacht erinnern?", erkundigte sich Kirchhoff und nippte an seinem Kaffee.

Frau Janssen musterte immer noch die Fotografie.

„Wie bitte?"

Kirchhoff wiederholte seine Frage und stellte die Tasse vorsichtig auf dem Wohnzimmertisch ab.

„Tja, wissen Sie", erwiderte sie und lächelte entschuldigend. „In meinem Leben passiert nicht viel. Da gleicht so gut wie jeder Tag dem anderen."

„Arbeiten Sie nicht?", wollte Hirschfeld wissen.

Er nahm sich einen Keks. Nach dem ersten Biss bereute er seine Entscheidung, denn das Plätzchen war staubtrocken.

„Nein, ich bin Frührentnerin", entgegnete Frau Janssen und ließ die Fotografie sinken.

Dann nahm sie sich eine Kondensmilch, stach mit dem Daumennagel ein Loch in den Aluminiumdeckel und ließ den Inhalt in ihre Tasse laufen.

„Verstehe", entgegnete Hirschfeld und schob den Rest des Plätzchens in den Mund. Er wollte nicht undankbar erscheinen.

„Wir wissen, dass Sie an diesem Abend im Einkaufszentrum in Pützchen gewesen sind", fuhr Kirchhoff mit der Befragung fort.

„So? Na, wenn Sie es sagen, möchte ich Ihnen mal glauben", entgegnete Frau Janssen und leckte sich den Daumen ab.

„Die junge Frau auf dem Bild war zu diesem Zeitpunkt auch im Supermarkt."

„Aha.“

„Vielleicht ist Sie Ihnen aufgefallen?“

Annelise Janssen blickte auf ihren Schoß, auf dem immer noch Susannes Foto ruhte.

„Nein“, sagte sie schließlich. „Tut mir schrecklich leid. Das Gesicht kommt mir irgendwie bekannt vor, ja, aber ich kann mich beim besten Willen nicht an das Mädchen erinnern. Was ist denn passiert?“

„Wir möchten Sie nicht beunruhigen, Frau Janssen“, begann Kirchhoff.

Die Situation schien ihm aus irgendeinem Grund unangenehm zu sein.

„Schon gut, reden Sie ruhig weiter!“, erwiderte sie und holte ein Stofftaschentuch aus dem Ärmel, das nach 4711 roch, um sich damit den Mund abzutupfen.

„Die junge Frau ist ermordet worden. An dem besagten Abend ist sie nach dem jetzigen Stand unserer Ermittlungen zum letzten Mal lebend gesehen worden.“

„Oh“, sagte Frau Janssen tonlos und hielt in ihrer Bewegung inne. „Das ist ja furchtbar.“

Sie strich sanft mit der Hand über die Fotografie, bevor sie das Bild an Kirchhoff zurückreichte. In der einsetzenden Stille klingelte plötzlich Kirchhoffs Handy. Er entschuldigte sich, griff in seine Jacketttasche und ging an den Apparat.

„Kirchhoff.“

Er hörte schweigend zu. Als er wieder auflegte, wusste Hirschfeld, dass ihr Besuch jetzt zu Ende war.

44

Polizeioberkommissar Andreas Hansen drückte sich tiefer in den Beifahrersitz und warf einen Blick auf seine junge Kollegin. Kristin Maus war Polizeikommissaranwärterin im zweiten Jahr und absolvierte gerade eines ihrer Praktika. In den wenigen Wochen, die Hansen sie kannte, hatte er schnell feststellen können, dass Kristin nicht nur ehrgeizig war, sondern auch einen ausgesprochenen Sturkopf hatte. Gerade hatte sie sich die Autoschlüssel geschnappt und sich kommentarlos hinters Steuer gesetzt.

„Kommst du klar?", erkundigte er sich und trommelte, den Arm unter dem Seitenfenster abgestützt, mit den Fingern auf die Verkleidung. Es machte ihn nervös, dass er nicht fahren konnte.

„Sicher, Andi", gab Kristin zurück und ließ den Streifenwagen rückwärts aus der Parktasche rollen. „Im Übrigen habe ich meinen Führerschein bereits seit drei Jahren."

„Was? Du hast deinen Führerschein mit 15 gemacht?", flachste Hansen.

Kristin Maus fuhr zur Ausfahrt des Parkhauses und zog es vor zu schweigen. Hansen war ein netter Kerl, aber er hatte die unangenehme Angewohnheit, die Mitmenschen in seiner Umgebung kleinzuhalten, wenn es nicht gerade seine Vorgesetzten waren.

„Ist das Fräulein jetzt eingeschnappt?", wollte Hansen wissen, als er keine Antwort bekam. Immerhin hatte ihre Nachtschicht gerade erst begonnen.

Sie hatten inzwischen die Königswinterer Straße erreicht und ließen das hellerleuchtete Bonner Polizeipräsidium hinter sich zurück. Kristin setzte den Blinker, um sich in den Verkehr einzufädeln.

„Hast du was gesagt? Ich hab grad nicht zugehört", erwiderte sie.

„Also, ich meinte …"

Kristin Maus schenkte Hansen einen spöttischen Seitenblick, der ihn sofort verstummen ließ. Dann verlangsamte sie das Tempo und ordnete sich in den Kreisverkehr ein. Wenig später passierten sie die Bahnunterführung und waren fast an der Kreuzung angelangt, als die Ampel auf Rot umschaltete.

Als die junge Polizistin routinemäßig in den Rückspiegel sah, stutzte sie plötzlich.

„Andi, ist das nicht der Audi 100, der zur Fahndung ausgeschrieben ist?", fragte sie, während sie den Wagen hinter ihnen beobachtete.

„Welcher Audi?"

„Na, der von dem toten Mädchen am Rhein."

„Wo?"

„Direkt hinter uns", gab Kristin zurück und senkte die Stimme, als könne sie jemand außerhalb des Streifenwagens hören.

Andreas Hansen sah in den Seitenspiegel. Wenn Kristin Recht hatte, mussten sie sich bedeckt halten. Vielleicht hatte der Fahrer des Wagens sie noch nicht bemerkt, obwohl das nicht sehr wahrscheinlich war.

„Bist du dir sicher, dass der Wagen das richtige Kennzeichen hat?", wollte Hansen wissen.

„Ja, absolut", antwortete Kristin und fixierte weiter den Rückspiegel.

„Wie viele Personen sind im Fahrzeug?"

„Nur der Fahrer", antwortete Kristin Maus.

„Okay, ich fordere Verstärkung an", sagte Hansen und griff nach dem Funkgerät, das in der Mittelkonsole des Wagens steckte.

In diesem Moment wurde die Ampel gelb.

„Mist! Und was soll ich jetzt machen?"

Kristin wurde immer unruhiger. Den heutigen Streifendienst hatte sie sich doch etwas anders vorgestellt.

„UNI für UNI 11/31 kommen", drückte Hansen auf die Sprechtaste. Und in Kristins Richtung: „Fahr zu!"

„UNI hört“, meldete sich die Leitstelle.

Hansen erkannte sofort Charlys Bass und war froh, einen erfahrenen Kollegen am anderen Ende der Funkverbindung zu haben.

„UNI, verdächtiges Fahrzeug auf der Königswinterer Straße, Ecke Sankt Augustiner Straße gesichtet.“

Andreas Hansen gab das Autokennzeichen durch.

„UNI hat verstanden. Wir schicken euch alle verfügbaren Wagen in eurer Nähe.“

Als die Ampel auf Grün sprang, nahm Kristin Maus langsam den Fuß von der Bremse. Die Fahrbahn hatte drei Spuren, zwei davon waren für die Linksabbieger vorgesehen. Sie standen links außen. Der Fahrer des Audis hatte nur zwei Möglichkeiten: Entweder bog er auch ab oder blieb auf der Fahrbahn, um weiter geradeaus zu fahren. Die Wagenkolonne setzte sich in Bewegung. Mit angehaltenem Atem beobachtete Kristin, ob der Audi hinter ihnen blieb. Drei Fahrzeuge warteten noch vor ihnen, zwei …

„UNI 11/31, nennen Sie Ihre genaue Position“, meldete sich die Leitstelle erneut.

Gerade als das dritte Fahrzeug abgebogen war, zog der Audi rechts an ihnen vorbei. Für den Bruchteil einer Sekunde sah der Fahrer zu ihnen herüber.

„Scheiße!“, rief Kristin, riss das Lenkrad herum und trat aufs Gas.

Mit quietschenden Reifen wechselte sie auf die rechte Spur und setzte sich hinter den Audi 100. Hansen war bei dem Manöver in seinen Sitz zurückgeschleudert worden.

„UNI, wir fahren auf der Niederkasseler Straße“, funkte Hansen und klammerte sich mit der Rechten an den Haltegriff, während der Streifenwagen über die Kreuzung schoss.

Die Leitstelle bestätigte die Angabe.

„Musstest du ausgerechnet heute ans Steuer, Kristin?“

Sie fuhren auf die nächste Ampel zu.

„Zu spät für einen Fahrerwechsel“, blaffte die junge Polizistin und schaltete Blaulicht und Sirene an.

Die Tachonadel kletterte auf 130 km/h, als sie mehrere Wagen überholten, die auf den angrenzenden Fahrradweg auswichen und zum Stehen kamen.

Als sie die nächste Kreuzung überfahren hatten, wechselten sich die Häuser rechts und links der Straße mit weiten Feldern ab, die um diese Jahreszeit brachlagen. In der Ferne waren die Lichter der Friedrich-Ebert-Brücke zu sehen.

„Verdammt, der Kerl will auf die Autobahn!“, fluchte Kristin.

„Das hat noch gefehlt“, stöhnte Hansen.

„Hör auf zu jammern, sag mir lieber, was ich machen soll, Andi!“

„Wir müssen aufpassen, dass der Typ nicht vollkommen durchdreht. Wenn er weiter so fährt, haben wir hier bald eine Massenkarambolage.“

Plötzlich tauchte mehrere 100 Meter vor ihnen ein Traktor mit Anhänger auf, der über einen Forstweg auf die Straße einbog. Der Traktorfahrer schien das Martinshorn nicht zu hören, denn er fuhr mit Schritttempo in einem großen Bogen auf die Fahrbahn. Zu spät entdeckte der Landwirt den Audi 100, der auf ihn zuraste. Noch bevor der Anhänger auf der Spur war, gab der Audifahrer Vollgas und steuerte den Wagen auf die Gegenfahrbahn, um dem Traktor auszuweichen. Bremsen quietschten, dann schleuderte ein entgegenkommender Mercedes quer über Fahrbahn und krachte mit dem linken Kotflügel gegen den Trecker. Kristin blieben zwei Sekunden, um zu entscheiden, ob sie anhalten oder das flüchtige Fahrzeug weiter verfolgen sollte. Als sie im Augenwinkel sah, dass der Mercedesfahrer aus seinem Wagen stieg und unverletzt schien, trat sie das Gaspedal durch und preschte rechts an dem Traktor vorbei, um wieder auf die Straße zu fahren.

„Die anderen müssen sich um den Unfall kümmern“, beschied sie Hansen.

Der Polizeioberkommissar nickte nur und informierte erneut die Leitstelle. Sie hatten gerade die Autobahnbrücke unterquert und folgten dem Audi 100 auf die Zufahrt, vor der mehrere Fahrzeuge zum Stehen gekommen waren. Durch das riskante Überholmanöver hatte der Audifahrer einige Meter Vorsprung gewonnen, der jedoch zusehends schwand, da der Streifenwagen deutlich mehr PS unter der Haube hatte.

„Ich möchte wissen, was der Typ vorhat", meinte Kristin, nachdem sie auf der Brücke mehreren Fahrzeugen ausgewichen war und sich direkt hinter den Audi gesetzt hatte.

Nur noch eine Wagenlänge trennte sie jetzt voneinander.

„Wenn er keinen Unfall baut, wird er so lange weiterfahren, bis der Tank leer ist."

„Das sind ja schöne Aussichten."

„Der Kerl hat offenbar nichts zu verlieren", entgegnete Hansen, als sie fast das Ende der Ausfahrt Auerberg erreicht hatten.

Ohne Vorwarnung bremste der Audi scharf und bog in letzter Sekunde in die Abfahrt ein.

„Das hast du dir wohl so gedacht", trat Kristin ebenfalls auf die Bremse und brachte den Streifenwagen schlingernd auf die abschüssige Ausfahrt, an deren Ende mehrere Fahrzeuge vor einer roten Ampel standen.

Die Bremslichter des Audi 100 leuchteten auf. Im nächsten Augenblick blieb der Wagen stehen. Die Fahrertür schwang auf. Kristin bremste. Fast gleichzeitig rissen die beiden Polizisten die Autotüren auf und sprangen aus dem Streifenwagen. Sofort zogen sie ihre Walther P99 aus dem Halfter und sprinteten dem Flüchtenden an den wartenden Fahrzeugen vorbei hinterher.

„Sofort stehen bleiben und die Hände hinter den Kopf!", schrie die junge Polizistin.

Der Audifahrer erstarrte. Sein Brustkorb hob und senkte sich heftig, als er seine Arme langsam hinter dem Kopf verschränkte. Zwei Sekunden später waren die Beamten bei ihm. Während sich das Heulen mehrerer Polizeisirenen der Autobahnausfahrt näherte, überließ Hansen es seiner Kollegin, dem schweigenden Mann die Handschellen anzulegen.

45

Mach die Augen auf. Ganz langsam. Ist alles verschwommen. Wie im Nebel. Bin ich jetzt im Himmel? Mein Mund ist trocken. Die Zunge klebt mir am Gaumen. Versuch zu schlucken, aber der Hals tut mir weh. Ein Gesicht taucht über mir auf. Eine Frau mit einer schwarz-weißen Haube auf dem Kopf. Sie legt den Zeigefinger auf ihre Lippen. Soll nicht sprechen. Kann gar nicht reden. Will auch nicht. Will lieber meine Hände bewegen, aber es geht nicht. Drehe mich zur Seite. Liege in einem fremden Bett. Und meine Hände sind gefesselt! Ich möchte schreien, bekomm aber nur ein Krächzen zustande. Die Frau streichelt mir über den Arm. Sie ist sehr alt. Obwohl sie lächelt, fürchte ich mich vor ihr. Irgendwas hält sie in der Hand. Kann nicht genau erkennen, was es ist. Sie kommt näher damit. Es ist ein durchsichtiges Ding mit einer langen Nadel. Was hat sie vor? Sie redet leise auf mich ein. Ich zieh an meinen Fesseln und werf den Kopf hin und her. Tränen laufen mir übers Gesicht. Dann sticht sie zu.

46

Jens Schröder erwartete Hirschfeld und Kirchhoff bereits im Nebenzimmer in einem der fensterlosen Verhörräume des Bonner Polizeipräsidiums. Die Neonleuchte unter der Decke tauchte den Raum, der nur mit einem weißen Tisch und drei Stühlen auskam, in kaltes Licht.

„Hallo, Jens“, begrüßten sie Schröder, der seinen linken Unterarm auf Augenhöhe gegen die Wand stützte und den Verdächtigen durch die Spiegelscheibe hindurch beobachtete.

„Peter, Lutz“, grüßte er zurück.

„Wissen wir schon, wer er ist?“, wollte Hirschfeld als Erstes wissen.

Nach Schröders Anruf hatten sich die beiden sofort von Annelise Janssen verabschiedet und waren zum Polizeipräsidium aufgebrochen. Die Nachricht, dass der Wagen von Susanne Bach aufgetaucht war, hatte sich schnell herumgesprochen und die Mordkommission in hektische Betriebsamkeit versetzt. Der Audi 100 war bereits abgeschleppt worden und auf dem Weg in die KTU.

„Ja. Anhand seines Führerscheins war es nicht schwer, seine Identität zu klären: Heiko Berg, 30 Jahre alt, wohnhaft in Pützchen, Gelegenheitsarbeiter, zuletzt beschäftigt als Gabelstaplerfahrer bei KAUTEX.“

Hirschfeld zog die Augenbrauen hoch.

„KAUTEX ist ein Automobilzulieferer aus der Region“, klärte Kirchhoff seinen Partner auf.

„Irgendwelche Vorstrafen?“, erkundigte Hirschfeld sich weiter.

„Mehrere an der Zahl“, antwortete Schröder und fuhr sich mit der Hand über seinen grauen Dreitagebart.

„Als da wären?“

„Sachbeschädigung, ein paar Diebstähle und Einbruchsdelikte“, zählte Schröder auf, ohne Heiko Berg aus den Augen zu lassen.

„Also eher die Kategorie Kleinkrimineller“, stellte Hirschfeld fest und nahm den Mann näher in Augenschein:

Berg hatte kurze braune Haare, die er zurückgegelt hatte. Über einem grauen Kapuzensweatshirt trug er eine Jeansjacke, dazu eine tarnfarbene Cargohose und Turnschuhe, bei denen die Schnürsenkel fehlten. Er saß breitbeinig auf seinem Stuhl und hatte seine geballte rechte Hand, die er mit der linken umschloss, vor sich auf den Tisch gelegt. Berg starrte regungslos geradeaus, nur seine Kiefer mahlten.

„Hat er sich schon in irgendeiner Form geäußert?"

„Nein, bisher hat er keinen Ton von sich gegeben."

„Willst du damit sagen, dass er noch nicht einmal nach einem Anwalt verlangt hat?", fragte Hirschfeld ungläubig.

„Ja, so ist es. Dabei haben wir ihn mehrfach über seine Rechte aufgeklärt."

„Ich an seiner Stelle würde auch jede Aussage verweigern", meinte Kirchhoff trocken.

„Vielleicht dringst du zu ihm durch, Lutz", meinte Schröder.

„Dann versuch ich mal mein Glück", nickte Hirschfeld und wandte sich zur Tür.

Auf dem Weg in den Verhörraum überlegte er, wie er am besten vorgehen sollte. Heiko Berg hatte sich vor nicht einmal einer Dreiviertelstunde eine halsbrecherische Verfolgungsjagd mit einem Streifenwagen geleistet. Und dies in einem Fahrzeug, nach dem in einem Mordfall gefahndet wurde. Die Karten standen also äußerst schlecht für den Mann. Als Hirschfeld den Raum betrat, blickte Berg nicht einmal auf.

„Ich bin Kriminalhauptkommissar Lutz Hirschfeld", stellte er sich vor und nahm Berg gegenüber am Tisch Platz.

Berg verzog keine Miene, vermied jedoch jeglichen Augenkontakt mit Hirschfeld.

„Wissen Sie, warum Sie hier sind, Herr Berg?", erkundigte sich Hirschfeld.

Berg schwieg. Hirschfeld ersparte sich die Aufzählung der Delikte, die sich der Mann allein in den vergangenen Stunden hatte zuschulden kommen lassen, und kam gleich zur Sache:

„Das Fahrzeug, in dem Sie fliehen wollten, gehört einer jungen Frau, die vor ein paar Tagen ermordet worden ist."

Der Satz schien in großen Lettern über ihren Köpfen zu schweben. Hirschfeld zog das Bild von Susanne Bach aus der Jacketttasche, das sie auch bei der Zeugenbefragung verwendet hatten, und schob es über den Tisch. Berg fixierte weiterhin einen Punkt hinter Hirschfeld an der Wand. Nur eine Pulsader, die auf seiner linken Schläfe pochte, verriet, dass seine Anspannung stieg.

„Das scheint Sie nicht sonderlich zu berühren“, stellte Hirschfeld fest, stand auf und ging in Richtung Tür.

Das Foto ließ er auf dem Tisch liegen, um Berg genügend Zeit zu lassen, Susannes Gesicht in Ruhe zu betrachten.

„Wenn Sie nicht mit uns sprechen wollen, ist das Ihre Entscheidung, Herr Berg. Ich hätte gerne Ihre Version der Geschichte gehört, aber im Grunde genommen brauchen wir Ihre Aussage nicht einmal“, fuhr er fort und wusste, dass Kirchhoff in diesem Moment auf der anderen Seite des Spiegelfensters zusammenzuckte. „Bevor wir Sie diese Nacht in eine Einzelzelle stecken, werden wir Sie gründlich durchsuchen. Und mit gründlich meine ich auch gründlich. Das kann sehr unangenehm werden, wenn Sie verstehen.“

Hirschfeld hatte die Hand bereits an der Türklinke.

„Dann schicke ich Ihnen einen Arzt, der Ihnen sowohl eine Blut- als auch eine Speichelprobe entnehmen wird“, führte Hirschfeld seinen Gedanken aus und öffnete die Tür. „Wir haben genügend DNA-Material, das wir mit Ihrer Probe vergleichen können.“

„Warten Sie!“, hielt Berg ihn unvermittelt zurück. Seine Stimme klang heiser.

Hirschfeld schloss die Tür wieder und kehrte seelenruhig zum Tisch zurück. Als er wieder vor ihm saß, schaute Berg ihm direkt in die Augen:

„Ich rede. Aber könnte ich vorher eine Zigarette haben?“

47

Weiß nicht, wie lang ich schon hier bin. Kommt mir vor wie eine halbe Ewigkeit. Bin ständig müde, obwohl ich die meiste Zeit schlafe. Dann träum ich von kleinen Hunden und Hühnern ohne Kopf. Wenn ich mal wach bin, bekomm ich gleich wieder eine Spritze. Danach ist mir immer alles egal. Lieg einfach da und starre vor mich hin. Schaff es grad mal, aus dem Fenster zu sehen. Eine Zeit lang war es immer grau draußen. Jetzt wird es heller. Trotzdem ist mir kalt. Mein Körper ist ganz taub vom Nichtstun. Würde am liebsten weg von hier und mit den anderen spielen. Denn niemand besucht mich hier. Bin ganz allein. Nur der Mann am Kreuz ist bei mir. Ich glaub, er mag mich. Manchmal winkt er mir zu. Und passt auf mich auf. Er sieht genauso traurig aus wie ich. Manchmal seh ich, wie ihm rote Tränen aus den Augen laufen. Wundert mich nicht. Er hat Schmerzen. Sein nackter Körper blutet an vielen Stellen. Jemand hat ihm einen Kranz auf den Kopf gesetzt. Mit spitzen Stacheln dran. Schwester Hildegard sagt, dass er für meine Sünden gestorben ist. Das tut mir leid. Dabei hab ich doch gar nichts getan, oder?

48

Hirschfeld griff in seine Jacketttasche, holte seine Packung Zigaretten heraus und öffnete die Schachtel, die er Heiko Berg hinhielt. Berg fingerte sich zitternd eine Zigarette heraus. Hirschfeld gab ihm Feuer und beobachtete, wie Berg heftig daran sog. Seine Augen wanderten unruhig hin und her. Offenbar hatte der Mann erst jetzt begriffen, welcher Verdacht gegen ihn im Raum stand.

„Okay, dann lassen Sie mal hören, Herr Berg", begann Hirschfeld das Verhör.

Zu gerne hätte er auch ein paar Züge genommen. Allerdings herrschte im Polizeipräsidium striktes Rauchverbot. Um Verdächtige zum Reden zu bringen, sahen sie darüber hinweg. Ein vergleichsweise zweifelhaftes Privileg.

„Mit dem Mord an dem Mädchen hab ich nichts zu tun!"

Heiko Berg inhalierte tief, um den Rauch dann wieder zwischen den Lippen herauszupressen.

Hirschfeld musterte Berg ein paar Sekunden, bevor er entgegnete:

„Wie sind Sie zu dem Fahrzeug gekommen, Herr Berg?"

Wenn Heiko Berg die beiden Mädchen ermordet hatte, wollte Hirschfeld ihm die Gelegenheit geben, sich Schritt für Schritt an seine Taten heranzutasten. Verfiel der Verdächtige wieder in Schweigen, nützte er ihnen nicht mehr viel.

„Der Audi?"

„Ja, der Audi."

„Schon gut. Der Wagen ist mir bereits vor ein paar Tagen aufgefallen."

„So?"

„Ja, muss drei, vier Tage her sein", gab Berg zurück und schnippte die abbrennende Glut in Ermangelung eines Aschenbechers auf den Boden.

„Wo stand das Fahrzeug?", ging Hirschfeld auf Bergs Version ein.

„Na, auf der Auguststraße, hinter der Tapetenfabrik in Beuel."

„Und weiter?", war Hirschfeld versucht, mit den Fingern auf den Tisch zu trommeln, hielt sich jedoch zurück.

„Die Karre stand einfach so da."

Das hatten parkende Autos so an sich, dachte Hirschfeld.

„Dann kommen Sie doch mal auf den Punkt, Herr Berg."

Heiko Berg nahm einen weiteren Zug und rieb mit der anderen Hand über seinen Oberschenkel.

„Also, heute Abend dachte ich mir, ich schau mal, was mit dem Wagen ist. Ein Blick durchs Seitenfenster und siehe da: Der Schlüssel steckte. Da bin ich eingestiegen und losgefahren. War eher so eine spontane Sache."

Jetzt wurde Berg richtig redselig.

„Als ich in die Stadt fahren wollte, kam mir dieser Streifenwagen in die Quere. Ich dachte mir, das wird schon gut gehen, aber an der Ampel haben die Bullen mich ins Visier genommen. Da hatte ich einfach 'nen Kurzschluss. Ich bin aufs Gas gestiegen und los. Den Rest kennen Sie ja."

„Sie wollen mir also sagen, dass Sie den Wagen geklaut haben?", fragte Hirschfeld und beugte sich auf seinem Stuhl nach vorne.

„Na, geklaut … Ist Auslegungssache", murmelte Berg trotzig.

Jetzt konnte Hirschfeld seine Ungeduld kaum noch verbergen:

„Herr Berg, bei allem Respekt: Das haben Sie sich doch gerade ausgedacht!"

„Nein, ich hab Ihnen die Wahrheit gesagt, ehrlich!", protestierte Berg.

„Tatsächlich? Ich glaube Ihnen kein Wort!", erwiderte Hirschfeld und zog gleichzeitig in Erwägung, dass Berg tatsächlich dämlich genug sein konnte, das Fahrzeug eines Mordopfers zu stehlen. „Ich sage Ihnen, wie es sich wirklich abgespielt hat: Sie sind am Abend vor Aschermittwoch in Pützchen im Einkaufszentrum gewesen. Dort sind Sie Susanne Bach begegnet."

Hirschfeld tippte mit dem Finger auf das Foto vor ihm.

„Wahrscheinlich hat sie Ihnen einen Korb gegeben", fuhr er fort. „Damit konnten Sie sich nicht abfinden. Deshalb sind Sie ihr auf den Parkplatz gefolgt, haben sie überwältigt und verschleppt. Sie haben ihren Wagen benutzt. Später haben Sie die junge Frau getötet und heute versucht, den Wagen loszuwerden."

Heiko Berg hatte bei jedem Satz heftig mit dem Kopf geschüttelt und auf seiner Unterlippe herumgekaut. Als Hirschfeld geendet hatte, schlug er mit der Faust auf den Tisch und sprang auf, dass sein Stuhl umkippte.

„Sie wollen mir da was anhängen!“, brüllte er.

Sein Kopf war hochrot.

„Setzen Sie sich wieder auf Ihren Platz!“, sagte Hirschfeld bestimmt, der wenig beeindruckt war von Bergs Wutausbruch.

„Ich denke gar nicht daran“, tobte Berg weiter.

Hirschfeld erhob sich ebenfalls von seinem Stuhl und ging zur Tür. Im Augenwinkel sah er, dass Berg eine Bewegung in seine Richtung machte.

„Denken Sie nicht einmal dran, Herr Berg“, sagte Hirschfeld, ohne sich umzudrehen.

Dann drückte er die Klinke herunter und ließ Berg im Verhörraum zurück. Während Hirschfeld hörte, wie der Kerl ihm weitere Verwünschungen hinterherrief, machte sich ein ungutes Gefühl in seiner Magengegend breit. Heiko Berg war nicht ihr Mann. Aber Hirschfeld wusste jetzt, wie der Täter vorgegangen war.

49

Langsam bin ich sicher, dass ich an allem schuld bin. Bin zu nichts nutze. Sie sagen, dass der Teufel in mir steckt. Ich bete jeden Tag, dass er endlich weggeht. Sonntags darf ich jetzt in die Messe. Meine Knie schmerzen, wenn ich auf der harten Holzbank hocke. Aber ich bin dankbar, dass ich endlich rausdarf. Die Gebete kann ich inzwischen auswendig aufsagen. Beim letzten Mal fiel die Sonne durch das Fenster direkt auf meinen Platz. Das war der Finger Gottes, der auf mich gezeigt hat. Ich bin voller Sünde. Wegen mir sterben die Kinder auf der anderen Hälfte der Welt. Dieser Satz ging mir durch den Kopf. Immer wieder und wieder. Wie ein Karussell drehten sich die Worte. Bis mir schlecht wurde und ich umgekippt bin. Jetzt sage ich jeden Tag zehn Vater-Unser und 20 Ave-Maria auf. Und will auch immer artig sein.

50

Hirschfeld fröstelte. Beerdigungen gehörten zu der Sorte Veranstaltungen, von denen er sich fernhielt, wenn es sich vermeiden ließ. An diesem Samstagvormittag gab es jedoch keine Ausreden. Hirschfeld hatte sich mit Kirchhoff auf den Weg zum Bonner Nordfriedhof gemacht, um dem Begräbnis von Susanne Bach beizuwohnen. Seit ihrer Identifizierung war eine knappe Woche vergangen. Von Susannes Mörder fehlte nach wie vor jede Spur. Obwohl Heiko Berg kein Alibi für die mutmaßliche Tatzeit hatte, war das Ergebnis des DNA-Schnelltests eindeutig gewesen: Er hatte zwar ihr Auto gestohlen, Susanne jedoch nicht angerührt. Auch die Fabrikanten und Anwohner der Auguststraße, in der der Täter den Audi 100 nach dem Mord abgestellt hatte, bestätigten die Aussage von Berg. Für die Ermittler der MK war es ein schwacher Trost gewesen, dass sie nun eine Vorstellung davon hatten, wie Susanne überwältigt worden war. Der Täter musste sie auf dem Parkplatz vor dem Einkaufszentrum vor ihrem Wagen angesprochen und in einem Augenblick der Unachtsamkeit in den Kofferraum gestoßen haben. Die kriminaltechnische Untersuchung hatte ergeben, dass sich auf der Innenseite des Deckels mehrere gut erhaltene Handabdrücke von Susanne befanden. Ein trauriges Zeugnis davon, dass sie noch versucht hatte, sich zur Wehr zu setzen.

„Für einen Sitzplatz ist es wohl zu spät“, bemerkte Kirchhoff und deutete auf die Friedhofskapelle, vor der sich eine große Menschentraube gebildet hatte.

Sie hatten das Eingangstor passiert und hielten sich auf dem breiten asphaltierten Hauptweg, der direkt zur Kapelle führte. Die Bäume der Allee, zwischen denen hier und da ein paar verwitterte Grabsteine aus dem späten 19. Jahrhundert aufragten, streckten ihre kahlen Äste in den grauen Himmel. Irgendwo flog ein Vogel auf und entfernte sich mit schnellen Flügelschlägen. Wie Hirschfeld hatte Kirchhoff die Hände tief in den Manteltaschen vergraben. Auf der Fahrt zum Friedhof hatten sie kaum ein Wort miteinander gewechselt, sondern waren ihren eigenen Gedanken nachgehangen.

„Ja, aber so haben wir vielleicht die Trauergäste besser im Blick, ohne allzu sehr aufzufallen", erwiderte Hirschfeld und zog die Schultern hoch.

Es war nicht auszuschließen, dass Susannes Mörder an der Trauerfeier teilnahm. Auf diese Möglichkeit war die Mordkommission vorbereitet. Mehrere Beamte in Zivil befanden sich auf dem Gelände, beobachteten die Ein- und Ausgänge oder notierten sich außerhalb der Friedhofsmauern die Kennzeichen der parkenden Fahrzeuge.

„Bei mehr als 100 Trauergästen wird das keine leichte Aufgabe sein", gab Kirchhoff zurück.

Trotz des hohen Personalaufwands konnte es passieren, dass der Täter unbemerkt blieb, nicht zuletzt aufgrund der Tatsache, dass sie keinerlei Anhaltspunkte hatten, nach wem sie Ausschau halten mussten.

„Da muss ich dir leider Recht geben", meinte Hirschfeld.

Die beiden Kriminalhauptkommissare hatten inzwischen den Vorplatz erreicht und bahnten sich zwischen den schwarz gekleideten Menschen, die sich in kleinen Gruppen leise unterhielten, einen Weg ins Innere der kleinen Kapelle. Es roch nach Wachs und Weihrauch. Wie Kirchhoff vermutet hatte, waren die Bankreihen bis auf den letzten Platz besetzt. Die meisten der Anwesenden hielten die Köpfe gesenkt und warteten darauf, dass die Trauerfeier begann. Wortlos trennten sich Hirschfeld und Kirchhoff am Eingang. Während Kirchhoff über den Seitengang weiter nach vorne ging, trat Hirschfeld direkt neben die Tür und lehnte sich an die kühle Steinmauer. Er sah den Hauptgang hinauf und ließ den Anblick des schmucklosen weißen Sarges mit den sterblichen Überresten von Susanne Bach auf sich wirken. Eine einzelne rote Rose zierte den Deckel. Schwere gusseiserne Kerzenständer, die sich mit schlichten Gestecken aus Efeuranken abwechselten, rahmten den Holzsarg ein. Auf dem schwarz-weiß gemusterten Fliesenboden lag ein in die Jahre gekommener, aber gepflegter Perserteppich, auf dem mehrere Blumenkränze mit farbigen Trauerschleifen standen. Im hinteren Teil der Friedhofskapelle erstreckte sich die sonnengelb gestrichene Apsis. Diffuses Licht fiel durch die drei Buntglasfenster der Nische und unterstrich die düstere Stille, die über der Trauerhalle hing und nur gelegentlich vom unterdrückten Husten der Gäste unterbrochen wurde.

In der ersten Reihe entdeckte Hirschfeld Susannes Eltern. Die Mutter war in sich zusammengesunken und wirkte neben dem massigen Rücken ihres Mannes, der seinen Arm schützend um sie gelegt hatte, noch zerbrechlicher. Obwohl Hirschfeld auf diesen Anblick gefasst war, durchfuhr ihn ein stechender Schmerz in der Herzgegend. Fast auf den Tag genau vor drei Jahren war er derjenige gewesen, der dort vorne Platz genommen hatte. Er erinnerte sich genau an die heißen Tränen seiner Schwester und das ohnmächtige Schweigen seines Vaters, das er erst gebrochen hatte, nachdem sie von der Beerdigung seiner Mutter nach Hause zurückgekehrt waren.

„Entschuldigen Sie, bitte.“

Ein korpulenter, kurzatmiger Mann mittleren Alters schob sich an Hirschfeld vorbei, um sich neben ihn zu stellen. Der Mann verschränkte die Hände vor seinem runden Bauch, der sich mit jedem Atemzug hob und senkte. Sein linker Arm berührte Hirschfeld leicht, der daraufhin zur Seite rückte. Die Enge der Friedhofskapelle, die sich weiter füllte, begann ihm zu schaffen zu machen.

Als ein hagerer Mann in einem schwarzen Zweireiher an das Rednerpult trat, war Hirschfeld erleichtert, dass die Trauerfeier begann. Er trug eine randlose Brille, die er zurechtrückte, bevor er zu sprechen begann. Wer es nicht mehr in die Kapelle geschafft hatte, war vor dem Eingang stehen geblieben und versuchte, den Worten des Mannes von draußen zu folgen. Nach ein paar einleitenden Sätzen, die verrieten, dass er kein Geistlicher war, trug der Redner ein Gedicht von Rainer Maria Rilke vor:

„Der Tod ist groß.“

Hirschfeld ließ den Blick über die Bankreihen schweifen. Links des Mittelgangs saß Florian Richter, der Mitbewohner von Susanne. Sein blonder Lockenkopf stach aus der Menge hervor.

„Wir sind die Seinen / lachenden Munds.“

Der Student saß vornübergebeugt und hatte den Kopf in die Hände gestützt. Sein Oberkörper zitterte. Von seiner Gleichgültigkeit, die er in der WG an den Tag gelegt hatte, war nichts mehr übrig. Hirschfeld wusste aus Erfahrung, dass der Anblick eines Sarges vielen Menschen erst die Endgültigkeit des Todes ins Bewusstsein rief.

„*Wenn wir uns mitten im Leben meinen*“, fuhr der Mann hinterm Rednerpult fort, „*Wagt er zu weinen / mitten in uns.*“

Eine halbe Stunde später kam Bewegung in die Trauergemeinde. Vier Sargträger in schwarzen Anzügen zogen den aufgebahrten Sarg aus der Kapelle. Susannes Eltern folgten dichtauf. Jeder Schritt schien ihnen schwerzufallen. Die Trauernden auf den Bänken erhoben sich von ihren Plätzen und schlossen sich nach und nach dem Zug an. Hirschfeld wartete neben der Tür, bis Kirchhoffs kantiges Gesicht zwischen den Trauernden auftauchte.

„Und?“, wollte Kirchhoff wissen. „Irgendetwas Neues?“

„Nein“, schüttelte Hirschfeld den Kopf und reihte sich neben seinem Partner in die Schlange ein. „Florian Richter ist hier.“

„Ja, der Junge ist mir vorhin auch aufgefallen. Sieht ganz schön mitgenommen aus."

„Ich bin sicher, dass er nichts mit Susannes Tod zu tun hat", entgegnete Hirschfeld.

„Nur weil er den Trauernden gibt?"

Eine ältere Dame mit Hut drehte sich abrupt zu ihnen um. Die Empörung über ihre Unterhaltung stand ihr ins Gesicht geschrieben. Kirchhoff versuchte, sie mit einer Handbewegung zu besänftigen, bewirkte jedoch nur, dass die Frau mit der Spitze ihres Regenschirms auf den Asphaltweg klopfte, bevor sie aufgebracht weiterlief. Hirschfeld und Kirchhoff ließen sich in der Reihe zurückfallen. Nachdem die Dame außer Hörweite war, antwortete Hirschfeld leise:

„Nein, dann müsste Florian Richter schon ein begnadeter Schauspieler sein. Nachdem wir die Leiche von Lena Zimmermann gefunden haben, bin ich allerdings immer überzeugter davon, dass der Täter seine Opfer nicht gekannt hat."

Sie verließen den alten Teil des Friedhofs. Waren die Ruhestätten gerade noch opulent geschmückt, so reihten sich nun einheitliche Grabanlagen mit schlichten Steinplatten oder Holzkreuzen aneinander.

„Verstehe", erwiderte Kirchhoff und legte den Kopf schief.

In diesem Moment geriet der Trauerzug ins Stocken. Offenbar hatte er bereits die Grabstelle erreicht, die für Susanne Bach bestimmt war. Die beiden Hauptkommissare blieben stehen und ließen die Nachzügler vorbei. Hirschfeld beschloss, nicht mehr an der Beisetzung des Sarges teilzunehmen. Er hatte genug gesehen und zweifelte plötzlich daran, dass Susannes Mörder sich auf dem Friedhof aufhielt. Hirschfeld musste Abstand gewinnen, seine Gedanken ordnen.

„Warte nicht auf mich, ich drehe noch eine Runde über den Friedhof", verabschiedete Hirschfeld sich von Kirchhoff.

Sein Partner zog die Augenbrauen hoch, dann zuckte er mit den Schultern:

„Wie du meinst, wir sehen uns am Montag."

Hirschfeld brauchte eine Weile, bis er das Grab seiner Mutter ausfindig gemacht hatte. Seit ihrer Beerdigung war er nicht mehr hier gewesen. Er schämte sich fast, dass er vergessen hatte, ein paar Blumen zu kaufen. Der Zustand des Grabes traf Hirschfeld umso härter. Aus irgendeinem unerfindlichen Grund war das Glas der Grableuchte zerbrochen. Überall wucherte Efeu und bedeckte fast das gesamte Grab. Obwohl Hirschfeld wusste, dass sein Vater in den letzten Monaten nicht in der Lage gewesen war, sich um die Pflege des Grabes zu kümmern, stieg Wut in ihm auf. Selbst nach dem Tod schien Heinrich Hirschfeld seine Frau zu vernachlässigen.

„Ich bring das wieder in Ordnung", sagte Hirschfeld leise.

Es fing an zu schneien. Sanft schwebten die Schneeflocken vom Himmel herunter, setzten sich auf den Grabstein, um sofort wieder zu schmelzen und einen Wasserfilm zu hinterlassen.

„Haben Sie sich verlaufen?", hörte Hirschfeld plötzlich eine bekannte Stimme hinter sich.

Er wandte sich um. Renee stand vor ihm. Die Fotografin trug einen grauen Wollmantel und hielt die Kamera, die um ihren Hals hing, in der Rechten. Bevor Hirschfeld etwas erwidern konnte, warf sie einen Blick auf den Grabstein.

„Oh, ich wusste nicht …"

„Schon gut, woher sollten Sie auch?"

„Haben Sie sich gut verstanden?"

„Ja."

Hirschfeld war erleichtert, dass Renee nicht weitersprach. Sie standen eine Weile schweigend vor dem Grab seiner Mutter und beobachteten, wie sich der Schneefall verdichtete. Als sie sich schließlich zum Gehen wandten, hakte sich Renee bei Hirschfeld unter. Die meiste Zeit über konnte Hirschfeld Nähe nicht ertragen. In diesem Augenblick war er jedoch dankbar, dass sie seinen Schmerz teilte.

51

Leg die Hand auf die Brust. Fühl mein Herz. Zähl die Schläge. Eins, zwei, drei, vier. Jeden Augenblick kann es stehen bleiben. Das weiß ich ganz genau. Jetzt wird es schneller. Ich hab Angst. Das Blut rauscht mir in den Ohren. Ich halt die Luft an und schließ die Augen. Horch in mich hinein. Nichts zu hören. Hab das Gefühl, als würde sich irgendwas auf meinen Brustkorb hocken. Bekomme keine Luft mehr. Wie damals auf dem Schulklo. Ich balle die Fäuste und spür, dass mein Herz immer langsamer wird. Gleich hört es auf zu klopfen. Bin sicher, dass es zu Ende geht mit mir.

Sie sind überall. Bakterien. Unsichtbare Punkte, die durch die Luft fliegen und auf meiner Haut landen. Wenn es zu viele werden, lauf ich zum Waschbecken. Mit einem Papierhandtuch dreh ich den Hahn auf. Dann lass ich das Wasser laufen und putz das Becken. Nach einer Weile wasch ich mir die Hände. Die Seife ist ganz rau. Ich nehme die Nagelbürste dazu. Und schrubb mir den Dreck weg. Immer weiter und weiter. Aber er will einfach nicht weggehen. Manchmal kommen mir die Tränen, weil es so brennt. Aber ich mach trotzdem weiter. Muss sauber werden. Rein. Auch wenn es anfängt zu bluten.

52

Am nächsten Tag war Hirschfeld früh auf den Beinen. Die Übellaunigkeit, die ihn regelmäßig an Sonntagen überfiel, stellte sich zu seiner Überraschung an diesem Morgen nicht ein. Die Begegnung mit Renee hatte seine Stimmung so sehr gehoben, dass Hirschfeld sich mit dem Gedanken anfreunden konnte, seinen Vater in der Klinik zu besuchen. Nach dem Vorfall im Werkraum hatte Hirschfeld ihn mit Ignoranz gestraft. Nicht einmal zu einem Anruf hatte er sich in den letzten Tagen hinreißen lassen. Doch so konnte es nicht weitergehen. Schließlich hatte Hirschfeld sein Leben in Berlin nicht aufgegeben, um sich jetzt seiner Verantwortung zu entziehen. Sein Vater brauchte ihn, ob der alte Herr sich das eingestehen wollte oder nicht.

Wie bei seinem ersten Besuch machte Hirschfeld sich zu Fuß auf den Weg. Diesmal blieb er von kostümierten Menschen verschont. Als er das Zimmer seines Vaters betrat, war Hirschfeld bestürzt. Der Anblick seines Vaters ließ ihn alle guten Vorsätze über Bord werfen. Heinrich Hirschfeld lag stocksteif in seinem Bett und starrte an die Decke. Sein Pyjama war nur bis zur Mitte zugeknöpft, als hätte sein Vater auf halbem Weg vergessen, womit er beschäftigt war. Er sah verwahrlost aus. Seine Haare klebten ihm am Kopf und Hirschfeld fragte sich, ob sein Vater in der Klinik tatsächlich gut aufgehoben war.

„Wie geht es dir?“

Heinrich Hirschfeld presste die Lippen zusammen. Als Hirschfeld näher an sein Bett trat, drehte er demonstrativ den Kopf zur Seite.

„Ich weiß, dass du sauer bist“, sagte Hirschfeld und zog die Hand zurück, mit der er den Arm seines Vaters leicht berührt hatte. „Aber wir müssen uns beide zusammenreißen.“

„Verschwinde, ich hab dir nichts zu sagen!“

Heinrich Hirschfeld war mehr als sauer, das war nicht zu überhören.

Hirschfeld ließ seinen Vater ein paar Minuten schmollen. Als sein alter Herr keine Anstalten machte, sein Schweigen zu brechen, entschied Hirschfeld:

„Okay, vielleicht beruhigst du dich ein wenig. Ich sehe gleich noch mal nach dir.“

Er verließ das Krankenzimmer und machte sich auf die Suche nach dem blassen Pfleger, der ihn bereits bei seinem ersten Besuch auf die Station gelassen hatte.

„Wie ist es gelaufen?", empfing Hirschfeld der junge Mann, der von seinem Erscheinen nicht überrascht schien, vor dem Stützpunkt.

Er hielt eine Kunststoffkanne mit Wasser in der Hand.

„Ich dringe nicht zu ihm durch. Er hat auf Durchzug gestellt", erwiderte Hirschfeld.

„Das wundert mich nicht. Er hat sich nach Ihrem letzten Zusammentreffen furchtbar aufgeregt."

„Verstehe. Mein Vater ..."

„Schon gut", hinderte der Pfleger Hirschfeld daran, weiterzusprechen, und setzte seinen Weg fort. „Sie sind mir keine Erklärung schuldig. Ihr Vater ist keine einfache Persönlichkeit, das haben wir bereits festgestellt. Wenn er einen psychotischen Schub hat, ist er kaum ansprechbar. Zurzeit benimmt er sich allerdings eher wie ein kleines Kind."

„Besser hätte ich es nicht auf den Punkt bringen können", lächelte Hirschfeld schwach.

„Schon gut. Vielleicht gehen Sie ein paar Schritte mit ihm. Das wird ihn auf andere Gedanken bringen."

„Das ist erlaubt?", war Hirschfeld überrascht. Eigentlich hatte er vorgehabt, seinen Aufenthalt in der Klinik nicht unnötig in die Länge zu ziehen.

„Natürlich, das ist ja hier kein Gefängnis. In Begleitung von Angehörigen sind kleine Ausflüge sogar erwünscht. Sie können hinter der Klinik im Park spazieren oder etwas essen gehen."

„Essen hört sich gut an", nickte Hirschfeld.

„Schön, ich drehe noch meine Runde", erwiderte der Pfleger und hielt die Wasserkanne hoch, „dann helfe ich Ihrem Vater beim Ankleiden. In seinem Zustand können wir ihn nicht unter Leute schicken."

Eine halbe Stunde später führte Hirschfeld seinen Vater zu einem Tisch in einer nahe gelegenen Gaststätte. Der Pfleger hatte sein Bestes gegeben, dennoch sprachen die Blicke der Bedienung Bände. Die Frau war Mitte 40 und trug eine weiße Bluse und einen schwarzen Rock, der ihr um die Hüften zu eng war. Das wasserstoffblonde Haar hatte sie hochgesteckt. Hinter ihrem Ohr steckte ein Bleistift.

„Was darf's denn sein?", erkundigte sich die Kellnerin, zog einen Block aus der Rocktasche und griff nach dem Stift.

„Zur Feier des Tages genehmige ich mir zwei Kölsch und einen Kurzen", antwortete Heinrich Hirschfeld und strich mit der Hand über die fleckige Tischdecke. „Wissen Sie, mein Sohn hier, lädt mich ein."

„Bringen Sie ihm bitte nur ein Wasser."

Bevor sein Vater protestieren konnte, stieß Hirschfeld ihn unter dem Tisch an. „Und für mich einen Kaffee."

„In Ordnung. Möchten Sie auch etwas essen?"

„Ja", gab Hirschfeld zurück und versuchte die wütenden Blicke seines Vaters zu ignorieren.

„Gut, ich bringe Ihnen die Karte."

„Was fällt dir ein, mich so vor allen Leuten bloßzustellen?", zischte Heinrich Hirschfeld, als die Kellnerin ihren Tisch verlassen hatte, und schlug mit der Faust auf den Tisch.

„Du weißt ganz genau, dass du keinen Tropfen Alkohol trinken darfst."

„Was? Willst du mir jetzt vorschreiben, was ich zu tun habe?"

„Ja, allerdings. Und darüber werde ich nicht mit dir diskutieren, sonst bist du schneller wieder auf deinem Zimmer, als dir lieb ist."

„Das ist Erpressung."

Damit verschränkte Heinrich Hirschfeld die Arme vor dem Bauch und zog das Kinn nach vorne.

„Mach kein Drama daraus, ja? Es gibt Schlimmeres."

„Ach, ja?"

Hirschfeld war kurz versucht, seinem Vater vom Grab seiner Mutter zu erzählen, verwarf den Gedanken jedoch sofort wieder. Er war froh, dass der alte Herr überhaupt mit ihm sprach. Ein falsches Wort und er würde wieder in anklagendes Schweigen verfallen.

„Worauf hast du Appetit?“, wechselte Hirschfeld das Thema, nahm der Bedienung die Speisekarte ab und reichte sie an seinen Vater weiter.

„Mal sehen“, sagte Heinrich Hirschfeld freudestrahlend und langte nach der Karte. „Die haben uns auf Diät gesetzt. Ich kann mich gar nicht mehr erinnern, wann ich das letzte Mal etwas Vernünftiges gegessen habe.“

Er klappte den Deckel auf und hielt die Speisekarte mit hochgezogenen Augenbrauen weit von sich. Erst jetzt fiel Hirschfeld auf, dass sie seine Brille in der Klinik liegen gelassen hatten.

„Ich glaube, ich brauche eine Brille. Meinst du, so ein Ding würde mir stehen?“

„Natürlich“, musste Hirschfeld nicht einmal lügen. Die letzten 20 Jahre hatte er seinen Vater nie ohne gesehen.

„Haben Sie sich schon entschieden?“, wollte die blonde Kellnerin wissen, die an ihren Tisch zurückgekehrt war.

Heinrich Hirschfeld fixierte immer noch die erste Seite der Speisekarte.

„Können Sie etwas empfehlen?“, fragte er.

„Schweinshaxe mit Sauerkraut.“

„Ja, das nehme ich.“

Damit klappte Heinrich Hirschfeld die Karte wieder zu.

„Und für Sie?“

„Nichts, danke.“

„Du solltest auch was essen. Bist schon ganz schmal im Gesicht geworden.“

So viel Fürsorge hätte Hirschfeld seinem Vater gar nicht zugetraut.

„Na, schön“, antwortete er und bestellte eine Tomatensuppe.

„Ich glaube, deine Mutter wird mir diesmal nicht verzeihen“, sagte Heinrich Hirschfeld unvermittelt.

„Wie meinst du das?“

„Sieh mich doch an“, antwortete sein Vater und schaute an sich hinunter. „Ich kann ihr nicht mehr imponieren. Früher war das anders. Sie hat an meinen Lippen gehangen, mich bewundert."

„Das hat sie bis zuletzt getan."

„Wie meinst du das?"

Irgendwann musste er mit seinem Vater über den Tod seiner Mutter sprechen, dachte Hirschfeld. Es hatte keinen Sinn, auf eine passende Gelegenheit zu warten: Es gab keine.

„Mama ist tot. Erinnerst du dich nicht mehr?", erkundigte sich Hirschfeld und griff nach der Hand seines Vaters. Diesmal zog der sie nicht weg. Hirschfeld ließ ihm Zeit, das Gesagte aufzunehmen. Heinrich Hirschfeld schwieg, dann fragte er leise:

„Glaubst du, sie hat es mir übel genommen, dass ich ihr nicht treu war?"

Zum ersten Mal benutzte Heinrich Hirschfeld die Vergangenheitsform, als er über seine Frau sprach. Das war ein Fortschritt, wie Hirschfeld meinte. Das Thema, das sein Vater anschnitt, verursachte ihm jedoch Unbehagen. Seit Jahren hatte Hirschfeld die Vermutung gehabt, dass sein Vater fremdging. Manchmal hatte der Blick seiner Mutter die Lüge, die beide lebten, entlarvt, manchmal war es nur ein Wort, das nicht gesagt wurde. Sie hatten niemals darüber gesprochen, doch tief in seinem Innern hatte Hirschfeld immer gewusst, wie es um seine Eltern stand.

„Ich weiß es nicht", erwiderte Hirschfeld und meinte es auch so. Die Ehe seiner Eltern war kompliziert gewesen, letzten Endes hatte Liebe die beiden über die Jahre zusammengehalten. Es stand ihm nicht zu, darüber ein Urteil zu fällen.

„Sie fehlt mir", entgegnete Heinrich Hirschfeld.

In diesem Moment brachte die Kellnerin die Getränke. Als sie sich wieder vom Tisch entfernt hatte, wechselte sein Vater abrupt das Thema:

„Deine Schwester hat mich gestern besucht."

Er stürzte das Wasser hinunter, als wäre er ein Verdurstender in der Wüste.

„Jo war hier? Sie ist doch noch in den Staaten."

Gerade hatte Hirschfeld noch den Eindruck, sein Vater habe einen klaren Moment. Wenn dem so gewesen war, war dieser nun vorbei.

„Nein, wenn ich es dir doch sage", gab Heinrich Hirschfeld zurück und drehte das leere Glas Wasser zwischen seinen Händen. „Du kennst sie doch. Sie ist ganz anders als du. Heute hier, morgen dort. Bei ihr weiß man nie, was sie als Nächstes vorhat."

Damit hatte sein Vater allerdings Recht. Vielleicht entsprang der Besuch seiner Schwester tatsächlich nicht der Fantasie seines alten Herrn. Hirschfeld erinnerte sich plötzlich daran, dass Jo versucht hatte, ihn nach der Pressekonferenz vor ein paar Tagen auf dem Handy zu erreichen. Vielleicht hatte sie vorgehabt, ihm ihre frühzeitige Rückkehr mitzuteilen. Hirschfeld beschloss, seine Schwester später zurückzurufen. Er sah auf die Uhr. Sie hatten noch eine halbe Stunde, bevor er seinen Vater wieder in der Klinik abliefern musste.

„So", kam die Kellnerin zurück und stellte das Essen auf den Tisch. „Ich bringe Ihnen noch das Besteck."

Heinrich Hirschfeld drehte den Teller, sodass der Knochen, der aus der Schweinshaxe ragte, auf ihn zeigte. Der Sud des Sauerkrauts, auf dem das Fleisch gebettet war, schwappte dabei über den Rand und sog sich in die Tischdecke. Das Mark hatte sich durch das Kochen rostbraun verfärbt. In der Schwarte, die sich am Rand zusammengezogen hatte, steckten noch ein paar Borsten. Das rosa-graue Muskelfleisch war von blauen Fasern durchzogen. Heinrich Hirschfeld nahm das Eisbein in beide Hände und biss in das Fleisch. Offensichtlich konnte er es kaum erwarten. Hirschfeld verzog das Gesicht, zwang sich jedoch, seine Suppe zu probieren. Sie war heiß, aber wässrig.

„Was denn? Schämst du dich etwa für mich?", fragte sein Vater kauend und schlang den Bissen hinunter. Fett triefte ihm aus den Mundwinkeln und rann über sein Kinn.

„Hmm", murmelte Hirschfeld.

Er legte den Löffel zur Seite und beschloss, sich bis auf Weiteres von Fleisch fernzuhalten. Eine längst überfällige Entscheidung.

Anderthalb Stunden später stieg Hirschfeld aus dem Taxi. Auf der Fahrt nach Lengsdorf hatte er Jos Handynummer gewählt, jedoch nur die Mailbox seiner Schwester erreicht. Jetzt stand er vor dem Haus seiner Eltern. Die Fenster des Bungalows lagen im Dunkeln. Als er sich der Eingangstür näherte, flammte das Licht der Außenbeleuchtung auf. Hirschfeld blieb neben der Tür stehen und lehnte sich mit dem Rücken gegen die Hauswand. Er fühlte sich erschöpft. Er winkelte das rechte Bein an, griff in die Manteltasche und klopfte eine Zigarette aus der Schachtel. Das Licht über ihm erlosch. Wenig später glühte ein Punkt in der Dunkelheit auf und tauchte sein Gesicht in ein rotes Oval. Während Hirschfeld ein paar Züge nahm, ließ er den Nachmittag mit seinem Vater Revue passieren. Der kurze Spaziergang zur Gaststätte und die üppige Mahlzeit hatten seinen alten Herrn kurzzeitig auf andere Gedanken gebracht. Als Hirschfeld ihn wieder auf sein Zimmer begleitet hatte, war sein Vater wenig später in unwilliges Schweigen verfallen. Diesen Zustand schrieb Hirschfeld nicht allein der Schweinshaxe zu, die seinem Vater schwer im Magen liegen musste. Nach einer weiteren halben Stunde, die Hirschfeld aus Höflichkeit geblieben war, hatte er sich von ihm verabschiedet. Bevor Hirschfeld die Rheinische Landesklinik verlassen hatte, hatte er noch einmal den blassen Pfleger aufgesucht. Der junge Mann hatte lächelnd bestätigt, dass Johanna tatsächlich am Vortag in der Klinik gewesen war. Der Besuch seiner Tochter entsprang also nicht der Fantasie seines Vaters. Immerhin ein Fortschritt.

Hirschfeld zog noch einmal an der Zigarette und schnippte sie dann mit dem Zeigefinger weg. Die Kippe flog in hohem Boden durch die Dämmerung. Ehe sie auf dem Steinweg landete, reagierte der Bewegungsmelder erneut. Hirschfeld sah zu, dass er ins Haus kam. Noch bevor er die Tür hinter sich geschlossen hatte, wusste er, dass Jo nicht hier war. Er schaltete das Licht im Flur an und sah sich im Haus um, wobei er einen Blick in jeden Raum warf. In der zweiten Etage entdeckte er schließlich zwei große Koffer. Daneben lag eine überdimensionierte Schultertasche, aus der eine Haarbürste, eine Packung Taschentücher und ein paar Schminkutensilien auf den Fußboden gefallen waren. Während Hirschfeld die Sachen zurück in die Tasche packte, musste er unweigerlich an den Trekkingrucksack denken, den Susanne Bach in der WG zurückgelassen hatte, bevor sie verschwand. Die Vorstellung, dass ihr toter Körper in dem weißen Holzsarg unter der Erde lag, behagte ihm nicht.

In diesem Augenblick erfasste ihn eine plötzliche Unruhe, die er nicht verstand. Die Beerdigung, das Grab seiner Mutter, all das hatte er weggeschoben, seit er den Friedhof mit Renee verlassen hatte. Hirschfeld begriff nicht, was ihn so nervös machte. Nur eines stand fest: Es musste etwas mit dem Friedhof zu tun haben. Ein Detail, das er übersehen hatte? Hirschfeld versuchte, den Gedanken einzufangen. Nach einer Weile ging er schließlich wieder hinunter ins Erdgeschoss. Es hatte keinen Sinn. Er würde nicht darauf kommen. Frustriert machte sich Hirschfeld auf den Weg in sein Hotel. Wahrscheinlich war Johanna, ähnlich wie er, vor den Trümmern ihrer Vergangenheit geflohen und bei einer früheren Schulfreundin untergekommen. Morgen, dachte er, als er bereits im Taxi saß, würde er Jo noch einmal anrufen, um sich mit ihr zu verabreden. Irgendwann musste er sie schließlich ans Telefon bekommen.

53

Johanna Hirschfeld hörte das Taxi nicht mehr, das vor dem Haus ihrer Eltern hielt. Die Tür des Linienbusses übertönte das verebbende Motorengeräusch des Wagens, als sie langsam zur Seite glitt. Jo nahm die Reisetasche auf und stieg ein. Der Fahrer blickte nicht einmal zu ihr auf, als sie das abgezählte Geld für die Fahrkarte auf das elektronische Kassiersystem legte. Das Ticket schob sich mit einem leisen Summen aus dem Automaten. Jo nahm die noch warme, leicht gebogene Karte entgegen und stopfte sie in ihre Jackentasche. Während der Linienbus sich schaukelnd in Bewegung setzte, lief sie durch den schmalen Gang, um sich einen freien Platz zu suchen. Als der Bus in eine Kurve fuhr, rempelte Jo eine ältere Dame an, die mit beiden Händen eine braune Handtasche auf ihrem Schoß umklammert hielt.

„Verzeihung", sagte sie und beeilte sich, in den hinteren Teil des Linienbusses zu kommen.

Empörte Senioren waren das Letzte, was Jo im Moment gebrauchen konnte. Ihr Vater zählte mit seinen 57 Jahren für sie bereits zu dieser Kategorie. Obwohl sie sich ein paar Wochen nicht gesehen hatten, war das Bild, das Heinrich Hirschfeld am Vortag geboten hatte, nichts Neues für sie. Im Gegensatz zu ihrem Bruder hatte Johanna ihren Vater erst in den Weihnachtsferien besucht und seinen körperlichen und psychischen Verfall miterlebt. Irgendwie war sie froh, dass ihre Mutter ihn nicht mehr so sehen musste.

Jo ließ sich auf die letzte Bank fallen und blies sich den schwarzen Pony aus der Stirn. Zu ihrer Schulzeit hatte sie sich immer für die hintere Reihe entschieden. Von hier aus konnte sie die Fahrgäste im Bus in aller Ruhe beobachten. An diesem Abend hatte sie jedoch keinen Blick übrig für die in dicke Winterjacken eingepackten Menschen. Sie musste ständig an Franziska denken, ihre beste Freundin aus früheren Tagen. Franzi hatte sich gerade erst von ihrem Freund getrennt, nachdem sie festgestellt hatte, dass sie nicht die einzige Frau in seinem Leben war.

„Männer …", murmelte Jo vor sich hin und kaute auf ihrer Unterlippe. Sie konnte sich glücklich schätzen, dachte sie, dass sie sich mit diesem Problem zurzeit nicht herumschlagen musste.

Eine Viertelstunde später überquerte Johanna den Busbahnhof, der in das gelb-orange Licht der Straßenlaternen getaucht war, und hielt Ausschau nach einem schwarzen BMW. Das Fahrzeug stand auf einem Behindertenparkplatz hinter der Haltestelle für den Flughafenbus. Der Typ, der gerade den Kofferraum des Wagens zuschlug, war älter, als seine Stimme am Telefon geklungen hatte. Er hatte schwarze, kurze Haare. Ein Bartschatten zeichnete sich auf dem glatt rasierten Gesicht ab. Er trug einen dunkelblauen Pullunder und Jeans. Seine Füße steckten in teuren Lederschuhen. Für einen kurzen Augenblick war Johanna versucht, umzudrehen und ihre Mitfahrgelegenheit zu versetzen. Doch der Mann hatte sie bereits entdeckt.

„Na, das nenne ich eine hübsche Gesellschaft für die nächsten Stunden“, rief er aus und kam lächelnd auf Jo zu, um ihr die Tasche abzunehmen. „Hast nicht gerade viel Gepäck dabei.“

„Ich hatte nicht viel Zeit zum Packen“, entgegnete Johanna widerwillig.

Noch konnte sie eine Ausrede erfinden und sich eine andere Mitfahrgelegenheit nach Berlin suchen. Andererseits war es schon spät und Franzi hatte ihr unmissverständlich zu verstehen gegeben, dass sie Jo jetzt brauchte. Außerdem schien der BMW M3 für die lange Fahrt genügend Komfort zu bieten, auch wenn der Typ verschwiegen hatte, dass es sich um ein Cabriolet handelte. Nur Snobs fuhren solche Autos.

„Dann steig mal ein“, forderte er Johanna auf und hielt ihr die Beifahrertür auf.

Ihre Reisetasche hatte er auf den Rücksitz geworfen. Jo setzte sich. Er schlug die Tür zu und umrundete den BMW. Als er neben Johanna Platz genommen hatte, warf er einen Blick in den Rückspiegel, um sich das Haar zu richten. Dann beugte er sich unvermittelt über Jo und griff nach dem Gurt. Sein Mentholatem streifte ihr Gesicht, als er den Riemen zu sich zog und im Gurtschloss einrasten ließ.

„In diesem schnellen Schlitten solltest du nicht unangeschnallt fahren, Kleines“, sagte er lächelnd und ließ den Motor an.

54

Du hast keine Ahnung, was ich mit dir vorhabe. Noch lächelst du mich an. Versuchst, Eindruck auf mich zu machen mit deinem Augenaufschlag. Aber das wird dir nicht gelingen. Hab dich längst durchschaut. Von der ersten Sekunde an. Ich kenne dich besser, als du denkst. Hast dich kaum verändert über die Jahre. Bist dieselbe geblieben, daran besteht kein Zweifel. Diese Augen kann man nicht vergessen. Als würdest du direkt in mein Innerstes blicken. Doch ich halte sie geheim, diese Tür, hinter der meine Albträume verschlossen sind. Seit unserer letzten Begegnung bin ich nicht mehr dort gewesen. Hatte den Schlüssel weggeworfen. Doch du wolltest mir keine Ruhe lassen. Jetzt ist die Tür angelehnt. Wenn ich sie öffne, bist du verloren. Die Schatten werden dich hineinziehen und mit Haut und Haaren verschlingen. Denn jetzt ist meine Zeit gekommen. Jetzt hab ich die Kontrolle.

Ich kann gar nicht glauben, dass es so einfach ist. Du lässt alles geschehen, wovon ich die ganze Zeit geträumt hab. Muss nur die Hand ausstrecken, um dich zu berühren. Bald gehörst du mir. Mir ganz allein. Niemand wird uns stören. Ab jetzt bleiben wir zusammen. Ich bring dich fort von hier und lass dich nicht mehr gehen.

55

Jo bewegte sich unruhig auf dem Beifahrersitz hin und her. Dieser Typ war ihr nicht geheuer. Da half auch die Sitzheizung nichts. Im Gegenteil: Die Wärme machte sie schläfrig. Sie durfte ihm auf keinen Fall noch einmal Gelegenheit geben, ihr zu nahe zu kommen. Was würde er erst mit ihr anstellen, wenn sie einnickte? Vielleicht bildete Johanna sich das Ganze auch nur ein. Schließlich war ihr Bruder bei der Kripo. Mit einem natürlichen Misstrauen gegenüber fremden Menschen war sie aufgewachsen. Lutz hatte jeden Tag mit Fällen zu tun, die so begannen wie diese Fahrt. Je länger Jo über diesen Umstand nachdachte, desto unruhiger wurde sie.

„Alles in Ordnung mit dir?“, erkundigte er sich.

Sie hatten den Bahnhof hinter sich gelassen und fuhren am Alten Friedhof vorbei.

„Du solltest dich etwas entspannen“, fuhr er fort, als Johanna schwieg, und drehte das Radio an.

Als er keinen passenden Sender fand, schaltete er den CD-Player ein. Leise Jazzmusik erklang aus den Boxen.

„Gefällt dir das?“

„Nö“, gab Jo zurück und bereute ihre Antwort sofort. Sie durfte ihn nicht verärgern. Bei der nächsten Gelegenheit würde sie ihre Sachen schnappen und abhauen. Franzi war zwar ihre beste Freundin, aber um ihren Liebeskummer musste sie sich später kümmern.

„Worauf stehst du denn so?“, wollte er wissen und überprüfte seine Frisur ein weiteres Mal im Rückspiegel.

„So dies und das“, antwortete Johanna vage und überlegte verzweifelt, wie sie den Wagen verlassen konnte. Wenn sie erst auf der Autobahn waren, war ihr Vorhaben zum Scheitern verurteilt.

„Ich glaub, ich hab mein Handy im Bus verloren“, log Jo, als sie in 100 Meter Entfernung eine Ampel entdeckte.

„Halb so wild“, erwiderte er und schaltete einen Gang runter. Seine Hand streifte ihr Knie. „Dann kaufst du dir ein neues. Kostet ja heutzutage nicht mehr die Welt.“

„Aber …“, wollte Johanna widersprechen. Der Handabdruck brannte auf ihrem Knie. Wut stieg in ihr auf und sie war versucht, dem Kerl ins Gesicht zu sagen, was sie von ihm hielt. Aber in diesem Augenblick schaltete die Ampel auf Gelb. Jo durfte sich diese Chance nicht entgehen lassen.

„Ich geb dir auch das Geld dafür", redete er weiter und trat auf die Bremse. „Dann musst du dir nicht weiter dein hübsches Köpfchen darüber zerbrechen, ja?"

„Das ist nett von dir", gab Jo zurück, um Zeit zu gewinnen.

Bevor sie den Satz vollendet hatte, wechselte die Ampel wieder auf Grün. Jo fluchte innerlich. Viel Zeit blieb ihr jetzt nicht mehr. Sie drückte ihren rechten Arm zwischen Sitz und Tür, um auf der Rückbank nach ihrer Tasche zu greifen. Irgendwo musste ihr Handy sein. Wenn sie es schon nicht schaffte, aus dem Wagen auszusteigen, musste sie jemanden über ihre Notlage informieren.

„Was zur Hölle …?", knurrte er plötzlich wütend.

„Ich wollte nur nachsehen, ob ich mich vielleicht geirrt habe", entgegnete Johanna. Das Herz schlug ihr bis zum Hals.

„Du undankbares Biest!", zischte er und gab Gas. „Was bildest du dir eigentlich ein? Denkst du, du kannst mich auf den Arm nehmen? Ich weiß ganz genau, was du vorhast!"

Dann betätigte er die Zentralverriegelung.

56

Hirschfeld starrte in den Becher Kaffee, der vor ihm auf dem Schreibtisch stand. Die schwarze Oberfläche warf konzentrische Kreise, als Kirchhoff ihr Büro betrat und die Tür hinter sich ins Schloss fallen ließ.

Es war Montagmorgen. Kirchhoff sah so aus, wie Hirschfeld sich fühlte: Sein Gesicht war aufgequollen und seine Augen glänzten fiebrig. Es war nicht zu übersehen, dass Kirchhoff die letzte Nacht durchgemacht hatte.

„Wir haben gerade die Bilder von der Beerdigung reinbekommen", sagte er undeutlich. Seine Zunge klebte ihm am Gaumen.

„Wer kümmert sich darum?"

Kirchhoff setzte sich auf seinen Stuhl und stützte sich mit den Unterarmen schwer auf die Schreibtischplatte:

„Dreimal darfst du raten …"

„Bevor wir anfangen, solltest du dir auch einen Kaffee gönnen, Peter", meinte Hirschfeld und deutete auf seine Tasse.

Kirchhoff winkte ab:

„Perlen vor die Säue. Ich habe bereits eine Kanne intus, ich bekomm noch einen Koffeinschock."

„Dann helfen nur noch Streichhölzer", meinte Hirschfeld.

Kirchhoff blickte ihn irritiert an. Dann lächelte er matt.

„Die Fotos sind bereits auf dem Server. Am besten teilen wir uns auf: Du nimmst die ersten 100 Bilder und ich die restlichen."

„In Ordnung", entgegnete Hirschfeld und tippte die Maus an.

Wenig später hatte Hirschfeld den Ordner mit den Fotos von Susanne Bachs Beerdigung gefunden. Die sprichwörtliche Suche nach der Nadel im Heuhaufen – wenn sie keine weiteren Anhaltspunkte an die Hand bekämen. Hirschfeld klickte sich durch die Fotos. Hier und da entdeckte er ein paar bekannte Gesichter, darunter auch Christine Gerstner, die ihre blonden Dreadlocks unter einem schwarzen Tuch versteckt hatte. Sie wurde von ihrem Freund Leif Müller gestützt. Hirschfeld war den beiden am Samstag nicht persönlich begegnet. Offenbar hatten sich Susannes Mitbewohner im Hintergrund gehalten.

Nach einer Viertelstunde kamen Hirschfeld Zweifel, ob die Fotos sie weiterbrachten. Kirchhoff hatte in der Zwischenzeit seinen Vorsatz gebrochen und sich einen Kaffee aus der Teeküche geholt.

„Schon irgendetwas gefunden?", wollte er wissen und setzte den Becher an.

Während Hirschfeld den Kopf schüttelte, wurde die Tür zu ihrem Büro aufgerissen. Hellmann tauchte im Rahmen auf. Er trug wieder einen seiner blauen Anzüge, in denen er aussah wie ein Konfirmand.

„Schon mal was von Anklopfen gehört?", begrüßte Hirschfeld den Kriminalkommissar.

„Ist wichtig", erwiderte Hellmann knapp und streckte ihm einen Papierausdruck entgegen, den er aus einer Akte zog.

Hellmann war tatsächlich außer Atem, dachte Hirschfeld und nahm das Blatt entgegen.

„Nach der Auswertung der Autokennzeichen können wir davon ausgehen, dass Jörg Winkler unter den Trauergästen gewesen ist."

„Der Fotograf?", fragte Kirchhoff und verschluckte sich fast an seinem Kaffee.

Er hatte ein gutes Namensgedächtnis.

„Noch mal fürs Protokoll: Wir reden hier über den Hauptverdächtigen im Fall Lena Zimmermann?"

„Richtig, Lutz. Ich sagte ja, dass es wichtig ist", erwiderte Hellmann.

Hirschfeld wandte sich erneut den Bilddateien auf seinem Monitor zu. Dass Jörg Winkler vor dem Bonner Nordfriedhof geparkt hatte, besagte noch nicht, dass er die Beerdigung auch besucht hatte.

„Hast du zufällig ein Foto von Winkler in der Akte?", wollte Hirschfeld wissen, ohne den Blick vom Bildschirm abzuwenden.

„Ja, ja, natürlich", antwortete Hellmann und blätterte in seinen Unterlagen. Schließlich reichte er Hirschfeld einen Ausdruck, der einen dunkelhaarigen Endvierziger zeigte.

„Du bist ja doch zu etwas zu gebrauchen", meinte Hirschfeld.

Unterdessen war Kirchhoff von seinem Stuhl aufgestanden und ebenfalls an Hirschfelds Schreibtisch getreten. Zu dritt studierten sie die Fotos. Auf dem sechsten Bild wurden sie bereits fündig.

„Da ist er", sagte Kirchhoff und tippte mit dem Finger auf den Monitor.

Jörg Winkler stand etwas abseits der anderen Trauergäste. Um seinen Hals hing eine digitale Spiegelreflexkamera.

„Das ändert natürlich die Sachlage entscheidend", sagte Hirschfeld. „Ich bin gespannt, welche Erklärung uns Winkler für seine Anwesenheit auftischen wird."

57

Steh unter der Dusche. Das Wasser läuft warm über meinen Körper. Bin ganz ruhig. Vergess alles um mich rum. Fühl nur den Sommerregen, der mich umhüllt. Die Tropfen perlen von mir ab und laufen in den Abfluss. Das schwarze Loch verschluckt alles Schlechte von mir. Saugt es ein und spült es weg. Könnte bis in alle Ewigkeit hier stehen. Die Wasserfäden beobachten. Mich nicht rühren und nur dem Flüstern des Wassers zuhören. Seif mir die Arme ein. Es schäumt und glitzert. Wie ein Regenbogen. Meine Finger bewegen sich über die Haut. Sie ist schön weich. Und glatt. Nur der Knöchel steht hervor. Dreh mich um und greif nach dem Wasserhahn. Als meine Hand den Knauf umschließt, fühl ich plötzlich ein Kribbeln in meinem Ohr. Ich steck den Zeigefinger rein und schüttel den Kopf. Doch es wird immer schlimmer. Jetzt kriecht es tiefer. Und ist verschwunden. Taste panisch meinen Hals ab. Nichts. Schau nach unten. Und seh etwas auf meinem linken Fuß. Es ist rund und bewegt sich unter meiner Haut nach oben. Ich schlag mit der Hand danach, doch es ist schneller. Als ich sie wegzieh, werden es immer mehr Wassertiere, die an mir hochkrabbeln. Fühl ihre kleinen Beinchen überall. Spring aus der Dusche und lauf nackt in die Küche. Reiß alle Schubladen auf. Dann blitzt es. Nehm ein Messer und schneid sie alle raus.

58

Eine altmodische Türglocke ertönte, als Kirchhoff Winklers Fotostudio betrat. Der Dreiklang erstarb im Geräusch eines startenden Motors: Die beiden Siegburger Zivilfahnder, die bis zu ihrer Ankunft die Observierung übernommen hatten, überließen den Kriminalhauptkommissaren das Feld.

Hirschfeld zog die Tür hinter sich zu und schaute sich um. Zu ihrer Rechten befand sich eine schmale Ladentheke. Dahinter reihten sich Bilderrahmen und Fotoalben in einem Regal. Links standen zwei Sessel und ein Beistelltisch, auf dem ein paar Mappen mit Probearbeiten lagen. An den Wänden hingen gerahmte Schwarz-Weiß-Fotografien im Großformat. Von den Bildern lächelten glückliche Brautpaare und eine hochschwangere Frau, die ihren runden Bauch stolz in die Kamera hielt. Das übliche Programm, dachte Hirschfeld gelangweilt.

„Herr Winkler?“, rief Kirchhoff und steuerte auf eine Tür gegenüber dem Eingang zu, vor der ein Perlenvorhang hing.

Die durchsichtigen Plastikperlen klackten leise aneinander, als sie den Durchgang passierten. Sie durchquerten einen schmalen Gang, der in einen mit schwarzen Stoffbahnen abgedunkelten Raum mündete. Auf der Stirnseite hing eine drei Meter breite Leinwand. Davor standen Blitzanlagen, Reflektoren und Scheinwerfer in verschiedenen Ausführungen. Neben einem Stativ mit einer Kamera waren zwei Lichtformer positioniert, die aussahen wie überdimensionierte Regenschirme und die das Studio diffus erleuchteten.

„Herr Winkler?“, wiederholte Kirchhoff, diesmal etwas lauter.

Ein hochgewachsener Mann Ende 40 trat aus einem Nebenraum. Sein dunkles, mittellanges Haar hatte er zurückgegelt. Er trug ein weißes Hemd im Knitterlook, das bis zur Mitte aufgeknöpft war und den Blick auf eine braun gebrannte glatt rasierte Brust freigab. Ein Goldkettchen am Handgelenk, Bluejeans und teure Lederschuhe vervollständigten das Bild des Playboys aus der Provinz, der sein wahres Alter gerne unter den Tisch fallen ließ.

„Haben Sie einen Termin?", fragte er.

„Das könnte man so ausdrücken", erwiderte Kirchhoff und zeigte seine Kriminalmarke.

Der Fotograf blieb auf halber Strecke stehen. Das selbstsichere Lächeln auf seinem Gesicht verwandelte sich in eine undurchdringliche Maske der Höflichkeit.

„Ich bin Kriminalhauptkommissar Kirchhoff und das ist mein Partner, Kriminalhauptkommissar Hirschfeld. Wir haben ein paar Fragen an Sie, Herr Winkler."

„Worum geht es?", wollte der Fotograf wissen.

Obwohl das Studio über mehrere Stühle verfügte, die an der Wand standen, bot Winkler ihnen keinen Sitzplatz an. Offensichtlich wollte er die Befragung so schnell wie möglich hinter sich bringen.

„Gut, kommen wir gleich zur Sache", sagte Kirchhoff. „Wir haben Kenntnis darüber, dass Sie sich am vergangenen Samstag auf dem Bonner Nordfriedhof aufgehalten haben."

„Ist das ein Verbrechen?", gab Winkler zurück.

„Sie haben die Beerdigung von Susanne Bach besucht", überging Kirchhoff die Gegenfrage. „Woher kannten Sie die junge Frau?"

„Der Name sagt mir nichts, da muss ich Sie enttäuschen", erwiderte der Fotograf mit aufreizender Gelassenheit.

„Sie leugnen also, auf der Beerdigung gewesen zu sein?", schaltete Hirschfeld sich ein und reichte Winkler ein paar Abzüge, auf denen der Fotograf zwischen den Trauergästen zu sehen war.

Winkler warf einen flüchtigen Blick auf die Fotografien und zuckte mit den Achseln:

„Ich leugne gar nichts. Ich war am Samstag beruflich in Bonn."

„Wie dürfen wir das verstehen?“, hakte Kirchhoff sofort nach. Seine Stimme hatte einen scharfen Unterton angenommen.

„Ich habe im Auftrag eines Kunden ein paar Aufnahmen gemacht.“

„Auf einem Friedhof?“

„Ja, für eine Friedhofsgärtnerei, wenn Sie es genau wissen wollen“, verschränkte Winkler die Arme vor der Brust.

Wenn Winkler etwas mit den Morden zu tun hatte, war er äußerst gerissen, dachte Hirschfeld.

„Die Gärtnerei wird Ihre Angaben sicher bestätigen“, meinte Kirchhoff und holte seinen Notizblock aus der Jacketttasche.

„Selbstverständlich“, entgegnete Winkler und nannte Kirchhoff den Namen seines Auftraggebers. „Es wäre schön, wenn Sie in dieser Angelegenheit diskret vorgehen könnten. Als Freiberufler ist man auf jeden Kunden angewiesen.“

„Das lassen Sie mal unsere Sorge sein, Herr Winkler“, meinte Kirchhoff und klang nicht so, als habe er vor, darauf Rücksicht zu nehmen.

„Könnten wir uns ein paar Ihrer Aufnahmen ansehen?“, erkundigte sich Hirschfeld. Wenn der Fotograf nichts zu verbergen hatte, würde er anstandslos auf diese Bitte eingehen.

„Ganz wie Sie wünschen“, antwortete Winkler und bedeutete den beiden Kriminalhauptkommissaren, ihm zu folgen.

Der Fotograf führte sie in den hinteren Teil des Studios. Auf einem schlichten Schreibtisch stand ein aufgeklappter Laptop.

„Sie können sich gerne den ganzen Ordner anschauen“, deutete Winkler einladend auf den Monitor, nachdem er die richtige Datei aufgerufen hatte.

Kirchhoff beugte sich über den Laptop und betrachtete schweigend die ersten Bilder. Er nickte ein paarmal und sagte schließlich:

„In Ordnung. Wenn Sie nichts dagegen haben, hätte ich gerne eine Kopie davon.“

„Bitte, wenn es Sie glücklich macht“, entgegnete Winkler und zog die oberste Schreibtischschublade auf, der er einen Memorystick in der Größe eines Wegwerffeuerzeugs entnahm.

„Danke, den Rest schaffe ich allein“, nahm Kirchhoff ihm das Speichermedium ab und steckte es seitlich in den Laptop.

„Kann ich sonst noch etwas für Sie tun?“, wandte Winkler sich an Hirschfeld, während Kirchhoff mit dem Finger über das Touchpad des Notebooks fuhr.

„Nein, das wäre es fürs Erste. Falls Sie Ihre Meinung doch noch ändern sollten, erreichen Sie mich über diese Telefonnummer“, antwortete Hirschfeld und gab dem Fotografen seine Visitenkarte.

Als sie das Fotostudio wieder verlassen hatten, bemerkte Kirchhoff:

„Winkler ist glatt wie ein Aal. Er wollte nicht einmal wissen, weshalb wir ihn befragt haben.“

„Vielleicht kennt er den Grund bereits“, gab Hirschfeld zu bedenken und schlug den Kragen seines Ulster-Mantels hoch.

„Das werden wir noch in Erfahrung bringen“, erwiderte Kirchhoff und hielt den Memorystick triumphierend hoch.

„Lass mich raten: Du hast nicht nur die Bilder vom Friedhof kopiert?“

Kirchhoff nickte:

„Richtig, für ein paar andere Bilderordner reichte die Zeit gerade noch.“

So viel Dreistigkeit hätte Hirschfeld seinem Partner gar nicht zugetraut.

„Wenn du mich fragst, verschweigt Winkler uns irgendetwas“, lächelte er in sich hinein. „Vielleicht sollten wir ihn ein wenig im Auge behalten.“

Sie hatten inzwischen den schwarzen Audi A4 Quattro erreicht, der auf der gegenüberliegenden Straßenseite parkte.

„Ich bin ganz deiner Meinung“, erwiderte Kirchhoff und zielte mit dem Schlüssel auf den Dienstwagen.

Die Fahrzeugtüren entriegelten sich mit einem mechanischen

Klacken. Kaum hatten sie auf den Sitzen Platz genommen, verließ Winkler eilig sein Fotostudio und schloss die Tür hinter sich ab. Er hatte sich eine Jacke übergezogen und trug einen Rucksack.

„Das ging ja schneller als erwartet", stellte Kirchhoff trocken fest und ließ den Motor an.

59

Warte nur drauf, dass sie mich endlich begraben. Kein Tropfen Blut ist mehr in mir. Lieg steif wie ein Brett auf dem Laken. Bin nur noch zum Schein hier. Seh die Tage und Nächte an mir vorüberziehen. Aber das hat nichts mehr mit mir zu tun. Jeden Morgen drehen sie mich zur Seite und waschen mich. Dabei bin ich innen längst verfault. Hat sich alles aufgelöst. Brauchen sich keine Mühe mehr zu machen. Frag immer wieder nach meiner Beerdigung. Dann lächeln sie nur und geben mir eine Handvoll Tabletten.

60

„Was hat Winkler vor?"

Der Fotograf war in einer Toreinfahrt verschwunden. Kirchhoff hatte den Audi A4 Quattro auf die Straße rollen lassen und sich in den Verkehr eingeordnet. Wenn Winkler nicht bald wieder auf der Bildfläche auftauchte, würden sie ihn aus den Augen verlieren.

„Ich hoffe, du weißt, was du tust", meinte Hirschfeld und fixierte den Seitenspiegel.

In diesem Moment schob Winkler ein Rennrad aus der Einfahrt. Das rechte Hosenbein hatte er hochgekrempelt.

„Timing ist die halbe Miete", erwiderte Kirchhoff und setzte zu einem Wendemanöver an.

„Okay, der Punkt geht an dich", lehnte Hirschfeld sich etwas entspannter in seinem Sitz zurück.

Sie folgten Winkler jetzt in einem Abstand von vier Autolängen. Sein Kopf tanzte über seinem Rucksack auf und ab.

„Er tritt ganz schön in die Pedale", stellte Kirchhoff fest und deutete mit dem Daumen auf den Tacho. „Offensichtlich hat unser Besuch ihn aufgescheucht."

Nach ein paar 100 Metern tauchte vor ihnen ein Kreisverkehr auf. Kirchhoff reduzierte das Tempo, setzte den Blinker und ordnete sich hinter einem VW Passat ein. Während Winkler die zweite Ausfahrt nahm, zog Hirschfeld sein Handy aus der Manteltasche. Immer noch keine Nachricht von Jo. Langsam, aber sicher machte er sich Sorgen um seine Schwester. Seit dem Vortag hatte Hirschfeld unzählige Male erfolglos ihre Nummer gewählt.

„Alles in Ordnung?", erkundigte sich Kirchhoff.

„Wenn ich das wüsste. Meine Schwester hat frühzeitig ihren Aufenthalt in den Staaten abgebrochen. Am Wochenende war sie in Bonn, aber wir haben uns verpasst."

„Klingt so, als hätte sie ihren eigenen Kopf", erwiderte Kirchhoff.

„Das kannst du laut sagen, eine Art Familienkrankheit."

„Trotzdem scheinst du beunruhigt zu sein."

„Ja, Johanna geht seit Tagen nicht mehr an ihr Telefon."

„Das kann viele Gründe haben. Sie ist jung, braucht ihre Freiheit. Sie wird sich schon bei dir melden, wenn ihr danach ist."

„Mag sein", entgegnete Hirschfeld, klang jedoch nicht gerade überzeugt.

Er nahm sich vor, in einer ruhigen Minute ein paar Freundinnen von Jo anzurufen. Vielleicht hatten sie eine Ahnung, wo sie steckte.

„Was macht unser Lance Armstrong?“, wechselte Hirschfeld das Thema und steckte sein Handy zurück in die Tasche.

„Radelt wie ein Duracellhase.“

Jörg Winkler hatte bereits zweimal die Straße gewechselt und schien noch an Tempo zuzulegen.

„Wir nähern uns der Innenstadt“, erklärte Kirchhoff.

„Das nennen die Siegburger Innenstadt?“, fragte Hirschfeld und warf einen Blick aus dem Seitenfenster.

Graue Häuser reihten sich aneinander, die sich hier und da mit sparsam dekorierten Schaufenstern abwechselten.

„Hier gehen die Uhren eben langsamer“, erwiderte Kirchhoff.

Ein Transporter eines Paketdienstes bog auf die Straße ein und setzte sich vor sie. Als der Wagen nach ein paar 100 Metern rechts ranfuhr und das Warnblinklicht einschaltete, musste Kirchhoff abbremsen. Der Fahrer sprang bei laufendem Motor auf die Straße, umrundete den Wagen und öffnete die Heckklappe.

„Das hat uns gerade noch gefehlt“, meinte Hirschfeld und beobachtete, wie der Fahrer in einem Hauseingang verschwand. Auf der Schulter trug er ein schweres großes Paket. „Kannst du überholen?“

„Nein“, knurrte Kirchhoff und trommelte mit den Fingern auf das Lenkrad. „Zu viel Gegenverkehr.“

Ihr mobiles Blaulicht nützte ihnen jetzt nichts. Das war zu riskant, wenn ihre Beschattung weiterhin unentdeckt bleiben sollte.

„Trinkt der da drin noch einen Kaffee?“, murmelte Kirchhoff und erhöhte seine Trommelfrequenz.

Nach einer halben Ewigkeit kehrte der Paketdienstfahrer zurück und lächelte entschuldigend in ihre Richtung.

„Wurde auch Zeit.“

Nachdem der Fahrer wieder eingestiegen war, hängte Kirchhoff sich wieder an den Transporter, der an der nächsten Querstraße abbog.

„Mist, wo ist Winkler abgeblieben?“, fluchte Hirschfeld und blickte sich nach allen Seiten um.

Kirchhoff schwieg verbissen. Gerade eben war der Fotograf noch vor ihnen gewesen. Jetzt schien er sich in Luft aufgelöst zu haben.

„Glaubst du, er hat spitzbekommen, dass wir an ihm dran sind?“

„Macht das einen Unterschied?“

Kirchhoff hatte Recht. Sie mussten so schnell wie möglich herausfinden, in welche Richtung der Fotograf gefahren war.

„Dort drüben fängt die Fußgängerzone an“, fuhr Kirchhoff fort.

„Okay, ich steige aus und sehe nach, ob Winkler diesen Weg genommen hat. Du fährst am besten eine Runde um den Block. Irgendwo muss der Kerl ja stecken.“

Kirchhoff nickte und setzte Hirschfeld kurz darauf an der Einkaufsmeile ab.

„Wir bleiben in Kontakt“, rief Hirschfeld über die Schulter und deutete mit Daumen und Zeigefinger an, dass er seinen Partner über sein Mobilfunktelefon anrufen würde.

Hirschfeld rannte in die Richtung, die Kirchhoff ihm gezeigt hatte. Um diese Tageszeit waren nicht besonders viele Passanten in der Fußgängerzone, nur hier und da ein paar Schüler, die dem Unterricht wahrscheinlich unerlaubt fernblieben. Hirschfeld lief weiter und versuchte sich zu orientieren. Er verfluchte den Umstand, dass er sich nicht in der Gegend auskannte. Mit dem Auto hätte er jedoch noch schlechtere Karten gehabt.

Plötzlich klingelte Hirschfelds Handy.

„Ja?“, keuchte er, seine Lungen brannten.

„Hast du Winkler entdeckt?“, schnarrte Kirchhoffs Stimme aus dem Lautsprecher.

Hirschfeld hatte das Ende der Ladenstraße erreicht, die in einen Marktplatz mündete, auf dem gut 20 Obst- und Gemüsehändler ihre Stände aufgebaut hatten.

„Nein, keine Spur."

„Mist, bei mir dasselbe. Ich habe bereits eine Runde gedreht. Dieser verdammte Paketmann!"

Hirschfeld blieb stehen und holte tief Luft. Obwohl es kalt war, rann ihm der Schweiß den Rücken hinunter. Hirschfeld musste sich entscheiden, welche Richtung er einschlagen sollte. Er rechnete sich aus, dass Kirchhoff den Fotografen längst gesichtet hätte, wenn er in eine Seitenstraße gebogen wäre und das Stadtzentrum wieder verlassen hätte.

„Ich rufe dich zurück", sagte Hirschfeld, legte auf und lief zum erstbesten Marktstand.

Eine junge blonde Frau in einem Norwegerpullover bediente gerade ein älteres Ehepaar. Während sie ein paar Worte über das Wetter wechselten, legte die Marktfrau eine Handvoll Äpfel in die Waage. Ihre rissigen Hände steckten in fingerlosen Handschuhen, die an den Rändern ausgefranst waren.

„Entschuldigen Sie, Kripo Bonn", hielt Hirschfeld seine Marke hoch. „Ist hier vielleicht vorhin ein Mann Ende 40 mit einem Rennrad vorbeigekommen? Er hat mittellanges braunes Haar, nach hinten gekämmt, und trägt einen Rucksack."

Das Gespräch verstummte. Die Marktfrau starrte erst die Kriminalmarke und dann Hirschfeld an.

„Ja", sagte sie langsam und packte die Äpfel in eine Papiertüte. „Er schien es sehr eilig zu haben."

„In welche Richtung ist er gefahren?", wollte Hirschfeld sofort wissen.

„Da lang", deutete die Marktfrau mit dem Zeigefinger zum anderen Ende des Platzes.

„Wohin geht es dort?"

„Zum Bahnhof."

„Verdammt!", schimpfte Hirschfeld. Dann bedankte er sich und sprintete los.

Als er das Ende des Marktplatzes erreicht hatte, wählte er Kirchhoffs Nummer.

„Winkler könnte sich mit dem Zug abgesetzt haben", informierte Hirschfeld ihn.

„Gut, wir treffen uns am Bahnhof, vielleicht erwischen wir den Kerl noch."

Eine Viertelstunde später entdeckte Hirschfeld seinen Partner auf Gleis 1. Kirchhoff ließ die Schultern hängen und schüttelte resigniert den Kopf:

„Wir haben ihn verloren, Lutz. Von hier aus kann Winkler überallhin gefahren sein."

61

Du bist ein widerspenstiges kleines Mädchen. Hast gezappelt und gestrampelt. Geschrien, geflucht, gebettelt. Und zuletzt geweint. Jetzt bist du stumm und rührst dich nicht mehr. Dein Atem ist flach. Deine Augen flattern. Bald geht es zu Ende mit dir.

Fast könnte man Mitleid mit dir haben. Aber ich weiß, wozu du in der Lage bist. Hab es am eigenen Leib erfahren. Warum hast du mir das angetan? Kann nicht glauben, dass du all die Jahre ungeschoren davongekommen bist. Doch du hast sie alle getäuscht. Mit deinem Engelsgesicht. Hast sie eingewickelt. Ihnen Lügen ins Ohr geflüstert. Dich herausgeredet, wenn sie der Wahrheit zu nahe kamen.

Ich hatte viel Zeit, über dich nachzudenken. Vielleicht bist du gar nicht böse. Vielleicht warst du wie ich. Vielleicht wohnt nur der Teufel in dir. Du solltest mir dankbar sein, denn ich werde dich von allem Schlechten befreien. Erst dann werden wir Frieden finden.

62

Der Wasserstrahl traf auf seinen verspannten Nacken. Während warmer Dampf nach oben stieg, lehnte Hirschfeld sich mit dem linken Unterarm gegen die Kacheln und senkte den Kopf. Durch seine nassen Haare hindurch verfolgte er, wie das Wasser seine Füße umspülte und gurgelnd im Abfluss verschwand.

Hirschfeld schloss die Augen und konzentrierte sich auf das Geräusch der Tropfen, die auf den Boden der Duschkabine prasselten. Er hatte das dringende Bedürfnis, die Mischung aus Frust, Sorge und Ekel abzuwaschen, die sich seit Tagen in ihm anstaute. Sie kamen einfach nicht weiter. Hirschfeld machte sich Vorwürfe, dass der Fotograf ihnen entkommen war. Der einzige Verdächtige in diesen Fällen. Obwohl Jörg Winkler seit dem Nachmittag zur bundesweiten Fahndung ausgeschrieben worden war und seine Wohnung sowie das Fotostudio rund um die Uhr observiert wurden, fehlte bisher jede Spur von ihm. Es war eine Frage der Zeit, bis er gefasst wurde. Zeit, die sie nicht hatten. Denn wenn Winkler die beiden jungen Frauen getötet hatte, war nicht auszuschließen, dass er sein nächstes Opfer bereits im Visier hatte. Jede Stunde, die verstrich, konnte das Todesurteil für eine weitere unschuldige Frau bedeuten.

Hirschfeld tastete mit geschlossenen Augen nach der Flüssigseife. Er schraubte den Verschluss der Plastikflasche auf und ließ die Seife, die, schenkte man dem Etikett Glauben, auch für die Haarwäsche geeignet war, in die hohle Hand laufen. Er würde nicht umhinkommen, endlich auf Wohnungssuche zu gehen, wenn er sich nicht länger mit dem Hauch von Hotelseife umgeben wollte.

Hirschfeld massierte das Shampoo in die Kopfhaut ein, bis sich genügend Schaum gebildet hatte. Beim Auswaschen dachte er an die Dateien, die Kirchhoff auf den Memorystick kopiert hatte. In einem Punkt hatte Winkler die Wahrheit gesagt: Am Tag von Susanne Bachs Beerdigung hatte er tatsächlich verschiedene Grabanlagen auf dem Nordfriedhof fotografiert. Die Friedhofsgärtnerei hatte den Auftrag auf telefonische Nachfrage bestätigt. Es würde schwierig sein, Winkler nachzuweisen, dass der Termin nicht zufällig gewählt war.

Die Fotos von minderjährigen Mädchen, die Winkler in eindeutigen Posen abgelichtet hatte, hatte er dagegen verschwiegen. Hirschfeld spürte noch immer den bitteren Geschmack im Mund, als er die ersten Bilder gesehen hatte. Die KTU war bei der Identifizierung der Räumlichkeiten, in denen sich der Fotograf mit den Mädchen getroffen hatte, noch nicht vorangekommen. Fest stand, dass Winkler für die Aufnahmen nicht sein eigenes Fotostudio benutzt hatte. Die Möbelstücke, die im Hintergrund zu sehen waren, ließen vermuten, dass er sich in diversen Hotels eingemietet hatte.

„Perverses Schwein!"

Hirschfeld schlug mit der Faust gegen die Wand. Seine Fingerknöchel schmerzten empfindlich, doch er kümmerte sich nicht darum. Wut würde sie nicht weiterbringen. Hirschfeld konnte nur hoffen, dass Winkler einen Fehler beging, nachdem sie ihn in die Enge getrieben hatten. Allerdings war ihm auch bewusst, dass das genaue Gegenteil eintreten konnte: Winkler hatte nichts mehr zu verlieren. Das machte ihn umso unberechenbarer.

Das Klingeln des Telefons riss Hirschfeld aus seinen Gedanken. Er fluchte, aber vielleicht war das endlich ... Er duschte sich hastig ab, dann drehte er den Wasserhahn zu und sprang aus der Dusche. Auf dem Weg zum Bett schnappte Hirschfeld sich ein Handtuch, das er sich um die Hüften band.

„Ja?"

„Dass ich dich mal ans Telefon bekomme, grenzt an ein Wunder."

„Jo?", rief Hirschfeld.

„Ja, Bruderherz. Hast du jemand anderes erwartet? Sollte ich da etwas wissen?"

„Wo zur Hölle hast du die letzten Tage gesteckt?"

„Wow, du bist ja gut gelaunt."

„Verdammt, ich hab mir Sorgen gemacht!"

„Wieso?", fragte Johanna jetzt ernst. „Weil ich mich nicht gemeldet habe? Ich bin am Sonntag spontan nach Berlin gefahren, alles ein großes Durcheinander."

„Mit dem Zug?"

„Ja. Ich wollte zuerst mit einem Typen los, den ich über die Mitfahrzentrale vermittelt bekommen habe. Wir waren noch nicht auf der Autobahn, da wurde der Kerl bereits zudringlich."

„Verdammt, ich habe dir doch schon 1.000 Mal gesagt, dass das gefährlich werden kann."

„Ich weiß, deswegen habe ich ja auch so einen tierischen Aufstand gemacht, dass er mich gleich wieder hat aussteigen lassen."

Hirschfeld konnte sich die Szene fast bildlich vorstellen.

„Warum bist du so überstürzt aufgebrochen?", wollte er wissen.

„Franzi hat Beziehungsstress. Ihr Freund ist fremdgegangen. In dieser Situation konnte ich sie nicht allein lassen."

„Wie lange bleibst du?"

„Keine Ahnung. Kommt darauf an, wann Franzi sich wieder beruhigt. Das könnte noch ein paar Tage dauern. Ach ja, falls du versucht haben solltest, mich auf dem Handy zu erreichen: Ich muss das Ding irgendwo liegen gelassen haben."

„Auch das noch."

„Du hörst dich schlecht an."

Johanna hatte das Talent, elegant das Thema zu wechseln, wenn sie Mist gebaut hatte.

„Hör zu, ich muss auflegen. Wie erreiche ich dich die nächsten Tage?"

Jo gab ihm eine Festnetznummer durch.

„Pass auf dich auf, Kleines", verabschiedete sich Hirschfeld.

„Sicher, du auch. Bis bald."

Als Hirschfeld auflegte, fühlte er sich besser. Eine Sorge weniger.

63

Stimmengewirr und das Klappern von Besteck erfüllten die Cafeteria des Bonner Polizeipräsidiums. Hirschfeld saß mit Kirchhoff an einem der weißen Resopaltische und stocherte in seinem Essen, als Christian Hellmann aufgeregt an ihren Tisch trat.

„Ich hab euch schon überall gesucht", sagte er atemlos.

„13 Uhr. Mittagszeit. Was sagt dir das, Hellmann?", fragte Hirschfeld müde.

„Ja, ja, mach dich ruhig über mich lustig. Aber es dürfte euch interessieren, dass eine Zivilstreife gerade Jörg Winkler aufgegriffen hat. Der Mann, den ihr gestern habt laufen …"

„Wo?", unterbrach Hirschfeld den Kriminalkommissar.

„Vor seiner Wohnung", entgegnete Hellmann und reckte das Kinn nach vorne. „Er wird jeden Moment im Präsidium eintreffen."

Hirschfeld ließ die Gabel sinken und stand auf. Dann verließ er wortlos den Tisch. Endlich kam Bewegung in die Sache. Kirchhoff folgte ihm.

Keine 20 Minuten später wurde Jörg Winkler in einen der Verhörräume geführt. Er trug Handschellen und noch dieselbe Kleidung wie am Vortag. Obwohl er mitgenommen aussah, blitzten seine Augen herausfordernd.

„Ich nehme an, dass ich Ihnen das Ganze hier zu verdanken habe!", rief der Fotograf und hob die Hände, während er von einem Uniformierten zum Tisch geführt wurde.

„Setzen Sie sich", entgegnete Hirschfeld, der bereits Platz genommen hatte. „Das haben Sie sich ganz allein zuzuschreiben, Herr Winkler!"

„Inwiefern?", stützte sich Winkler mit beiden Händen auf den Tisch und wartete darauf, dass der Uniformierte ihm den Stuhl zurechtrückte. Dann ließ er sich nieder. „Ich bin mir keiner Schuld bewusst."

„Sind Sie über Ihre Rechte aufgeklärt worden?“, ignorierte Hirschfeld den letzten Satz und verabschiedete den Uniformierten mit einem Nicken, nachdem dieser Winkler die Handschellen abgenommen hatte.

„Ja, bei meiner Verhaftung.“

„Mit den polizeilichen Gepflogenheiten kennen Sie sich ja bestens aus“, begann Hirschfeld das Verhör und schlug eine dicke Akte auf, die vor ihm lag.

Kirchhoff hatte unterdessen seinen Beobachtungsposten bezogen: Er stand, die Arme vor der Brust verschränkt, mit dem Rücken an der Wand. Mit gesenktem Kopf sah er Winkler von unten an. Keine noch so kleine Regung des Fotografen würde ihm entgehen.

„Worauf spielen Sie an?“, wollte Winkler wissen.

„Nun, beginnen wir mit Lena Zimmermann.“

„Müssen wir tatsächlich über diese alte Geschichte reden?“

„Ist Ihnen das Thema unangenehm?“, hakte Hirschfeld sofort nach und sah von den Unterlagen auf.

Winkler schwieg.

„Ich helfe Ihnen gerne, Ihre Erinnerung aufzufrischen: Sie haben Lena Zimmermann über drei Monate belästigt. Aus diesem Grund wurde gegen Sie eine einstweilige Verfügung erlassen. Muss ich noch weiter ins Detail gehen?“

„Das war ein einmaliger Fehltritt. Ich hatte eben etwas übrig für die Kleine. Wenn Sie jeden Tag so ein hübsches Mädchen sehen“, beugte sich Winkler nach vorne und senkte die Stimme vertraulich, „werden Sie bestimmt auch schwach. Ich bin schließlich auch nur ein Mann.“

Hirschfeld stieg die Galle hoch. Solche Sprüche hatte er schon öfters gehört. In diesem Fall machten sie ihn besonders wütend.

„Das sehe ich anders“, bemühte er sich um Beherrschung.

„So?“

„Frauen in Ihrem Alter lassen sich von Typen wie Ihnen nicht beeindrucken. Da liegt es auf der Hand, dass Sie sich Mädchen aussuchen, die Ihre Masche noch nicht durchschaut haben.“

„Ich bitte Sie!", lachte Winkler. „Wenn Sie glauben, dass Sie mich damit aus der Fassung bringen können, haben Sie sich geirrt."

Der Fotograf lehnte sich lässig auf seinem Stuhl zurück und schlug die Beine übereinander.

„Sie denken, ich weiß nicht, wovon ich spreche?"

Hirschfeld blätterte in der Akte, zog mehrere Ausdrucke daraus hervor und warf den Stapel vor Winkler auf den Tisch.

„Das haben wir auf Ihrem Laptop gefunden. Das", machte er eine bedeutungsvolle Pause, „nennt man Kinderpornografie."

Der Fotograf wurde blass.

„Wo haben Sie das her?"

„Ich bin sicher, dass wir in Ihrer Wohnung weiteres Material finden", erwiderte Hirschfeld und registrierte, wie Winklers Finger in Bewegung gerieten.

„Ich möchte mit meinem Anwalt sprechen", brachte Winkler mühsam hervor.

„Ja, ich dachte mir, dass Sie das sagen."

Wenn Winkler erst juristischen Beistand hatte, würde er kein Wort mehr von sich geben. Dazu durfte Hirschfeld es nicht kommen lassen.

„Gut, Sie können Ihren Anwalt anrufen, aber vorher hören Sie mir zu: Noch können Sie das Richtige tun, Herr Winkler."

Hirschfeld entnahm der Aktenmappe zwei weitere Bilder. Auf dem ersten war Lena Zimmermann zu sehen. Das zweite zeigte Susanne Bach. Jörg Winkler betrachtete die Bilder kurz, dann schob er sie von sich weg.

„Was soll das?", funkelte der Fotograf Hirschfeld an.

Seine Unsicherheit schien in offene Feindseligkeit umzuschlagen.

„Ich sagte: Hören Sie mir einfach zu!", wurde Hirschfeld lauter. „Sie haben Lena Zimmermann belästigt. Sie waren sogar auf der Beerdigung, in deren Anschluss Lena verschwunden ist. Dafür gibt es Zeugen." Er klopfte auf die Akte. „Ich weiß nicht, wie

Sie beim Verschwinden von Lena Zimmermann an Ihr Alibi gekommen sind. Es ist nur eine Frage der Zeit, bis wir das herausgefunden haben. Vielleicht hatten Sie einen Helfer."

Bisher waren sie nur von einem Täter ausgegangen. Allerdings sprach nichts dagegen, dass sie es mit zwei Tätern zu tun hatten. Sie mussten jede Möglichkeit in Betracht ziehen.

Winkler presste die Lippen aufeinander.

„Und Sie waren auf der Beerdigung von Susanne Bach. Das kann kein Zufall sein, Herr Winkler!", nahm Hirschfeld den Faden wieder auf. „Auch wenn Sie dort Fotos von verschiedenen Grabanlagen gemacht haben, war dies eine günstige Gelegenheit, die Tat noch einmal zu durchleben."

„Welche Tat?", stieß Winkler hervor. Sein Gesicht hatte ein sattes Rot angenommen.

Hirschfeld beschloss, jetzt alles auf eine Karte zu setzen:

„Dieselbe, der auch Lena Zimmermann zum Opfer gefallen ist!"

„Ich war auf der Beerdigung, auf der auch Lena Zimmermann war", entgegnete Winkler und betonte jede Silbe, „weil ich die Verstorbene kannte!"

„Natürlich", schüttelte Hirschfeld den Kopf. „Und gleich erzählen Sie mir, dass es den Weihnachtsmann wirklich gibt. Versuchen Sie nicht, uns für dumm zu verkaufen!"

„Hören Sie, ich meine es ernst!", war Winkler außer sich vor Wut. „Ich habe Lena auf der Beerdigung nicht einmal gesprochen."

Kirchhoff stieß vernehmlich die Luft aus.

„Sie wollen mir da etwas anhängen!", schrie der Fotograf in Kirchhoffs Richtung.

„In Ordnung", lenkte Hirschfeld ein, nachdem Winkler sich wieder etwas beruhigt hatte. „Wenn Sie mit alldem nichts zu tun haben, macht es Ihnen sicher nichts aus, uns freiwillig eine DNA-Probe zu geben."

„Ich denke gar nicht daran – von euch lasse ich mich nicht reinlegen!"

Hirschfeld klappte die Akte zu. So kamen sie nicht weiter.

„Noch mal von vorn, Herr Winkler", fuhr er ruhig fort. „Was können Sie uns zu Lena Zimmermann sagen? Und zu Susanne Bach? Wir haben erdrückende Beweise, um Sie für lange Zeit ins Gefängnis zu bringen. Kooperationsbereitschaft kann sich strafmildernd auswirken, das sollte Ihnen klar sein."

„Ich sagte bereits, dass ich nichts damit zu tun habe. Was wollen Sie denn noch von mir hören? Ich war auf der Beerdigung von Margot Krämer. Schön. Ich wollte sehen, wie ihr Sarg für immer in der Erde verschwindet. Das ist alles."

„Was soll das heißen?", erkundigte sich Hirschfeld sofort.

„Das tut hier nichts zur Sache", blaffte Winkler, „etwas Persönliches."

„Und Lena?", ließ Hirschfeld nicht locker.

„Lena war die Großnichte der Verstorbenen, nur deshalb sind wir uns dort begegnet. Ich war viel zu sehr mit mir selbst beschäftigt, um auf sie zu achten."

„Was haben Sie nach der Beerdigungsfeier gemacht?"

„Da saß ich mit früheren Bekannten zusammen, fast die ganze Nacht, aber das können Sie ja nachlesen. Von Lena habe ich nichts mitbekommen."

„Und Susanne Bach?", schaltete sich Kirchhoff ein.

„Ich kenne keine Susanne Bach. Ich war an dem Samstag einzig und allein auf dem Nordfriedhof, um meinen Auftrag zu erledigen", antwortete Winkler monoton. Er klang jetzt müde.

Hirschfeld schwieg und betrachtete den Mann. Mehr war nicht aus ihm herauszuholen, das spürte er. Er stand auf, ging zur Tür und winkte den Beamten wieder herein.

„Denken Sie noch einmal über die DNA-Probe nach", empfahl er dem Fotografen, als dieser abgeführt wurde.

64

Als Hirschfeld am nächsten Morgen ihr gemeinsames Büro betrat, begrüßte ihn sein Kollege müde:

„Guten Morgen, du siehst fürchterlich aus."

„Dir auch einen wunderschönen guten Morgen", knurrte Hirschfeld, schloss die Tür hinter sich und zog seinen Ulster-Mantel aus.

„Hast du heute Morgen schon mal in den Spiegel geschaut? Du siehst aus, als hättest du auf einer Parkbank geschlafen."

„Danke für die Blumen", erwiderte Hirschfeld und ließ sich auf seinen Schreibtischstuhl fallen.

„Bevor wir zur Morgenbesprechung gehen, solltest du dich noch etwas frisch machen. Deine Haare stehen nach allen Seiten", meinte Kirchhoff sachlich.

„Zu Befehl", salutierte Hirschfeld, obwohl er sicher war, dass Kirchhoff die Situation dramatisierte. „Hast du vielleicht eine Kopfschmerztablette?"

Kirchhoff zog seine Schreibtischschublade auf, wühlte darin und warf Hirschfeld schließlich einen Blister mit Tabletten zu.

„Danke", murmelte Hirschfeld, stand auf und verließ das Büro. Er hatte eine weitere schlaflose Nacht hinter sich. Die Fälle ließen ihm keine Ruhe.

Der Weg zur Toilette kam ihm an diesem Tag noch länger vor als gewöhnlich. Die Architekten hatten bei der Planung dieses Gebäudes wenig Nachsicht mit blasenschwachen Beamten gehabt: Es galt, teilweise lange Strecken hinter sich zu bringen, um einen der Waschräume zu erreichen. Als Hirschfeld die Herrentoilette betrat, war er erleichtert, für einen Moment allein zu sein. Er stellte sich vor das Waschbecken, drehte den Hahn auf und ließ das Wasser in die hohle Hand laufen.

„Scheiße", sagte Hirschfeld laut, als er aufsah und sich im Spiegel betrachtete.

Kirchhoff hatte nicht übertrieben: Hirschfeld sah tatsächlich furchtbar aus. Er war kreidebleich, seine Augen blutunterlaufen. Gerade als er sich das Wasser ins Gesicht spritzte, öffnete sich die Tür. Der penetrante Geruch des Aftershaves, der sich schlagartig im Waschraum ausbreitete, ließ Hirschfeld innerlich aufstöhnen: Ernst Friedrich Schumacher. Der General. In den letzten Tagen hatte Hirschfeld es erfolgreich geschafft, dem Leiter der Kriminalinspektion 1 aus dem Weg zu gehen. Jetzt war ein kurzes Gespräch unausweichlich.

„Müssen Sie nicht zur Morgenbesprechung, Junge?“, klopfte Schumacher ihm auf die Schulter.

„Guten Morgen“, sagte Hirschfeld nur und hoffte, dass Schumacher sich schnell wieder verzog.

Stattdessen blieb der Kriminaldirektor neben der Tür stehen und beobachtete Hirschfeld dabei, wie er sich mit ein paar Papierhandtüchern das Gesicht trocknete.

„Wohl zu wenig Schlaf“, stellte Schumacher fest, verschränkte die Arme vor der Brust und blickte ihn von unten an. „Übertreiben Sie's nicht gleich, neu wie Sie hier sind. Ich möchte keine Klagen hören.“

Blasiertes Arschloch, dachte Hirschfeld und zwang sich ein Lächeln auf.

„Ich muss los“, erwiderte er, warf die Papierhandtücher in den Abfallkorb und zwängte sich an Schumacher vorbei.

„Deine Haare stehen immer noch ab“, empfing ihn Kirchhoff kurz darauf wieder im Büro.

„Ich weiß, der General hat mir auf der Toilette ein paar gute Ratschläge gegeben.“

„Und da hast du das Weite gesucht“, beendete Kirchhoff den Satz.

„Ist Schumacher immer so arrogant?“, wollte Hirschfeld wissen.

„Ich habe ihn jedenfalls noch nie anders erlebt.“

Bevor Kirchhoff sich weiter über den Leiter der Kriminalinspektion 1 auslassen konnte, klingelte Hirschfelds Telefon.

„Ja?“, meldete er sich.

„Lutz? Hier spricht Stein.“

„Ach, hallo, Herr Professor. Schön von Ihnen zu hören.“

„Ich dachte, ich informiere Sie persönlich. Der toxikologische Befund von Susanne Bach liegt vor. Ich habe Ihnen den Bericht gerade per E-Mail zugeschickt.“

„Vielen Dank“, antwortete Hirschfeld und fuhr seinen Computer hoch. „Einen Moment, ich rufe sofort meine Nachrichten ab.“

„Gut, das wichtigste Ergebnis kann ich vielleicht schon einmal vorwegnehmen: Die junge Frau wurde mit Gamma-Hydroxybutyrat respektive Gamma-Hydroxybuttersäure betäubt.“

Hirschfeld versuchte, das Wort auf seine Schreibtischunterlage zu kritzeln, während das Betriebssystem startete.

„Könnten Sie das noch einmal wiederholen?“

„Ja, vereinfacht gesagt: Es handelt sich um einen Wirkstoff in Medikamenten, die bei Schlafstörungen und Depressionen verschrieben werden. Er kommt auch in K.-o.-Tropfen vor, in der Szene sind diese als ‚Liquid Acid‘ im Umlauf.“

„Verstehe“, erwiderte Hirschfeld und strich seine Notiz durch. „Soweit ich weiß, ist dieser Wirkstoff nur sehr schwer nachweisbar.“

„Das ist richtig, nur etwa sechs Stunden im Blut und bis zu zwölf Stunden im Urin. Die genaue Dosis kann ich leider nicht angeben. Vielleicht nur so viel: Bei 0,5 bis 1,5 Gramm tritt Euphorie oder Entspannung ein. Bei 1 bis 2,5 Gramm wird die Hemmschwelle gesenkt und ein rauschhafter Zustand tritt ein. Ab 2,5 Gramm können Halluzinationen auftreten, ab 5 Gramm kann es zu Tiefschlaf bis hin zu Atemstillstand kommen.“

Hirschfeld versuchte, sich auf die Zahlen zu konzentrieren, aber hinter seinen Schläfen verspürte er einen pochenden Schmerz. In diesem Moment fiel ihm ein, dass er vergessen hatte, die Kopfschmerztabletten, die Kirchhoff ihm überlassen hatte, zu nehmen.

„Das heißt, dass eine falsche Dosierung zum Tod führen kann."

Der Desktop hatte sich aufgebaut. Hirschfeld öffnete sein Outlook und rief seine E-Mails ab.

„Korrekt. Als Todesursache kommt GHB jedoch nicht in Frage, wie ich bereits bei der Obduktion festgestellt habe."

Die Nachricht von Professor Stein erschien in der obersten Reihe. Hirschfeld öffnete sie und klickte auf den Anhang. Innerhalb weniger Sekunden erschien der toxikologische Bericht auf dem Bildschirm.

„Das Betäubungsmittel wurde demnach nur eingesetzt, um das Mädchen unter Kontrolle zu bringen", stellte er fest und scrollte sich durch das Dokument.

„Ja. Ursprünglich ist GHB ein körpereigener Stoff, der im Gehirn den Wach- und Schlafrhythmus steuert. Inzwischen wird GHB selbstverständlich synthetisch hergestellt. Ich vermute, dass die junge Frau über einen längeren Zeitraum mehrere Dosen verabreicht bekommen hat."

Das deckte sich mit ihren Ermittlungen. Bis der Täter seine Opfer tötete, vergingen nach den Obduktionsergebnissen und den Zeugenaussagen etwa fünf bis sechs Tage.

„Gut, das hilft uns weiter. Danke, dass Sie mich persönlich ins Bild gesetzt haben."

„Keine Ursache. Wir hören uns."

Damit verabschiedete sich Professor Stein. Als Hirschfeld wieder aufgelegt hatte, fragte Kirchhoff:

„Und?"

„Der Täter hat Susanne Bach mit einem Sedativum betäubt, das ähnlich wirkt wie K.-o.-Tropfen."

„Das Zeug wird doch meistens bei Sexual- und Eigentumsdelikten eingesetzt", meinte Kirchhoff.

Sein Partner hatte Recht. Die Zahl der Vergewaltigungen, die unter dem Einfluss von K.-o.-Tropfen erfolgten, war in den letzten Jahren deutlich angestiegen, von der Dunkelziffer ganz zu schweigen.

„Ja, aber bei unseren Opfern konnten keinerlei Anzeichen von sexuellen Handlungen festgestellt werden. Dazu müssten wir noch mal Winkler befragen."

„Apropos Jörg Winkler: Beus hat heute Morgen einen richterlichen Beschluss erwirkt, sodass er eine DNA-Probe abgeben muss."

„Gut. Dann wissen wir ja bald mehr."

Hirschfeld verschränkte die Arme hinter dem Kopf, legte die Füße auf die Tischkante und schloss die Augen. Als jemand die Tür zu ihrem Büro aufriss, zuckte er zusammen.

„Die Morgenbesprechung wird vorverlegt", sagte Jens Schröder atemlos. „Wir haben ein drittes Opfer!"

65

Marie Reichert. Jede einzelne Silbe dröhnte in Hirschfelds Kopf. Die 30-köpfige Mordkommission hatte sich im Besprechungsraum des KK 11 eingefunden. Die Beamten saßen dicht gedrängt an den Konferenztischen. Jens Schröder stand an der Stirnseite und machte eine Handbewegung, als wollte er den Nachhall seiner Worte einfangen. Die Männer schwiegen betroffen. Jeder hoffte, dass das Gesagte ungeschehen gemacht werden könnte.

Doch die Fakten sprachen für sich: Marie Reichert war an diesem Morgen von ihren Eltern als vermisst gemeldet worden. Dem Foto nach zu urteilen, das auf die Leinwand hinter Schröder projiziert wurde, entsprach die junge Frau ohne jeden Zweifel dem Opfertypus. Sie hatte glattes dunkelblondes Haar, das ihr bis über die Schultern reichte, ein ovales Gesicht und eine sportliche Figur. Ihre Heterochromie war besonders ausgeprägt. Das linke Auge war smaragdgrün, das rechte tiefblau.

„Marie ist erst 19 Jahre alt", sagte Schröder in die Stille und verwendete bewusst die Gegenwartsform. Er war immer noch erkältet. „Sie hat eine Klasse übersprungen und letztes Jahr bereits ihr Abitur gemacht. Marie hat ein freiwilliges soziales Jahr in Südkorea absolviert und ist vor drei Wochen nach Deutschland zurückgekehrt", fuhr er fort. „Sie hat in einem Waisenhaus gearbeitet und Kinder und Jugendliche im Alter von 1 bis 20 Jahren betreut. Ihre Aufgabe war es außerdem, den Waisen je nach Altersstufe Englisch beizubringen. Marie wurde von ihren Eltern als hilfsbereit und kontaktfreudig beschrieben."

Christian Hellmann, der, wie nicht anders zu erwarten gewesen war, wieder einen der vorderen Plätze belegte, schrieb eifrig mit, während die meisten Beamten konzentriert zuhörten.

„Marie stammt aus Bergisch Gladbach, wo auch ihre Eltern leben. Sie selbst ist erst letzte Woche in ein möbliertes Zimmer in Dottendorf gezogen, da sie einen Praktikumsplatz bei der Deutschen Welle bekommen hat. Sie hätte heute dort anfangen sollen. Als Marie nicht erschienen ist, informierte man die Eltern."

„Wann wurde sie zum letzten Mal gesehen?", hob Hellmann den Zeigefinger. In der Schule hatte er sicher zu den Schnipsern gehört, schoss es Hirschfeld durch den Kopf.

„Ihre Vermieterin, eine ältere Dame namens", Schröder schaute auf seine Notizen, „namens Inge Wolters hat sie am Sonntag im Hausflur getroffen. Die beiden haben sich kurz miteinander unterhalten. Marie hat ihr erzählt, dass sie sich die Innenstadt ansehen wollte. Danach verliert sich ihre Spur. Ich werde schnellstmöglich eine Pressemitteilung aufsetzen. Vielleicht hat jemand Marie nach der Unterhaltung mit Frau Wolters noch irgendwo gesehen."

„Verstehe ich das richtig, dass Marie vor dem Antritt ihrer Praktikumsstelle keine Verabredung oder einen anderen Termin hatte?", wollte Kirchhoff wissen.

„Nach dem jetzigen Stand der Dinge nicht", antwortete Jens Schröder und stützte sich mit beiden Händen auf die Tischkante. „Marie war neu in der Stadt und bereitete sich auf ihr Praktikum vor. Mit ihren Eltern hat sie zuletzt am Samstag telefoniert. Da schien alles in Ordnung mit ihr zu sein."

Der Leiter der Mordkommission hielt für einen Moment inne, dann richtete er sich auf und begann, vor der Fensterfront auf und ab zu gehen.

„Wir sollten uns noch einmal näher mit der Viktimologie beschäftigen", sagte er langsam, als denke er nur laut. „Bisher fehlt uns jegliches Motiv für die Wahl der Opfer. Bei Lena Zimmermann und Susanne Bach hat der Täter keine sexuellen Handlungen vorgenommen. Die Obduktionsberichte legen das nahe. Zwischen den drei jungen Frauen gibt es, soweit wir bis jetzt wissen, keinerlei Verbindung. Das einzige Merkmal, das sie verbindet, ist ihr Äußeres. Von Statur und vom Typ ähneln sie sich, doch das markanteste Merkmal scheint die Zweifarbigkeit ihrer Augen zu sein. Wie wir recherchiert haben, tritt dieses Phänomen im Gegensatz zum Tierreich recht selten beim Menschen auf. Der Täter ist demnach offenbar auf die Heterochromie fixiert."

„Vielleicht haben wir es mit einem chiffrierten Serienmord zu tun", warf Hirschfeld ein.

Nicken in der Runde.

„Die steigende Zahl der Opfer spricht zumindest dafür. Bei dieser speziellen Art von Serienmorden lassen die Tatbegehungsweise und die Persönlichkeit der Opfer keinerlei Rückschlüsse auf das Motiv zu", führte er seinen Gedanken aus. „Vielleicht sieht der Täter in den jungen Frauen eine Person, gegen die er einen ausgeprägten Hass empfindet, den er jedoch aus irgendwelchen Gründen nicht direkt gegen den verhassten Menschen richten kann. Dies könnte eine Autoritätsperson sein, das heißt, der Täter hat zu viel Respekt oder Furcht vor dieser Person, als dass er ihr selbst schaden könnte. Das Aussehen, bestimmte Verhaltensweisen oder Äußerungen können Auslöser für die Tat sein."

„Die Aggression wird also auf das Opfer projiziert?", wollte Hellmann wissen.

„Ja, so könnte man es ausdrücken. Der Täter hat den inneren Konflikt nicht bewältigt. Das Opfer hält als Sündenbock her. Das kann ein bewusster oder unbewusster Vorgang sein. In der Regel agieren diese Täter spontan."

„Dennoch stellt sich die Frage, ob der Täter gezielt nach seinen Opfern sucht oder ob es sich eher um Zufallsbegegnungen handelt", meldete sich Kirchhoff zu Wort.

„Da es keine andere Verbindung – wie derselbe Hausarzt als Beispiel – zwischen den jungen Frauen gibt, gehe ich davon aus, dass Täter und Opfer sich zufällig begegnen", antwortete Hirschfeld. „Lena Zimmermann verschwand auf einer Beerdigungsfeier in Siegburg, Susanne Bach auf einem Supermarktparkplatz in Beuel-Pützchen."

„Wir müssen in alle Richtungen ermitteln", stimmte Jens Schröder zu und ließ einen Hustenanfall folgen. „Mit Marie Reichert sind es drei Opfer, von denen wir wissen. Aus diesem Grund sollten wir diesen Ansatz weiterverfolgen. Die Problematik ist allerdings, dass wir keinerlei Kenntnisse über die Hintergründe der Tat haben. Das ist wie die sprichwörtliche Suche nach der Nadel im Heuhaufen."

„Nehmen wir an, Marie ist tatsächlich am Sonntag gekidnappt worden", entgegnete Hirschfeld, „dann sind bereits drei Tage vergangen. Wenn der Täter seinen Modus operandi nicht ändert, bleiben uns nur noch zwei bis drei Tage, um Marie lebend zu finden."

66

Hirschfeld lag in T-Shirt und Shorts auf seinem Hotelbett. Er hatte die Beine übereinandergeschlagen und betrachtete die Schatten, die die Möbel an die Wände warfen. Obwohl die letzte Nacht und der anschließende Arbeitstag ihn geschlaucht hatten, fand Hirschfeld keine Ruhe. Um ein Uhr nachts schaltete er schließlich die Nachttischlampe an und stand auf. Nachdem er sich Pullover und Jeans übergezogen hatte, durchsuchte er das Zimmer nach Schreibpapier. Da er keinen Block fand, nahm er die Kopie des Polizeiberichts über seinen Vater vom Beistelltisch. Aus der Innentasche seines Koffers fischte er einen Kugelschreiber und setzte sich vorm Bett im Schneidersitz auf den Boden. Dann öffnete er die Akte, drehte die Blätter ungelesen um und begann, sich Notizen zu machen.

Als Erstes schrieb Hirschfeld die Namen der drei Opfer nebeneinander. Darunter notierte er alle Fakten, die sie bisher über die jungen Frauen gesammelt hatten. Dabei klammerte er ihr Äußeres aus. Es bestand kein Zweifel, dass die Zweifarbigkeit ihrer Augen die einzige Verbindung zwischen den Frauen darstellte. Die Persönlichkeit der drei jungen Opfer und die Umstände ihres Verschwindens interessierten ihn dagegen weit mehr. Lena Zimmermann war das letzte Mal auf einer Beerdigungsfeier gesehen worden. Ebenso wie Marie Reichert war sie nach Aussagen der Eltern ein freundlicher, offener und hilfsbereiter Mensch gewesen. Trotz zahlreicher Zeugenbefragungen, die sich bis in die Abendstunden hingezogen hatten, gab es keinerlei Anhaltspunkte, zu welchem Zeitpunkt genau Lena verschwunden war.

Susanne Bach unterschied sich in ihrem Charakter dagegen deutlich von den anderen beiden Frauen. Sie war übereinstimmend als Einzelgängerin beschrieben worden. Ein Einsiedler in einer WG mit lauter Verrückten. Ungeachtet dessen, dass Hirschfeld Susanne nicht persönlich begegnet war, kam es ihm so vor, als würde er sie kennen. Sie war stark gewesen und hatte einen ausgeprägten Freiheitsdrang gehabt. Susanne zählte nicht zu den religiösen Menschen. In den letzten Stunden vor ihrem Tod, davon war Hirschfeld inzwischen überzeugt, hatte sie in ihrem Gefängnis das Jesus-Medaillon von Lena gefunden und sich die Kette umgelegt. Vielleicht hatte sie darin Trost gefunden, vielleicht wusste sie aber auch, dass sie sterben würde und nicht das einzige Opfer gewesen war. In diesem Fall diente der Anhänger als Hinweis, als letzte Nachricht einer Totgeweihten. Hirschfeld musste an den Bademeister denken, auf den Susanne kurz vor ihrem Verschwinden im Supermarkt getroffen war. Die Abneigung, die Susanne gegen den Mann empfunden haben musste, spürte er fast körperlich. Susanne wäre niemals leichtgläubig zu einem Fremden ins Auto gestiegen. Der Täter musste einen Weg gefunden haben, sich ihr so weit zu nähern, dass er sie in den Kofferraum ihres Audis stoßen konnte.

Hirschfeld streckte die Glieder aus und stand vom Boden auf. Er umrundete das Bett, griff nach der Zigarettenschachtel und dem *Zippo,* die auf dem Nachttisch lagen, und kehrte zu seinem Platz zurück. Unter dem Bett zog er eine Coladose hervor, die er als Aschenbecher umfunktioniert hatte. Während er eine Zigarette rauchte, wandte Hirschfeld sich wieder seiner Liste zu.

Nach wenigen Zügen legte er das erste Blatt zur Seite und eröffnete eine neue Kategorie.

„Was wissen wir über den Täter?", fragte er sich laut und schnippte die Asche in die Dose.

Wenn er mit seiner Theorie richtiglag, erkannte der Täter in den jungen Frauen eine Person wieder, gegen die sich seine Aggression eigentlich richtete. Hirschfeld fühlte sich in diesem Augenblick unvermittelt an die Nubbelverbrennung erinnert, bei dem die Strohpuppe stellvertretend für die Sünden der Jecken auf dem Scheiterhaufen verbrannt wurde. Auch wenn er nicht Zeuge dieses rheinischen Karnevalsbrauchs geworden war, hatte er die Szenerie deutlich vor Augen. Die toten Frauen, formte sich immer deutlicher der Gedanke in ihm, mussten ebenfalls für das Vergehen einer anderen büßen. Obwohl der Mord, der auf die Tage der Gefangenschaft folgte, in blindem Hass verübt wurde, ging der Täter planvoll vor. Er brachte die Frauen durch irgendeine List in seine Gewalt. Hirschfeld malte sich aus, dass der Täter seine Opfer in ein harmloses Gespräch verwickelte und so ihr Vertrauen gewann. Dann überwältigte er sie und betäubte sie, um die Kontrolle über sie zu behalten. Hirschfeld dachte an die Nacht zu Aschermittwoch zurück, an die Eibensträucher, zwischen denen die beiden ersten Opfer gefunden worden waren, und daran, dass der Täter auf das Gelände des Römerbads eingedrungen war, um die Leichen über den Zaun zu heben. Wenn Hirschfeld es genau betrachtete, stand dies im Widerspruch zu dem Umstand, dass der Täter die Frauen durch GHB gefügig gemacht hatte. Wenn er kräftig genug war, den Zaun zu überwinden, aus welchem Grund flößte er ihnen das Betäubungsmittel ein? War er körperlich doch nicht in der Lage, die Frauen über einen längeren Zeitraum zu dominieren? Oder fand er nur Befriedigung an ihrer Hilflosigkeit? Hirschfeld versuchte sich vorzustellen, welcher inneren Logik der Täter folgte. Die Möglichkeit bestand, dass er selbst einmal die Qual des Ausgeliefertseins zu spüren bekommen hatte. Vielleicht war der Täter selbst einmal ein Opfer gewesen, das sich nicht hatte zur Wehr setzen können.

Hirschfeld ging seine Aufstellung noch einmal durch. Als Letztes fügte er hinzu, dass der Täter keinerlei sexuelle Handlungen an den jungen Frauen vorgenommen hatte. Im Gegenteil, der Täter schien nach dem Mord sogar eine gewisse Fürsorglichkeit für seine Opfer entwickelt zu haben. Er hatte Lena Zimmermann nicht einfach verscharrt, sondern sie auf die Seite gelegt und die Beine so positioniert, dass sie fast wie ein Embryo in ihrem Grab lag. Bei Susanne Bach war der Täter gestört worden. Deshalb hatte er die Leiche nur behelfsmäßig mit Laub bedeckt. Wäre die Tote nicht noch in derselben Nacht entdeckt worden, hätte der Täter sie ebenso sorgsam beerdigt.

Hirschfeld fühlte intuitiv, dass er auf der richtigen Fährte war. Doch ihm war klar, dass er irgendetwas übersah, etwas, das ihn schlaflos machte und die ganze Zeit über in seinem Unterbewusstsein arbeitete. Aus Erfahrung wusste er, dass es keinen Sinn hatte, dies mit aller Gewalt zu erzwingen. Andererseits blieben ihnen nur noch knapp zwei Tage, um Marie zu befreien und sie vor dem sicheren Tod zu bewahren. Hirschfeld zweifelte keine Sekunde, dass der Täter nicht aufhören würde, wenn sie ihn nicht stoppten.

Drei Zigaretten später rappelte er sich auf und griff aufgeregt zum Telefon. Dann wählte er Kirchhoffs Privatnummer. Bereits nach dem ersten Klingelzeichen meldete sich sein Partner.

„Kirchhoff", war seine Stimme klar und deutlich zu hören.

„Ich bin's, Lutz. Hab ich dich geweckt?", fragte Hirschfeld und blickte auf seine Armbanduhr: 2.27 Uhr.

„Nein. Was gibt es?"

„Ich fürchte, wir haben die ganze Zeit über in die falsche Richtung ermittelt!"

„Ich höre."

Nachdem Hirschfeld das Gespräch beendet hatte, zog er sich an. Der Fall nahm eine neue Wendung. Er musste ins Präsidium.

67

Um Punkt 8 Uhr morgens wählte Hirschfeld die Nummer des Rechtsmedizinischen Instituts. Sofort meldete sich das Sekretariat.

„Schönen guten Morgen, Hirschfeld am Apparat, Kripo Bonn. Ist Professor Stein bereits im Haus?"

„Einen Moment, ich verbinde Sie", sagte die freundliche Stimme einer älteren Dame.

„Was kann ich für Sie tun?“, war der Rechtsmediziner kurz darauf in der Leitung.

„Ich muss Sie um einen Gefallen bitten, Professor.“

„Natürlich, worum geht es?“

Hirschfeld fasste seine Theorie, zu der er in der vergangenen Nacht gelangt war, mit knappen Worten zusammen. Stein hörte schweigend zu. Als Hirschfeld geendet hatte, entgegnete er schließlich:

„Das sollte machbar sein. Allerdings ist unser Institut nicht für einen solchen Test ausgerüstet.“

„Das ist nicht Ihr Ernst!“

„Lassen Sie mich einen Augenblick nachdenken.“

Stein schwieg, dann fuhr er fort:

„Professor Walther vom Institut für Gerichtliche Medizin in Innsbruck könnte uns in dieser Angelegenheit weiterhelfen.“

„Das liegt in Österreich“, stellte Hirschfeld fest und drehte einen Kugelschreiber nervös zwischen Daumen und Zeigefinger hin und her. „Ich fürchte, diese Zeit bleibt uns nicht mehr. Marie könnte morgen bereits tot sein.“

„Wir arbeiten seit Jahren sehr gut zusammen“, beruhigte ihn Professor Stein. „Ich werde Professor Walther sofort informieren und eine Expresslieferung veranlassen. Ich gehe davon aus, dass Sie noch heute Abend mit dem Ergebnis rechnen dürfen.“

„Kann ich mich darauf verlassen, Professor?“

„Ich gebe Ihnen mein Wort.“

„Danke.“

Damit beendeten sie das Gespräch. Kirchhoff hatte die ganze Zeit über wortlos zugehört. Er war nachts fast gleichzeitig mit Hirschfeld im Büro eingetroffen. Die dunklen Augenringe und der Bartschatten in seinem Gesicht waren Zeugen einer weiteren schlaflosen Nacht.

„Und?“, wollte er wissen. „Wie sieht es aus?“

„Die Probe geht noch heute per Expresslieferung nach Innsbruck. Wenn alles gut geht, wissen wir heute Abend Bescheid.“

„Gut. Wann willst du Schröder einweihen?“, fragte Kirchhoff, legte den Kopf schief und blickte ihn ernst an. „Du weißt, dass du dich gerade auf sehr dünnem Eis bewegst.“

Kirchhoff hatte Recht. Alleingänge hatten in einer Mordkommission nichts zu suchen, doch Hirschfeld wollte auf Nummer sicher gehen. Außerdem diente der Test nur der Bestätigung seiner Annahme. Damit war noch lange nicht geklärt, wer der Mörder von Lena Zimmermann und Susanne Bach war. Hirschfeld musste den eingeschlagenen Weg weiter verfolgen, bevor er den Leiter der MK ins Bild setzen wollte.

„Wenn ich mit meiner Vermutung richtigliege, müssen wir die bisherigen Ermittlungsansätze ganz neu bewerten“, fasste Hirschfeld ihre nächtlichen Diskussionen über die beiden Fälle zusammen.

„Sehe ich auch so. Nehmen wir uns noch mal die Zeugenaussagen vor“, erwiderte Kirchhoff.

„Gut, ich kümmere mich um Lena Zimmermann“, beschloss Hirschfeld.

Er wusste, dass der erste Mord immer der entscheidende war. Aus diesem Grund verdiente dieser besondere Aufmerksamkeit.

„In Ordnung, ich übernehme die Akte von Susanne Bach“, antwortete Kirchhoff und stand auf. „Vorher hole ich uns aber noch frischen Kaffee.“

Zehn Minuten später beugten sie sich schweigend über die Akten. Hirschfeld vertiefte sich in die Zeugenaussagen und Vernehmungsprotokolle zum Mord an Lena Zimmermann. Hin und wieder machte er sich Notizen. Nach zwei Stunden ließ er den Kugelschreiber sinken.

„Ich gehe mir kurz die Beine vertreten“, sagte er zu Kirchhoff.

„Du meinst wohl, du willst eine rauchen.“

„Schuldig im Sinne der Anklage“, lächelte Hirschfeld matt und erhob sich von seinem Platz.

Als er vor das Polizeipräsidium trat, begann es aufzuklaren. Ein paar Sonnenstrahlen kämpften sich durch die Wolkendecke.

Es war Anfang März und immer noch kühl. Hirschfeld blinzelte ins Licht und zündete sich eine Zigarette an. Um diese Uhrzeit fuhren nur wenige Autos auf der Königswinterer Straße. Nach ein paar Zügen zog es Hirschfeld wieder zurück ins Büro. Auf dem Weg dorthin kam ihm Christian Hellmann entgegen.

„Morgen", grüßte der Kriminalkommissar.

„Hallo, Christian."

„Die Ergebnisse von Winklers DNA-Test sind da. Keine Übereinstimmung."

„Danke, Hellmann, das hatte ich erwartet", antwortete Lutz Hirschfeld knapp und ließ Hellmann stehen, der ihm irritiert hinterherblickte.

Kirchhoff sah nicht einmal auf, als er das Büro betrat, so sehr war er in seine Unterlagen vertieft. Hirschfeld setzte sich wieder an seinen Schreibtisch und konzentrierte sich auf Lena Zimmermann. Unter welchen Umständen war sie verschwunden? Diese Beerdigung, auf der die junge Frau zuletzt gesehen worden war, war bei weitem kein üblicher Rahmen für eine Entführung, dachte er. Dieser Punkt hatte ihn von Anfang an irritiert. Hirschfeld suchte sich den entsprechenden Polizeibericht heraus und überflog ihn. Schließlich blieb sein Blick beim Namen der Verstorbenen hängen: Margot Krämer. Friedlich eingeschlafen in ihrem Bett im Alter von 69 Jahren.

Margot Krämer. Hirschfeld dachte an Winklers seltsame Bemerkung über die Verstorbene. Er wusste etwas über sie, das sie vielleicht auch wissen sollten. Hirschfeld nahm das Telefon auf und benachrichtigte die zuständigen Beamten im Untersuchungsgefängnis, dass er noch einmal mit Winkler sprechen musste.

„Ja, so schnell wie möglich ... Gut. Danke."

Hirschfeld legte den Hörer auf und lehnte sich einen Moment in seinem Stuhl zurück.

„Winkler", sagte er dann erklärend zu Kirchhoff. „Es gab keine Übereinstimmung beim DNA-Abgleich, aber er war auf der

Beerdigung, nach der Lena verschwunden ist. Ich glaube, er verschweigt uns irgendetwas."

Da er auf Winkler noch eine halbe Stunde warten musste, gab Hirschfeld den Namen ‚Margot Krämer' in eine Suchmaschine ein. Über 100.000 Treffer. Das würde ihm nicht weiterhelfen. Er fügte ‚Bonn' hinzu. Bereits auf der ersten Seite stieß Hirschfeld auf eine Vierteljahresschrift für Mitbürger im Seniorenalter. Der Jahrgang war älteren Datums. Er öffnete die PDF-Datei und überflog die Artikel. Neben Seiten voller Gedichte, Sinnsprüche, Witze sowie Alters- und Ehejubiläen enthielt die Ausgabe ein Porträt über das Lebenswerk von Margot Krämer, die über Jahrzehnte ein Kinderheim in Siegburg geleitet hatte. Mehrere Schwarz-Weiß-Fotografien illustrierten den Artikel. Auf einem Bild war ein lang gestrecktes Steinhaus zu sehen, an das im Hintergrund eine alte Scheune grenzte. Ein anderes Foto zeigte eine Frau in den 40ern. Ihre dunklen Haare waren streng nach hinten zusammengebunden. Sie trug ein Kleid mit hochgeschlossenem Kragen und war umringt von mindestens zwei Dutzend Kindern, die in einfachen, aber sauberen Kitteln steckten. An den Füßen trugen sie ausgetretene Lederschuhe, die an einigen Stellen geflickt waren.

Hirschfeld gab jetzt den Namen des Kinderheims in die Suchmaske ein. Nach ein paar Minuten stieß er auf mehrere Einträge, die seine Aufmerksamkeit erregten. Margot Krämer war ein paar Jahre vor ihrem Tod mit Vorwürfen der Kindesmisshandlung konfrontiert worden. Ein juristisches Nachspiel hatten diese Anzeigen jedoch nicht gehabt. Die Taten waren längst verjährt.

68

Jörg Winkler war grau im Gesicht und wirkte erschöpft. Die letzen beiden Tage in der Zelle hatten ihm offensichtlich zugesetzt. Als er Lutz Hirschfeld eintreten sah, richtete er sich auf und verzog wütend das Gesicht.

„Was zum Teufel …?"

„Winkler", schnitt Hirschfeld dem Fotografen das Wort ab und setzte sich ihm gegenüber an den Tisch, „wir haben keine Zeit für Befindlichkeiten. Eine weitere junge Frau ist verschwunden, es geht um Leben und Tod! Also reißen Sie sich zusammen und hören Sie mir zu!"

Winkler starrte ihn unverwandt an.

„Beim Verhör vorgestern, Sie erinnern sich, sprachen Sie von Margot Krämer", sagte Hirschfeld eindringlich. „Wir wissen, dass sie ein Kinderheim in Siegburg geleitet und aller Wahrscheinlichkeit nach ihre Schützlinge gequält hat."

„Aller Wahrscheinlichkeit nach …", schnaubte Winkler, „Sie haben ja keine Ahnung!"

Er beugte sich vor.

„Diese Frau war eine Sadistin und hat uns die Hölle auf Erden bereitet!"

„Sie haben damals in dem Heim gelebt?", fragte Hirschfeld leise.

„Ja, ich bin dort aufgewachsen. Und ich war auch unter denjenigen, die Jahre später Anzeige erstattet haben. Leider viel zu spät."

Winkler sprach jetzt ebenfalls leiser. Seine Stimme klang brüchig.

„Warum haben Sie Lena Zimmermann belästigt?", wollte Hirschfeld wissen. „Sie war Margot Krämers Großnichte. Gibt es da vielleicht einen Zusammenhang?"

„Nein", klang Winkler ehrlich überrascht. „Lena war das genaue Gegenteil von ihrer Großtante. Freundlich, offen, lebenslustig. Ich hatte einfach etwas übrig für die Kleine. Die Zweifarbigkeit ihrer Augen war das Einzige, was die beiden gemeinsam hatten."

„Margot Krämer hatte zweifarbige Augen?", stieß Hirschfeld hervor und schlug mit der flachen Hand auf den Tisch.

„Ja, ein grünes und ein blaues", bestätigte Winkler, verwundert über Hirschfelds plötzlichen Ausbruch.

„Rache", sagte Hirschfeld mehr zu sich selbst, „das Motiv ist Rache."

Er starrte Winkler einen Augenblick an, dann fragte er:

„Winkler, denken Sie nach! Wissen Sie von jemandem, der besonders unter Margot Krämer gelitten hat?"

Winklers Blick verdüsterte sich. Er schwieg eine Weile, zuckte schließlich mit den Achseln und erwiderte:

„In der Hölle denkt jeder, er sei allein."

Dann verfiel er wieder in Schweigen. Hirschfeld ließ ihm Zeit, obwohl seine Nerven bis zum Zerreißen gespannt waren. Sie mussten Marie Reichert finden!

„Aber ich erinnere mich an viele Kinder. Ich weiß nicht mehr, wie sie alle hießen", fuhr Winkler nach einer halben Ewigkeit fort.

Hirschfeld nickte.

„Wir haben uns nicht solidarisiert. Jeder musste sehen, wo er blieb, und hat für sich selbst gekämpft. Außerdem hatten wir keine Chance. Ein paar von uns haben versucht, sich umzubringen, und sind dann in die Klapse gekommen. Mehr weiß ich nicht."

„Danke", verabschiedete sich Hirschfeld eilig und erhob sich von seinem Stuhl. Mehr würde er von Winkler nicht erfahren. Er musste Kirchhoff ins Bild setzen.

„Das Motiv ist Rache!", rief er, als er wenig später das Büro betrat.

Kirchhoff runzelte die Stirn.

„Rache", wiederholte er langsam.

Hirschfeld fasste seine Recherchen über Margot Krämer und sein Gespräch mit Winkler zusammen.

„Meinst du, eines der Kinder, die Margot Krämer ...?“, fragte Kirchhoff.

„Ja, genau das meine ich!“

„Aber welches von ihnen?“

Hirschfelds Gedanken rasten. Er versuchte, die Puzzleteile zusammenzusetzen. Und plötzlich erinnerte er sich, wo er zum ersten Mal auf den Namen Margot Krämer gestoßen war. Nicht im Verhör mit Winkler. Er hatte den Namen gelesen ...

„Wo wurde Susanne Bachs Auto sichergestellt?“, fragte er hastig seinen Partner.

Kirchhoff drehte sich um und fuhr mit dem Finger über den Stadtplan, der an der Wand hing.

„In der Nähe der Tapetenfabrik“, antwortete er und deutete mit dem Zeigefinger auf einen Punkt auf dem Straßennetz.

Hirschfeld stand auf, trat neben Kirchhoff und studierte einen Augenblick lang die Karte. Und mit einem Schlag wusste er, wer für die Morde verantwortlich war.

69

Nur wenige Kilometer trennten sie von ihrem Ziel. Dennoch zählte jede Sekunde, denn es gab keine Garantie, dass Marie Reichert noch am Leben war. Kirchhoff saß am Steuer des Audi A4 Quattro. Drei weitere Zivilfahrzeuge folgten ihnen.

Als Kirchhoff gerade von der Königswinterer Straße auf die St. Augustiner Straße abbog, klingelte Hirschfelds Handy.

„Ja?“, meldete er sich knapp.

„Hier ist Professor Walther“, erklang eine hohe Männerstimme mit österreichischem Dialekt in der Leitung. „Spreche ich mit Kriminalhauptkommissar Lutz Hirschfeld?"

„Das ist richtig. Schön von Ihnen zu hören, Professor."

„Ich wollte Sie persönlich informieren. Mein Kollege, Professor Stein, hat mir die Dringlichkeit Ihres Falls geschildert. Aus diesem Grund habe ich die Untersuchung Ihrer Probe selbstverständlich vorgezogen."

„Das wissen wir sehr zu schätzen. Wie lautet das Ergebnis?"

„Positiv", antwortete Walther. „Sie lagen vollkommen richtig."

„Gut. Darf ich Sie zurückrufen, wir stehen kurz vor dem Zugriff."

„Freilich. Servus, Herr Hirschfeld, hat mich sehr gefreut."

„Das Testergebnis ist positiv", meldete Hirschfeld nach hinten, wo Jens Schröder saß.

„Wie bist du auf die Verbindung gestoßen?", fragte der Leiter der Mordkommission.

Hirschfeld drehte sich auf dem Beifahrersitz um und antwortete:

„Ich bin noch einmal alle Fakten zum ersten Mord an Lena Zimmermann durchgegangen. Die Beerdigung von Margot Krämer passte für mich von Anfang an nicht ins Bild. Natürlich ist nichts Ungewöhnliches daran, dass Lena ihrer Großtante die letzte Ehre erwiesen hat. Deshalb habe ich Margot Krämer genauer unter die Lupe genommen. Sie hat über Jahrzehnte ein Kinderheim in Siegburg geleitet. Die Zeitungsartikel und die Anschuldigungen gegen sie haben mich schließlich auf die richtige Spur gebracht. Und besonders natürlich Jörg Winklers Bericht über die äußerliche Ähnlichkeit mit den Opfern."

„Verstehe."

„Hinzu kam", fuhr Hirschfeld fort, „dass ich schon vorher die Verbindung zu Margot Krämer vor Augen hatte, ohne dass ich das begriffen habe." Er schüttelte unwillig den Kopf. Warum war er nicht früher darauf gekommen?

„Schließlich der Audi von Susanne Bach, mit dem sie entführt wurde und der ganz in der Nähe der Wohnung abgestellt worden ist", ergänzte Kirchhoff.

Schröder nickte.

„Wurde Margot Krämer jemals rechtlich belangt?", erkundigte er sich.

„Nein, das ist es ja gerade. Vielmehr wurde ihr Lebenswerk in den höchsten Tönen gelobt. Ihre Taten waren verjährt und offiziell wagte niemand mehr, ihren guten Ruf in Frage zu stellen."

„Das ist bitter. Und in der Tat ein triftiges Motiv, wenn die Geschichten wahr sind", erwiderte Schröder und stützte seinen Ellenbogen auf die Lehne des Fahrersitzes.

„Das Problem ist nur, dass die Mädchen nicht dafür verantwortlich sind", murmelte Kirchhoff, während er einen kurzen Blick in den Rückspiegel warf.

„Richtig", stimmte Hirschfeld zu. „Allerdings haben wir es hier mit einer hochgradig psychisch gestörten Person zu tun. Da gelten die Regeln der Logik nicht mehr."

„Für mich zählt nur noch, dass wir Marie lebend finden. Alles andere ist zweitrangig", erwiderte Kirchhoff.

Den Rest der Fahrt über schwiegen die Männer und konzentrierten sich auf den Einsatz. Als Kirchhoff wenig später den Audi parkte, sprangen die Männer aus dem Wagen, umrundeten das Fahrzeug und traten an den Kofferraum, aus dem sie sich kugelsichere Schutzwesten holten. Hirschfeld verkabelte sich und steckte den In-Ear-Kopfhörer des Funkgeräts in sein rechtes Ohr.

Ein muskulöser 1,90-Meter-Mann kam breitbeinig auf sie zu. Die schweren Springerstiefel mit Schienbeinschonern verursachten kein Geräusch auf dem Asphalt. Über einem anthrazitfarbenen feuerfesten Einsatzoverall trug er eine ballistische Weste. Auf Brusthöhe war die Schwinge der Spezialeinheit Köln aufgenäht. Eine schwarze Sturmhaube verdeckte das Gesicht des Mannes und ließ nur einen schmalen Sehschlitz frei. Unter dem linken Arm, auf dem das Wappen der Polizei NRW prangte, klemmte ein schwarzer Titan-Schutzhelm mit einem durchsichtigen Visier. In seinem Halfter steckte eine Sig Sauer P228. Die Ausrüstung wurde durch eine Heckler & Koch MP5 vervollständigt, die an einem Lederriemen über seiner Schulter hing.

Schröder schüttelte dem Leiter des SEK-Teams die Hand.

„Wir sind bereit", klang sein Bass dumpf unter der Maske hervor.

Hirschfeld musste bei diesem Satz an den Leitspruch des Spezialeinsatzkommandos denken: *Wir gehen den schweren Weg, … das Team kommt an.*

„Gut, wir brauchen die Zielperson lebend!", erwiderte Schröder.

„Das ist der Plan", entgegnete der SEKler ernst.

Die beiden Vorgesetzten wechselten noch ein paar Worte, während sich weitere Beamte in ähnlicher Montur zu ihnen gesellten. Der Einsatz des Spezialeinsatzkommandos war unerlässlich. Schließlich wussten sie nicht, was sie in der Wohnung erwartete.

Mit einer Handbewegung bedeutete der Leiter des SEK einem Beamten, sich Zutritt zum Wohnhaus zu verschaffen. Der Mann drückte auf eine Klingel, die zu einer der unteren Appartements gehören musste. Als sich eine junge Frauenstimme meldete, sagte er in die Gegensprechanlage:

„Polizei! Öffnen Sie sofort die Haustür und bleiben Sie in Ihrer Wohnung!"

Die Frau schwieg, dann betätigte sie den Türöffner. Die SEKler übernahmen die Vorhut, die Zivilbeamten der Kripo folgten dichtauf. Als sie den Aufzug nahmen, sah Hirschfeld das Wohnhaus an diesem Abend mit anderen Augen. Nichts schien mehr von der Sorglosigkeit übrig geblieben zu sein, die er noch vor ein paar Tagen im Hausflur erlebt hatte. Nachdem sie den achten Stock erreicht hatten, teilte sich das SEK-Team auf. Jeweils fünf Männer formatierten sich zu einer Gruppe und klappten die Visiere ihrer Helme herunter. Nach einem kurzen Handzeichen löste sich das erste Team, dessen Vordermann ein Schutzschild dicht vor dem Körper hielt, von seiner Position. Wie in einer einzigen Bewegung liefen die Beamten mit gezogener Waffe lautlos durch den Gang und sicherten den Hausflur nach allen Seiten. Das zweite Team, dem auch der hochgewachsene Einsatzleiter angehörte, schloss ebenso perfekt choreografiert auf. Als sich die beiden Gruppen rechts und links neben der Wohnungstür aufgestellt hatten, trat einer der Beamten aus der Reihe. In der Hand hielt er eine Stahlramme. Die Kripobeamten rückten nach, hielten sich jedoch in sicherem Abstand. Unterdessen legte der SEKler vorsichtig das Ohr an die Tür und lauschte in die Stille. Dann nickte er, holte Schwung und stieß den Rammbock mit aller Kraft gegen das Schloss. Unter der Wucht des Schlags splitterte das Holz mit einem ohrenbetäubenden Krachen. Zwei Sekunden später stürmten die Beamten das Appartement.

70

Annelise Janssen saß auf dem Sofa ihrer sonnengelben Polstergarnitur. Sie trug dieselbe Kleidung wie bei ihrem letzten Besuch und schien noch nicht einmal überrascht, als die zwei SEK-Männer in das Wohnzimmer rannten, während die anderen Teammitglieder die angrenzenden Räume überprüften.

„Sicher! Sicher!“, echoten die Rufe der SEK-Beamten durch die Wohnung.

Hirschfeld hatte sich dicht hinter der ersten Gruppe gehalten, die in das Appartement eingedrungen war. Jetzt stand er im Türrahmen des Wohnzimmers und ließ seine 15-schüssige Walther P99 sinken.

„Ach, Sie sind es. Wie nett, dass Sie mich besuchen“, begrüßte Frau Janssen ihn. „Wollen Sie sich nicht setzen?“

Hirschfeld steckte seine Waffe zurück ins Holster und nahm ihr gegenüber auf dem Sessel Platz. Der Genderplex-Test, den er über Professor Stein beim Institut für Gerichtliche Medizin in Innsbruck in Auftrag gegeben hatte, hatte bestätigt, was er längst wusste: Ihr Mörder war eine Frau. Obwohl die DNA-Identifizierungsmuster, die bei der Obduktion von Susanne Bach unter ihren Fingernägeln sichergestellt worden waren, zunächst darauf hingedeutet hatten, dass sie es mit einem männlichen Täter zu tun hatten, waren Hirschfeld Zweifel gekommen. Gerade Susanne Bach hätte sich auf dem Supermarktparkplatz niemals von einem fremden Mann ansprechen lassen. Das DNA-Ergebnis hatte die Mordkommission auf eine falsche Fährte geführt. Hirschfeld wusste, dass der Standard-Test zur Geschlechtsbestimmung in einem von 5.000 Fällen ein falsches Ergebnis lieferte und nur durch eine spezielle Untersuchungsmethode korrigiert werden konnte. Endlich hatten sie auch eine Erklärung dafür, weshalb der Täter keine sexuellen Handlungen an den Frauen vorgenommen und sie mit K.-o.-Tropfen gefügig gemacht hatte.

„Hier ist niemand!", meldete der SEK-Einsatzleiter aus dem Flur. „Nur ein verdammter Köter, der sich unter dem Bett verkrochen hat."

„Würden Sie uns einen Moment allein lassen?", wandte sich Hirschfeld an die anwesenden Beamten, die sich daraufhin sofort zurückzogen.

„Wo haben Sie Ihren Partner gelassen?", erkundigte sich Frau Janssen. Das Taschentuch in ihrem Ärmel zeichnete sich deutlich unter dem weißen Polyesterpullover ab.

„Kirchhoff ist auch hier. Er schaut sich ein wenig um, wenn Sie nichts dagegen haben."

„Nein, nein. Fühlen Sie sich wie zu Hause. Sie sind jederzeit willkommen."

„Frau Janssen, wo ist Marie?", fragte Hirschfeld so freundlich wie möglich und hoffte, dass die Frau bald wieder aus ihrer eigenen Welt in die Realität zurückkehren würde.

„Marie? Ich kenne keine Marie", sagte Annelise Janssen und zog die Augenbrauen hoch.

Hirschfeld glaubte ihr sogar. In ihrer Wahnvorstellung konnte sie nicht mehr erkennen, dass die Frauen, die sie in ihre Gewalt gebracht hatte, unschuldig waren.

„Ich spreche von der jungen Frau, die Sie am Sonntag zu sich genommen haben", tastete er sich vorsichtig weiter. Ein falsches Wort und sie würde dichtmachen.

„Ach, die. Sie ist in guten Händen, glauben Sie mir", antwortete Frau Janssen und strich ihren blauen Rock glatt.

„Da bin ich mir sicher", log Hirschfeld und dachte daran, dass sie Lena Zimmermann, ihr erstes Opfer, wie einen Fötus in ihrem Grab am Rhein gebettet hatte. Es schien, als hätte sie sich trotz ihres unbändigen Hasses für die ermordeten Frauen verantwortlich gefühlt. „Sie haben sich auch gut um die anderen beiden Mädchen gekümmert, nicht wahr?"

Annelise Janssen lächelte fein. Dann begann sie den Oberkörper hin und her zu bewegen, als versuche sie einen Säugling auf ihrem Arm in den Schlaf zu wiegen.

„Natürlich, auch wenn *sie* es nicht verdient hat."

„Ich verstehe", senkte Hirschfeld die Stimme und beugte sich leicht nach vorne. „Margot Krämer hat Sie gequält."

„Ja, das hat *sie*", sagte Annelise Janssen scharf. Ihr Gesicht verdüsterte sich. „Aber jetzt lasse ich es *ihr* nicht mehr durchgehen."

„Wie alt waren Sie damals, Frau Janssen?", versuchte Hirschfeld, das Gespräch nicht abreißen zu lassen.

„Nennen Sie mich doch bitte Annelise."

„Natürlich. Wie alt waren Sie damals, Annelise?", wiederholte er seine Frage.

„Sechs oder sieben Jahre alt, glaube ich. Ich war noch sehr klein."

Und hilflos der Willkür von Margot Krämer ausgeliefert, die ihre Schützlinge im Kinderheim sadistisch gequält hatte, fügte Hirschfeld in Gedanken hinzu.

„Was hat Sie mit Ihnen angestellt?"

„Das gehört nicht hierher", winkte Frau Janssen ab.

„Doch, erzählen Sie mir bitte davon. Ich habe tagtäglich mit Menschen zu tun, denen ein großes Leid widerfahren ist. Wie sind Sie in das Heim gekommen?"

Annelise Janssen schwieg für einen Augenblick, dann erwiderte sie:

„Meine Eltern hatten nie Zeit für uns Kinder. Vater war ständig in der Gastwirtschaft und kehrte meist erst spät in der Nacht zurück. Mutter hat sich eines Tages aufgehängt."

„Und dann hat man Sie in das Kinderheim gebracht?"

„Ja. Ich erinnere mich, dass ich viel geweint habe. Jede Nacht. Und irgendwann kamen die Albträume."

„Das muss eine schwere Zeit für Sie gewesen sein. Wie konnten Sie sich davon befreien?"

Annelise Janssen musste einen Weg gefunden haben, ihren Hass über all die Jahre unter Kontrolle zu halten, bevor sie bei der Beerdigung von Margot Krämer auf deren Nichte Lena Zimmermann getroffen war. Hirschfeld stellte sich vor, dass Annelise vor Wut außer sich geraten sein musste, als sie erfuhr, dass Margot Krämer gestorben war, ohne dass sie für ihre Taten zur Verantwortung gezogen worden war. Im Gegenteil, die Nachrufe, die Hirschfeld im Internet gefunden hatte, lobten das Lebenswerk der Kinderheimleiterin in den höchsten Tönen. Die junge Frau hatte ihre zweifarbigen Augen von ihrer Großtante geerbt und musste Annelise Janssen sofort an ihre Peinigerin aus Kindertagen erinnert haben.

„Jesus spricht zu mir. Er hat mir gesagt, dass ich nichts Falsches getan habe."

„Was ist damals am Rhein passiert?", fragte Hirschfeld.

Annelise Janssen sah ihn traurig an.

„Ich wäre fast ertrunken. Sie hat mich immer wieder unter Wasser gedrückt, dabei hatte ich gar nichts getan."

Hirschfeld nickte. Jetzt wusste er, aus welchem Grund Annelise Janssen das Rheinufer als Ablageort für die beiden Leichen gewählt hatte. An dieser Stelle hatte sie fast ihr Leben verloren. Margot Krämer, die sie immer wieder in jungen Frauen mit zweifarbigen Augen wiederzuerkennen glaubte, sollte auch im Tod an diese grausame Tat erinnert werden, indem sie mit Blick zum Fluss begraben wurde.

„Ich habe gesehen, dass Sie ihre Todesanzeige aufbewahrt haben", sagte Hirschfeld.

„Ja", antwortete Annelise Janssen schlicht. „Ich konnte mich nicht davon trennen."

„Sie ist tot, Annelise!", erwiderte Hirschfeld eindringlich. „Sie kann Ihnen nichts mehr tun! Wieso sagen Sie mir nicht, wo die junge Frau ist?"

Jede Minute, die verstrich, konnte für Marie Reichert den Tod bedeuten.

„Ich mag Sie", entgegnete Annelise Janssen. „Aber das werde ich Ihnen nicht verraten."

„Marie ist genauso hilflos, wie Sie sich damals gefühlt haben, Annelise."

„Nein, das ist nicht wahr! Ich habe schon dafür gesorgt, dass *sie* nie wieder etwas Böses tun kann."

Damit wandte sie sich ab, presste die Lippen zusammen und schaute aus dem Fenster. Hirschfeld wusste, dass Annelise Janssen ab jetzt kein Wort mehr von sich geben würde.

71

Hirschfeld verließ das Wohnzimmer und überließ die Verhaftung von Annelise Janssen den Kollegen des SEKs.

„Wie ist es gelaufen?", kam Kirchhoff ihm im Flur entgegen. In der behandschuhten Hand hielt er eine weiße Theatermaske mit zwei Sehschlitzen.

„Sie wird uns nicht verraten, wohin sie Marie gebracht hat", entgegnete Hirschfeld niedergeschlagen. „Was ist das?"

„Das Ding haben wir in ihrem Schlafzimmer gefunden. Es würde mich nicht wundern, wenn sie die Maske getragen hat, während sie die jungen Frauen in ihrem Gefängnis besucht hat."

„Ja, aber das hilft uns jetzt auch nicht weiter. Habt ihr noch irgendetwas anderes entdeckt?"

Kirchhoff zog die Schultern hoch und schüttelte den Kopf. Schweigend wandten sich die beiden Kriminalhauptkommissare zum Gehen.

„Wir haben da vielleicht etwas!", winkte Schröder ihnen zu, als sie auf den Hausflur hinaustraten. „Die Nachbarin von gegenüber hat uns gesagt, dass Frau Janssen ganz in der Nähe einen Schrebergarten besitzt."

„Hast du die Adresse?", erkundigte sich Hirschfeld sofort. Vielleicht war es noch nicht zu spät.

Der Leiter der MK nickte:

„Ja, wir brechen sofort auf!"

Zurück im Audi A4 Quattro brach Hirschfeld als Erster das Schweigen:

„Annelise Janssen ist sich nicht bewusst, dass es nicht Margot Krämer ist, die sie tötet."

Er ertrug die Stille nicht länger, die über ihnen lastete, seitdem das Einsatzteam die Wohnung verlassen hatte.

„Die Ironie ist, dass sie genau aus diesem Grund immer wieder mordet“, ergänzte Kirchhoff und warf einen Blick in den Rückspiegel.

„Das ist die traurige Wahrheit“, nickte Hirschfeld langsam. „Lena Zimmermann war letztlich ein schlechter Ersatz für ihre Großtante. Die Befriedigung war nur von kurzer Dauer. Aus diesem Grund hat sie die beiden anderen jungen Frauen in ihre Gewalt gebracht.“

„Die Beerdigung von Margot Krämer war der Auslöser für ihren Rachefeldzug. Wenn ich dich richtig verstehe, hat Annelise Janssen diesen Mord nicht geplant. Meinst du, sie ist danach gezielt auf die Jagd gegangen?“, wollte Schröder wissen.

„Nein, das glaube ich nicht, Jens. Zum einen gibt es nur wenige Menschen mit Heterochromie. Gezielt nach ihnen zu suchen, wäre ziemlich aufwendig.“

„Wie meinst du das?“, hakte der Leiter der MK nach.

„Nun, Annelise Janssen hätte sich dafür zum Beispiel Zugang zu den Krankenakten von Augenärzten und -kliniken verschaffen müssen. Dazu ist sie nicht in der Lage.“

„Verstehe.“

„Und daran schließt sich mein zweites Gegenargument an: Annelise Janssen ist psychisch vollkommen labil. Du hättest sie eben erleben müssen. Sie kam mir vor wie ein kleines, verlorenes Kind. Sie ist sich keiner Schuld bewusst, sondern lebt in ihrer eigenen Welt. Vor diesem Hintergrund wundert es mich nicht, dass sie Frührentnerin ist. In ihrem Zustand kann sie keiner geregelten Arbeit nachgehen. Bisher ist nur leider niemandem aufgefallen, dass sich hinter ihrer freundlichen Fassade eine Mörderin verbirgt.“

Das Gericht würde später darüber zu urteilen haben, ob es Versäumnisse bei der Behandlung von Annelise Janssen gegeben hatte.

„Das würde bedeuten, dass die Begegnung mit ihren Opfern immer zufällig war?“, wollte Schröder wissen.

„Ja“, erwiderte Hirschfeld, „bei Susanne und Marie wird sie

nur anders vorgegangen sein. Der toxikologische Befund von Lena Zimmermann liegt uns zwar noch nicht vor. Doch selbst wenn Annelise Janssen ihr erstes Opfer betäubt hätte, wäre der Wirkstoff längst nicht mehr nachweisbar. Ich vermute, dass sie erst bei Susanne Bach dazu übergegangen ist, das Beruhigungsmittel einzusetzen. Vielleicht hat sie bei Lena Zimmermann festgestellt, dass sich die junge Frau nicht ohne Weiteres unter Kontrolle bringen ließ, und hat daraufhin ihren Modus operandi verfeinert."

„Demnach wird sie Marie auch sediert haben", folgerte Kirchhoff.

„Über all die Jahre muss sich ein unbändiger Hass in ihr aufgestaut haben", stellte Schröder fest.

Hirschfeld dachte an seine nächtliche Diskussion mit Kirchhoff zurück und erwiderte:

„Ja, diese blinde Wut hat sie sogar dazu in die Lage versetzt, die beiden Leichen über den mannshohen Zaun des Römerbadgrundstücks zu hieven, um sie am Rhein zu verscharren. Unter normalen Umständen wäre sie dazu körperlich gar nicht imstande gewesen."

Als der Fahrzeugkonvoi des Einsatzteams wenige Minuten später vor der Kleingartenanlage am Ennert, einem dicht bewaldeten Naturschutzgebiet in Beuel-Pützchen, hielt, sagte Kirchhoff:

„Wir können nur beten, dass wir Marie tatsächlich hier finden."

Und dass sie noch am Leben ist, fügte Hirschfeld in Gedanken hinzu.

Auf der Fahrt hatte Schröder einen Rettungswagen angefordert, der bereits mit eingeschaltetem Standlicht vor dem schweren Eisentor an der Einfahrt der Laubenkolonie auf sie wartete.

Hirschfeld warf einen kurzen Blick auf seine Armbanduhr: 20.39 Uhr. Sie schalteten ihre Taschenlampen an und betraten die Kleingartenkolonie. Bereits nach wenigen Metern erkannten sie, dass die Anlage nicht nur abgelegen, sondern auch überaus weitläufig war. Die meisten Gartenhäuser standen in einem Abstand von mindestens 30 Metern voneinander entfernt. Während die SEK-Männer ausschwärmten, hielten sich die zivilen Kripobeamten an den Lageplan, den sie am Eingang entdeckt hatten. Im Laufschritt passierten sie einen überdachten Grillplatz, bevor sie einen beschotterten Seitenweg im Labyrinth der Gartenanlage einschlugen. Nur vereinzelt sahen sie Lauben, die von innen erleuchtet waren. Hirschfeld lief neben Schröder und hörte Kirchhoff hinter sich keuchen.

„Alles klar?“, rief er und leuchtete nach hinten. „Wir sind gleich da.“

Kirchhoff nickte nur stumm im Schein des Lichtkegels. Kurz darauf erreichten sie die Parzelle von Annelise Janssen. Am hinteren Ende des eingezäunten Grundstücks stand ein dunkelgrauer Wohncontainer mit einer Reihe Fenster, die von innen verhangen waren.

„Das ist es!“, flüsterte Schröder laut.

Eine SEK-Einheit tauchte schemenhaft aus der Dunkelheit auf. Einer der Männer trat hervor und ließ die Stahlramme gegen die Tür krachen. Quietschend schwang die Tür auf. Die Walther P99 in der einen, die Taschenlampe in der anderen Hand betrat Hirschfeld vorsichtig den Container.

„Marie?“, rief er in die Dunkelheit und suchte die Laube mit dem Strahl der Taschenlampe ab.

In der Mitte des Raumes, der nur spärlich möbliert war, entdeckte er eine 150 mal 70 mal 60 Zentimeter große Holzkiste, die mit einem schweren Vorhängeschloss gesichert war. Ursprünglich diente sie sicher der Aufbewahrung von Gartengeräten. Hirschfeld konnte sich allerdings denken, was sich jetzt darin befand.

„Hierher!“

Damit winkte er den SEK-Beamten aufgeregt zu sich.

Der Mann kniete sich neben Hirschfeld.

„Seien Sie bitte vorsichtig!"

Der SEKler nahm wortlos Maß, setzte den Rammbock an und schlug zu. Das Schloss sprang auf und fiel mit einem metallischen Geräusch zu Boden. Hirschfeld öffnete den Riegel und klappte den Deckel der Kiste hoch. Obwohl Hirschfeld gehofft hatte, Marie hier zu finden, schockierte ihn der Anblick der jungen Frau. Sie war nackt und lag mit angezogenen Beinen auf dem Boden der Kiste. Hände und Füße waren gefesselt. In ihrem Mund steckte ein Knebel. Hastig tastete Hirschfeld mit Zeige- und Mittelfinger an ihrem Hals nach der Hauptschlagader. Nichts.

„Sie atmet nicht mehr!"

Gerade als er die Hand wieder wegziehen wollte, spürte er ein leichtes Pochen.

„Sie hat noch Puls!", brüllte Hirschfeld. „Schnell, schafft sofort die Sanitäter her!"

Maries Augen flatterten. Ihr Brustkorb hob sich unmerklich. Darauf folgte ein schwaches Seufzen, das aus ihrer Kehle drang.

„Nicht sprechen! Es ist vorbei – du bist in Sicherheit!", sagte Hirschfeld und strich Marie sanft über den Kopf. Dann griff er nach einer blau-rot karierten Wolldecke, die über einer Stuhllehne hing, und deckte die junge Frau zu.

Epilog

Anderthalb Wochen später blickte Hirschfeld sich ein letztes Mal in seinem Hotelzimmer um. Während er den Deckel seines Koffers schloss und die Tür öffnete, dachte er an Marie Reichert. Die junge Frau war bereits nach drei Tagen aus dem Krankenhaus entlassen worden. Körperlich schien Marie unversehrt, aber die

Narben, die die Entführung auf ihrer Seele hinterlassen hatte, würden nicht so schnell verheilen.

Als Hirschfeld auf den Flur trat, kam Kirchhoff ihm entgegen.

„Alles gepackt?“, nahm er ihn in Empfang.

„Ja, war ja nicht viel“, antwortete Hirschfeld und blies sich eine Haarsträhne aus dem Gesicht. „Fast hätte ich mich an dieses Hotelleben gewöhnen können.“

„Ja, mein Lieber, so weit kommt es noch“, entgegnete Kirchhoff und nahm Hirschfeld eine Reisetasche ab, die über seiner Schulter hing. „Ich bin gespannt auf deine neue Bleibe. Wann kommt Johanna dich besuchen?“

„Morgen. Schau doch auch auf einen Kaffee vorbei, dann lernt ihr euch mal persönlich kennen. Renee ist übrigens auch eingeladen.“

Kirchhoff legte den Kopf schief und setzte ein Lächeln auf.

„Die schöne Fotografin?“

„Ja.“

„Jetzt weiß ich, wie der Hase läuft. Soll ich vielleicht irgendetwas zur Einweihung deiner Wohnung mitbringen? Abgesehen von ein paar Kerzen für ein wenig romantische Stimmung natürlich.“

„Sehr witzig. Vielleicht deine Kaffeemaschine und vier Tassen?“

Sie hatten inzwischen die Treppe erreicht und stiegen hintereinander die schmalen Stufen hinunter. Auf dem zweiten Absatz fragte Kirchhoff unvermittelt:

„Hast du eigentlich in der Zwischenzeit die Polizeiakte über deinen Vater gelesen?“

Hirschfeld blieb stehen und drehte sich zu seinem Partner um.

„Nein“, gab er zurück. „Ich habe die Blätter heute Morgen im Papierkorb verbrannt.“

„Du hast deine Beziehungen spielen lassen, um die Akte anschließend ungelesen zu vernichten?“

„Ja, Einsamkeit hat viele Namen. Aber jetzt bin ich hier und werde mich um den alten Herrn kümmern."

„Du hast also vor, länger in Bonn zu bleiben?", wollte Kirchhoff wissen.

„Na, klar, ich habe mich im KK 11 doch gerade erst warmgelaufen!"

ENDE

Danksagung

Mein herzlicher Dank gilt Barbara Maassen für die liebenswürdige Betreuung und Sara Jakob für das sorgsame und effektive Lektorat; dem Polizeipräsidium Bonn, im Besonderen Jörg Pfefferkorn, dem persönlichen Referenten des Polizeipräsidenten, für den Einblick in den Arbeitsalltag eines Kriminalisten und die unkomplizierte Beantwortung drängender Fragen; der Berliner Polizei, namentlich Andrea Keune aus der Film- und Autorenberatung sowie Daniel Prang aus der Koordinierungsstelle für Versetzungen, für die schnelle und ausführliche Auskunft zu allen möglichen und unmöglichen Fragen; a. Univ. Prof. Mag. Dr. Walther Parson vom Institut für Gerichtliche Medizin der Medizinischen Universität Innsbruck (GMI) für seine freundliche Nachricht aus New York, die nicht unwesentlich zur Dramaturgie des Romans beigetragen hat, und all jenen, die an mich geglaubt und mich über die Jahre unterstützt haben, besonders Gitte Diener, mit der mich eine langjährige und innige Freundschaft verbindet.